BASTEI
LÜBBE
TASCHENBUCH

Weitere Titel der Autorin:

Männer und andere Katastrophen
Fisherman's Friend in meiner Koje
Ehebrecher und andere Unschuldslämmer
Die Laufmasche
Die Braut sagt leider nein
Lügen, die von Herzen kommen
Ein unmoralisches Sonderangebot
Die Mütter-Mafia
Die Patin
Gegensätze ziehen sich aus
Für jede Lösung ein Problem
Ach, wär ich nur zu Hause geblieben
In Wahrheit wird viel mehr gelogen

Das Mütter-Mafia-Buch (Die Kunst, den Alltag zu feiern)

Titel in der Regel auch als Hörbuch und E-Book erhältlich

Über die Autorin:

Kerstin Gier lebt mit ihrer Familie in der Nähe von Bergisch Gladbach. Sie schreibt mit sensationellem Erfolg Romane. FÜR JEDE LÖSUNG EIN PROBLEM und ihre MÜTTER-MAFIA-Romane wurden dank Mundpropaganda Bestseller und mit enthusiastischen Kritiken bedacht. Durch ihre Jugendbücher RUBINROT, SAPHIRBLAU und SMARAGDGRÜN ist ihre Fangemeinde noch größer geworden.

www.kerstingier.com

KERSTIN GIER

Auf der anderen Seite ist das Gras viel grüner

Roman

BASTEI LÜBBE TASCHENBUCH
Band 16 795

1. Auflage: Oktober 2013

Dieser Titel ist auch als Hörbuch und E-Book erschienen.

Vollständige Taschenbuchausgabe
der bei Lübbe Paperback erschienenen Paperbackausgabe

Titelillustration: © vikulin/shutterstock; fat_fa_tin/shutterstock;
shutterstock/Michael Hansen; lavitrei/iStockphoto
Umschlaggestaltung: Sandra Taufer, München
Satz: Dörlemann Satz, Lemförde
Gesetzt aus der Goudy
Druck und Verarbeitung: CPI – Ebner & Spiegel, Ulm
Printed in Germany
ISBN 978-3-404-16795-1

Sie finden uns im Internet unter
www.luebbe.de
Bitte beachten Sie auch: www.lesejury.de

Der Preis dieses Bandes versteht sich einschließlich
der gesetzlichen Mehrwertsteuer.

Für Frank
wieder mal und dieses Mal ganz besonders
Wenn du eine Farbe wärst, dann ein warmes,
wohliges Zinnoberrot.

Felix

Ich stelle mir gern vor, dass es das Schicksal war, das Kati und mich zusammengebracht hat. Im ersten Augenblick war ich über unsere Begegnung allerdings nicht wirklich dankbar, im Gegenteil, es hätte nicht viel gefehlt und meine ersten Worte wären »Blöde Kuh!« gewesen. Anstatt rückwärts aus der Parklücke zu rollen, war ihr Auto vorwärtsgeschossen und hatte mein heiß geliebtes Rennrad an den Fahrradständer gequetscht. Mein Bein hatte ich gerade noch wegziehen können.

Aber ein zerknirschter Blick aus ihren schiefergrauen Augen genügte, um mich das Fahrrad vollkommen vergessen zu lassen. Sie übergoss mich mit einem wirren Wortschwall, wobei sie ihre Nase krauszog und völlig vergaß, Luft zu holen. Das macht sie heute auch noch so: Wenn sie aufgeregt ist, redet sie ohne Punkt und Komma, so lange, bis sie beinahe blau anläuft.

»Es tut mir so leid, ich dachte, ich hätte den Rückwärtsgang eingelegt, ach du Scheiße, war das mal ein Fahrrad, ich kaufe Ihnen selbstverständlich ein neues, dagegen bin ich doch versichert, ich bin frisch operiert, wissen Sie, na ja, am Donnerstag und nicht am Gehirn, wie Sie jetzt sicher denken, nur am Blinddarm, ich hätte vielleicht nicht fahren sollen, aber ich bin schließlich auch mit dem Auto hergekommen, das ist alles nur passiert, weil ich mich frühzeitig selber entlassen habe, aber das Essen war einfach so unglaublich mies, ich meine, sie behaupteneswarfischaberesschmecktewiestyropor …« Röchelnd rang sie nach Luft.

Ich glaube, da hatte ich mich schon hoffnungslos in sie verliebt.

»Ich bin ja so ein Esel«, sagte sie seufzend.

»Höchstens ein Eselchen«, sagte ich. Und dann bot ich an, sie in ihrem Auto nach Hause zu fahren. Mein Fahrrad war ohnehin nicht mehr zu gebrauchen.

Mathias

Ich glaube nicht an Schicksal. Ich glaube daran, dass man selber für sein Glück verantwortlich ist. Und manchmal muss man verdammt hartnäckig bleiben, um das zu bekommen, was man will. Oder wen.

Auf den ersten Blick war Kati eigentlich gar nicht mein Typ. Ich meine, sie war nicht hässlich, mit dieser kleinen geraden Nase und der niedlich geschwungenen Unterlippe, auf der sie herumkaute, wenn sie dachte, dass niemand hinschaute, aber eben nichts Besonderes. Mittelhübsch, mittelgroß, mittelblond, das trifft es wohl am ehesten. Ich begann sie erst interessant zu finden, als ich merkte, dass sie mich gar nicht registriert hatte, also so als Mann, meine ich. Sie schien einzig und allein darauf konzentriert, ihre Arbeit gut zu machen und sich ihre Nervosität gegenüber den Seminarteilnehmern nicht anmerken zu lassen. Ich musste mich ziemlich ins Zeug legen und mich von meiner allerbesten Seite zeigen, bis ich das Gefühl hatte, dass sie mich endlich mal richtig ansah und vielleicht sogar ein klitzekleines bisschen zurückflirtete. Was ehrlich gesagt für mich ungewohnt war. Normalerweise sehen mich Frauen nämlich sofort sehr genau an. Besser gesagt starren sie geradezu. Was daran liegt, dass ich gut aussehe. Nicht mittelgut, sondern wirklich richtig gut, Brad-Pitt-in-seinen-besten-Zeiten-gut. Das klingt arrogant und angeberisch, ich weiß, ist aber in der Praxis nur halb so toll, weil besagte Frauen vor lauter Starren vergessen, dass man sich auch mit mir unterhalten kann. Oder sie glauben, dass ich so blöd wie blond bin, und versuchen es erst gar nicht. Auf jeden Fall habe ich selten die Gelegenheit zu beweisen, dass ich auch noch ein netter Kerl sein kann.

Bei Kati war es umgekehrt: Sie schien ganz überrascht, als sie irgendwann im Laufe des Tages bemerkte, dass der nette Kerl auch noch gut aussah.

Ich gebe zu, nachdem ich mich so sehr ins Zeug gelegt hatte, blieb ich ein wenig unzufrieden zurück, als sie sich nach dem Seminar sofort verabschiedete, um ihren Zug zu erwischen. Aber vermutlich hätte ich die Sache abgehakt und vergessen, wenn diese SMS nicht gewesen wäre.

Man sollte eigentlich im Leben niemals
die gleiche Dummheit zweimal machen,
denn die Auswahl ist so groß.
Bertrand Russell

»Also, wenn ich mich in drei Adjektiven beschreiben müsste, würde ich sagen: erstens: ein Typ zum Pferdestehlen, zweitens: FKK-Anhänger und drittens: allen Späßen und Flirts gegenüber aufgeschlossen. Na?« Der Mann neben mir legte neckisch seinen Kopf schief.

Erstens: Niemand will, *dass Sie sich in drei Adjektiven beschreiben. Zweitens: Das waren auch überhaupt keine Adjektive. Und drittens: Womit habe ich das verdient?* Das sagte ich aber nicht laut. Ich hatte mich innerlich noch nicht auf eine Abwehrstrategie festgelegt und schwieg daher mit möglichst ausdruckslosem Gesicht, während ich überlegte, was ich für Optionen hatte. Weggehen schied schon mal aus: Der verdammte Zug war bis auf den letzten Platz besetzt, weil er aus unerfindlichen Gründen »heute ohne die Wagen 21 bis 28« verkehrte.

Andere erzählen mir immer, dass sie sich beim Zugfahren entspannen, »richtig was weggearbeitet bekommen«, tolle Bekanntschaften machen, neue Geschäftsverbindungen auftun, mit gut aussehenden Menschen flirten, alte Schulfreunde treffen, großartige Ideen ausbrüten, sich endlich mal ausschlafen oder sonst wie amüsieren. Aber neben mir saßen immer nur die Verrückten, die Psychopathen, die ansteckenden Grippekranken. Und die, die nach Käsefüßen rochen, wie dieser hier. Irgendetwas hatte ich an mir, das solche Leute magisch anzog und die anderen fernhielt.

»Gestatten? Bill, seit vier Jahren neununddreißig, mein zweiter Vorname ist Paul.«

Gestatten, Kati, in vier Jahren 39, mein zweiter Vorname ist Idiotenmagnet.

Bill Paul lächelte mich aufmunternd an und entblößte dabei seine gelblich verfärbten Eckzähne. »Und jetzt sind Sie dran! Drei Adjektive, die Sie treffend beschreiben. Na? Trauen Sie sich ruhig.«

Geh weg!

»Ich helfe Ihnen mal ein bisschen auf die Sprünge … hm … also, was ich schon mal sehe, ist erstens: blond, zweitens: ziemlich niedlich und drittens: schüchtern.« Er befeuchtete seine Lippen mit der Zunge. »Na kommen Sie. Ich beiße doch nicht. Oder vielmehr erst, wenn Sie mir die Erlaubnis dazu geben.«

Marlene an meiner Stelle hätte jetzt so etwas wie »Erstens: nicht interessiert, zweitens: lesbisch, drittens: in diversen Nahkampftechniken ausgebildet und bereit zuzuschlagen, wenn Sie das Gespräch nicht sofort als beendet betrachten« geantwortet, aber ich konnte nicht gut lügen und auch niemanden vor den Kopf stoßen, nur weil er nach Käsefüßen roch (übrigens nicht von den Füßen her), ein bisschen schmierig war und vermutlich nicht alle Tassen im Schrank hatte. Andererseits wusste ich aus leidiger Erfahrung, dass man mit Nettigkeit in Situationen wie dieser auch nicht weiterkam.

»Ähm, also«, sagte ich und klappte mein Notebook auf. »Erstens bin ich glücklich verheiratet, zweitens muss ich jetzt ein paar dringende Mails beantworten, und drittens …« Der Laptop gab einen alarmierenden Piepton von sich.

»Und drittens ist Ihr Akku leer und hier ist nirgendwo Strom.« Der Mann lehnte sich mit einem schadenfrohen Grinsen zurück. »Wir haben also alle Zeit der Welt für ein kleines Schwätzchen, Schätzchen. Haha, das reimt sich, haben Sie das gemerkt?«

Sei still, Bill. Halt's Maul, Paul.

»Was machen Sie denn beruflich, dass Sie sogar abends im Zug arbeiten müssen?«

Wenn Sie nicht wären oder meine geizige Chefin noch eine Hotelübernachtung spendiert hätte, müsste ich ja gar nicht arbeiten beziehungsweise so tun, als ob. Dann könnte ich mich jetzt von sechzehn angehenden Führungskräften erholen, die mich den ganzen Tag skeptisch angestarrt haben. Der Laptop-Akku war tatsächlich leer. Ich kramte in meiner Handtasche nach meinem Kalender, einem Stift und dem Handy. Irgendwie musste ich ja Arbeit vortäuschen, denn wir hatten Berlin gerade erst hinter uns gelassen.

»Also, wenn ich raten müsste …«, sagte Bill.

»Business Coaching und Training«, murmelte ich schnell. »Und wie gesagt, ich müsste ein paar sehr dringende Mails … ähm, SMS …« Geschäftig drückte ich auf dem Handy herum. Felix hatte auf meine letzte SMS geantwortet: *Bei mir wird es auch spät, ich bringe uns was vom Chinesen mit.* Sofort bekam ich Hunger. Und Sehnsucht nach Felix. Und einer Dusche.

»Karrierefrau, hm?« Bill beugte sich zu mir herüber. »Bei *dem* Dekolleté hätte ich eher auf etwas Kreatives getippt. Kindergärtnerin, zum Beispiel.«

Ich musste mich sehr zusammennehmen, um so zu tun, als hätte ich nichts gehört. Die Erfahrung hatte gelehrt, dass man sich auf gar keinen Fall gesprächsbereit zeigen darf, sonst hat man am Ende der Fahrt nicht nur Sabber auf der Wange kleben, sondern auch zugesagt, ein halbes Rind zu kaufen oder eine Niere zu spenden. Angestrengt tippte ich weiter auf dem Handy herum. Ups, jetzt hatte ich nicht nur Felix' SMS gelöscht, sondern alle, die sich in meinem Speicher befunden hatten. Na, egal, ich hatte die Nummern ja in meinem Telefonbuch gespeichert. Da stand Felix gleich zwischen meiner Schwester Eva und Fischbach, unserem Hausmeister.

»Und jetzt raten Sie mal, was *ich* beruflich mache, Schätzchen.«

Freue mich sehr auf Chinesisch, schrieb ich an Felix und setzte nach kurzem Überlegen noch hinzu: *Hätte auch nichts gegen Französisch.* Ein paar Anzüglichkeiten zur Auffrischung unseres Liebeslebens konnten nichts schaden. In den letzten Monaten hatten wir das doch ziemlich vernachlässigt.

»Produkttester!«, brüllte Bill Käsefuß triumphierend, und vor lauter Schreck drückte ich auf »senden«. »Und das ist noch viel interessanter, als es sich anhört. Raten Sie mal, was ich diese Woche teste.«

Deo war es jedenfalls schon mal nicht. Ich unterdrückte einen Seufzer und schrieb stattdessen eine SMS an Marlene. *Du schuldest mir was. Arrogante, unbelehrbare Möchtegern-Führungskräfte-Krawattenjunkies haben mich fertiggemacht. Der obligatorische Zug-Irre gibt mir gerade den Rest.* An dieser Stelle hielt ich kurz inne. Marlene und ich arbeiteten bei G&G Impulse Consulting, einer kleinen Firma für Personal- und Managementcoaching, und ich hatte dieses Seminar in Berlin kurzfristig für Marlene übernehmen müssen. Führungs- und Managementkompetenz war nicht mein Fachgebiet, und immer, wenn ich ein solches Seminar leiten musste, wusste ich auch wieder, warum. Die Seminarteilnehmer waren wie ein Rudel wilder Hunde, sie spürten, wenn jemand Angst vor ihnen hatte. Und sie wollten sich von jemandem, der selber offensichtlich keine Führungsqualitäten aufzuweisen hatte, nichts über selbige beibringen lassen. Wäre ihr Chef nicht anwesend gewesen, den Marlene von früher kannte und über den G&G den Auftrag bekommen hatte, sie hätten mich zerfleischt. Bei der Erinnerung daran musste ich lächeln. Ich war so aufgeregt gewesen, dass mir beinahe entgangen wäre, dass er auch ein bisschen mit mir geflirtet hatte. *Allerdings hattest du recht, was die Chefkrawatte angeht – sehr süßer Arsch*, tippte ich.

In Wirklichkeit hatte ich keine Ahnung, wie sein Hintern ausgesehen hatte. Aber er hatte schöne Augen gehabt und so eine ganz besondere Ausstrahlung von natürlicher Autorität und Freundlichkeit. Obwohl ich Käsefuß-Bills Blicke auf mir ruhen fühlte, gestattete ich mir einen winzig kleinen Seufzer. Mathias Lenzen, Leiter Human Resources. Ich hatte seinen Namen zusammen mit seiner Handynummer gespeichert, obwohl die Wahrscheinlichkeit, dass ich sie jemals noch mal brauchen würde, bei null lag. Denn erstens würde Marlene das nächste Seminar wieder selber übernehmen, und zweitens hatte ich Felix und daher gar kein Interesse an Flirts mit anderen Männern, egal, wie nett ihr Lächeln auch sein mochte. Auch wenn dieses wirklich ganz besonders nett ge…

»Letzte Woche waren es italienische Rotweine und ein Haarglätter!« Bill schreckte mich aus meinen Gedanken. »Diese Woche sind es ein Knoblauchschäler, eine Kamera und Funktionsunterwäsche, und nächste Woche kann es schon ein Ferrari sein.«

Fehler entstehen durch Hast, deshalb tue nie etwas in Unruhe.
Chinesische Weisheit

Ich beugte mich hastig wieder über das Handy und drückte auf »senden«, womit ich, ohne es zu ahnen, die Dinge in Bewegung brachte oder, wie meine Kollegin Linda sagen würde, dem »Karussell des Universums« einen kräftigen Schubs versetzte. Und nur, weil ich zu blöd war, ein Handy richtig zu bedienen.

Alles, was passiert, passiere aus gutem Grund, sagte Linda immer. Weil es passieren müsse. Weil für unser Leben von Bedeutung sei, was immer geschehe, auch wenn wir den Grund nicht immer sofort erkennen könnten. Und genau deshalb sollten wir dankbar sein für alles, was uns zustoße oder was wir höchstpersönlich verbockten. Linda zum Beispiel war auch dann noch voller Dankbarkeit, wenn sie mit ihrem Absatz in einem Gulli stecken blieb. Das hatte das Universum – laut

Linda – nämlich nur geschickt eingefädelt, damit sie bei der Suche nach neuen Schuhen im Laden eine alte Schulfreundin wiedertreffen konnte, die sie spontan zu ihrer Geburtstagsparty einlud, auf welcher sie dann – voilà! – den Mann ihres Lebens kennenlernte.

Im Prinzip ein schöner Gedanke, oder? All die unschönen Momente im Leben, vom gerissenen BH-Träger (mitten während eines Vorstellungsgesprächs, ich werde immer noch rot, wenn ich daran denke) bis zur verpassten Straßenbahn, all die Begegnungen mit Verrückten und Käsefüßen hätten einen tieferen Sinn und dienten einem höheren Zweck, und am Ende durfte man sogar noch dankbar dafür sein – herrlich! Aber leider konnte man Linda nicht wirklich ernst nehmen. Den Mann ihres Lebens lernte sie nämlich zwei- bis sechsmal im Jahr kennen, überdies ging sie auf sogenannte »Kuschelpartys« und traf sich regelmäßig auf imaginären Regenbogenbrücken mit geschlechtlich nicht näher spezifizierten Wesenheiten, die ihr zum Beispiel zum Kauf eines grünen Pullovers rieten. Auch sonst ließ sie kein esoterisches Klischeefeld unbesetzt: Sie behauptete, dass man vor den Meetings Salz in die Ecken eines Raums streuen soll, um für bessere Stimmung zu sorgen, dass man sich freie Parkplätze durch pure Willenskraft herbeiwünschen kann und dass unsere Chefin tief in ihrem Inneren »ein ganz lieber Mensch« sei, das sehe sie an ihrer Aura. Deshalb schied Linda für mich als Autorität in Sachen Schicksalsfügung aus, und deshalb passieren manche Dinge wohl ohne triftigen Grund, ohne tieferen Sinn – und dankbar muss man dafür auch nicht zwingend sein. Oder an diesem speziellen Fall erklärt: Hätte ich nicht für Marlene das Seminar übernehmen, nicht in diesem Zug sitzen, nicht wegen des stalkenden Produkttesters Arbeit vortäuschen müs-

Es ist ein liebenswerter Brauch:
Wer Gutes bekommt, der bedankt sich auch.
Wilhelm Busch

sen, hätte ich auch niemals diese SMS geschrieben, sondern die blauen Augen und das nette Lächeln spätestens in ein paar Tagen vollkommen vergessen.

Bill bohrte in seiner Nase. Ich sah es ganz genau, obwohl ich überhaupt nicht hinschaute. »Kondome durfte ich auch schon testen. Sagen Sie mal, hören Sie mir überhaupt zu?«

Und wie ich zuhörte. Ich hoffte nur, dass er es mir nicht ansah. *Sitze neben bekloppptem Kondomtester und finde mein Leben gerade wieder mal suboptimal*, simste ich meiner Schwester. Linda bekam auch eine SMS. *Selbst du hättest Probleme, die guten Seiten meines Sitznachbars zu erkennen. Wette, sein persönliches Krafttier ist ein Nacktmull und seine Aura hat die Farbe von Popel, welche er übrigens auch gerne isst.* Bevor der Zug in den nächsten Bahnhof einlief, hatte ich fünfzehn SMS abgeschickt, darunter auch eine an meine Mama (*Ich weiß, dass du dein Handy nie eingeschaltet hast, das hier schreibe ich auch nur, weil ich so tun muss, als ob ich arbeite*), und sicher wären es bis Köln noch sehr viel mehr geworden, wenn Bill nicht überraschend in Wolfsburg ausgestiegen wäre. Ich starrte ihn ungläubig an, als er seine Sachen zusammensuchte.

»Leider ist unser hübsches Intermezzo nun schon zu Ende. Aber man sieht sich!« Er reichte mir zum Abschied eine Visitenkarte. »Sie finden mich übrigens auch bei Facebook.« Mit einem vielsagenden Zwinkern verschwand er – und mit ihm der Käsefußgeruch.

Ich konnte mein Glück kaum fassen. *Du wirst es nicht glauben, aber der Zug-Irre heißt tatsächlich* Habenschaden *mit Nachnamen*, simste ich meiner Schwester.

Leise vor mich hinkichernd lehnte ich mich zurück und wollte mich gerade für den Rest der Fahrt entspannen, als das Handy eine eingehende SMS ankündigte. Sie war von Hausmeister Fischbach. *Oh là, là, verehrte Frau Wedekind, danke für das Angebot, ich komme nächste Woche dann mal wegen der Ent-*

lüftung der Heizung vorbei. Ihr Hermann Fischbach. P.S. Lieber Französisch als Chinesisch, wenn ich wählen darf.

Noch während ich fassungslos auf das Display starrte und versuchte zu verstehen, was das zu bedeuten hatte, trudelte eine weitere SMS ein. Von meiner Schwiegermutter, perfekt mit Groß- und Kleinschreibung sowie Interpunktion. *Wie lieb, dass du dich mal meldest, Herzchen. Es tut mir leid, dass dein Sitznachbar keine Manieren hat. Wenn ihr am Sonntag zum Mittagessen kommt, könnt ihr euch auf Sauerbraten freuen. Viele Grüße von Luise.*

Mir dämmerte, was passiert sein musste: Luise stand in meinem Telefonbuch unter Linda, und Fischbach kam gleich nach Felix. Was bedeutete, dass ich … oh, nein! So blöd konnte ich doch bitte nicht gewesen sein! Da, wieder eine SMS. Von Mathias Lenzen, dem Human-Resources-Mann mit dem netten Lächeln, der im Verzeichnis gleich hinter Marlene stand. Ich wagte sie kaum zu öffnen. Als ich es schließlich doch tat, glühten meine Wangen.

Die Möchtegern-Führungskräfte sind halt noch Möchtegerns. Und weit entfernt davon, jemanden wie Sie fertigmachen zu können. Danke übrigens für das Kompliment meinen Hintern betreffend. Ich fand Ihren auch sehr hübsch.

Komischerweise hatte ich beim Lesen sofort wieder seine Stimme im Kopf – und die Lachfältchen um seine Augen. Ich grübelte, was ich zurückschreiben konnte, ohne alles noch schlimmer zu machen. Dass es sich um eine fehlgeleitete SMS handelte, lag ja wohl auf der Hand. *Eigentlich fand ich Ihre Leute gar nicht so übel* – würde nur schleimig wirken. *Es war die Rede von einem anderen Seminar* – würde er mir nicht abnehmen. *Ich freue mich sehr, dass Sie meinen Hintern hübsch fanden* ging natürlich überhaupt nicht. Gerne hätte ich klargestellt, dass ich das Wort »Arsch« normalerweise nicht benutzte, aber was hätte er wohl mit dieser Information anfangen können?

Schließlich schrieb ich: *Ihre war nur eine von fünfzehn SMS, die an den falschen Empfänger gingen, und es ist noch nicht mal die peinlichste. Mein Hausmeister glaubt, ich hätte ihm ein unmoralisches Angebot unterbreitet. Im Boden versunkene Grüße.*

Dann starrte ich sehr lange auf das Display, aber es kam keine Antwort mehr, nur noch eine SMS von Marlene, in der stand: *Muss ich mir Sorgen machen, weil du mich Mama nennst? Darmspiegelung war übrigens superlustig, danke der Nachfrage.*

Ich musste grinsen. Wenigstens hatte ich die Darmspiegelung in meiner fehlgeleiteten Mail nicht erwähnt – dafür konnte ich doch wirklich dankbar sein.

Eine Krise kann jeder Idiot haben.
Was uns zu schaffen macht, ist der Alltag.
Anton Pawlowitsch Tschechow

Der Zug kam mit nur zehn Minuten Verspätung in Köln an, und weil es schon so spät war und ich mich vor Müdigkeit kaum noch aufrecht halten konnte, nahm ich ein Taxi nach Hause. Ich wäre sicher während der Fahrt eingeschlafen, wenn ich nicht einen dieser rasenden Kamikaze-Taxifahrer erwischt hätte, die grundlos die Spuren wechseln, jede Kurve schneiden, gern auch mal die Bordsteinkante mitnehmen und vor roten Ampeln entweder eine Vollbremsung machen oder sie einfach überfahren. Und dabei unentwegt reden. Auf Kölsch. Vor fünfeinhalb Jahren, als ich frisch hergezogen war, hatte ich die Kölner für seltsam und Köln für die hässlichste Stadt der Welt gehalten. Aber mittlerweile hatte ich meine neue Heimat wirklich lieb gewonnen, mitsamt Klüngel, fünfter Jahreszeit und gewöhnungsbedürftigem Dialekt. Als das Taxi mit quietschenden Reifen am Rathenauplatz hielt, war ich wieder hellwach. »Wünsche noch eine jute Nacht, schöne Frau«, sagte der Taxifahrer, nicht, weil er mich wirklich schön fand, sondern weil Kölner Taxifahrer das eben zu ihren weiblichen Fahrgästen sagen, aus Prinzip. Erst wenn sie stattdessen »junge Frau« sagen, weiß man, dass man alt geworden ist.

Frauen geben Fehler leichter zu als Männer. Deswegen sieht es aus, als machten sie mehr.
Gina Lollobridgida

Felix und ich wohnten in einer hübschen Altbauwohnung

im sogenannten »Kwartier Lateng«, meinem absoluten Lieblingsviertel. Von hier aus war Felix mit dem Fahrrad in zehn Minuten im Krankenhaus, wo er als internistischer Oberarzt arbeitete, und ich konnte zu Fuß zu meinem Büro am Rudolfplatz laufen. Ich mochte die vielen Geschäfte, Cafés, Biergärten und Weinstuben, und wenn mein Tag besonders mies gewesen war, legte ich die Heimwegroute einfach so, dass ich sowohl an meiner Lieblingskonditorei als auch an meinem Lieblingsladen vorbeikam. Wenn man ausgehen wollte, hatte man hier zahllose Möglichkeiten, sich zu amüsieren, und einige der besten Restaurants lagen ebenfalls in Laufweite. Allerdings waren wir in letzter Zeit recht wenig ausgegangen, und bei den Restaurants nutzten wir vor allem den Take-away- oder Lieferservice. Wir nehmen uns einfach zu wenig Zeit für die schönen Dinge im Leben, dachte ich, während ich die Wohnungstür aufschloss.

Und richtig: Felix war auf dem Sofa eingeschlafen, und zwar offensichtlich bevor er es geschafft hatte, sich auch noch den anderen Schuh auszuziehen. Das Essen vom Chinesen stand unberührt in kleinen Pappboxen auf dem Tisch, und im Fernsehen fragte Markus Lanz oder jemand, der genauso aussah, gerade einen Hells-Angels-Typen, warum er immer noch bei seiner Mutter wohnte. Felix' Kopf war zur Seite gekippt, sein Mund stand leicht offen, die hellbraunen Locken fielen ihm ins Gesicht, die Augenbrauen waren wie immer hoffnungslos zerstrubbelt. Ich strich sie mit beiden Daumen gerade (wie oft hatte ich das wohl in den letzten fünf Jahren getan?), küsste ihn auf das stoppelige Kinn und befreite die Fernbedienung aus seiner Hand.

Als der Fernseher verstummte, schlug Felix seine Augen auf. »Hey, da bist du ja, Eselchen«, sagte er und blinzelte mich an. Das Sofakissen hatte eine lange Falte in seine Wange gedrückt. »Mist, ich wollte eigentlich noch den Tisch decken und eine Kerze anzünden, aber dann bin ich wohl eingeschlafen. War ein harter Tag.«

»Ja, bei mir auch«, sagte ich, ließ mich neben ihn fallen und drückte meine Nase an seinen Hals. »Mmmmh, du riechst gut.«

»Du auch.« Felix legte einen Arm um mich. »Ist das ein neues Parfüm?«

»Nein, das ist das Erfrischungstuch der Deutschen Bahn. Ich muss erst mal duschen. Und dann ...«

»Hast du Hunger?«

»Ja, sehr.« Ich küsste Felix in die kleine Grube unter seinem Schlüsselbein, wo er immer nach Vanille roch. »Ich hatte dir eine anzügliche SMS geschickt, weißt du.«

»Oh, ich habe noch gar nicht nachgeschaut.«

»Musst du auch nicht. Die hat nämlich Hausmeister Fischbach bekommen. Und die Läster-SMS über die doofen Seminarteilnehmer und ihren Personalchef, die ich an Marlene geschickt habe, hat stattdessen der Personalchef gekriegt. Du dürftest die SMS bekommen haben, die eigentlich für Eva bestimmt waren. Wirklich – deine Mutter kann besser mit einem Handy umgehen als ich. Der habe ich übrigens aus Versehen auch geschrieben.«

The problem with the world is that everybody is a few drinks behind.
Humphrey Bogard

Felix lachte schläfrig. »Schön, dass du wieder da bist, Eselchen. Ich hab dich gestern Nacht vermisst.« Seine Hand kraulte meinen Nacken. »Was stand denn in der anzüglichen SMS?«

»Na, sagen wir mal so, Hausmeister Fischbach möchte demnächst mal vorbeikommen und die Heizung entlüften ...«

Felix' Lachen ging fließend in ein Gähnen über. Hastig stand ich auf. »Ich dusche jetzt schnell, aber in spätestens fünf Minuten bin ich wieder da, ja? Oder in drei, wenn ich mich nicht wieder anziehe. In zwei, wenn ich das Abtrocknen auslasse.«

»Ich rühre mich nicht von der Stelle«, versicherte Felix.

Das tat er auch nicht. Aber als ich zurückkam – gut, ich hatte vielleicht doch ein bisschen länger gebraucht als drei Minuten –, war er bereits wieder tief und fest eingeschlafen.

Versuchungen sollte man nachgeben,
wer weiß, ob sie wiederkommen.
Oscar Wilde

Wenn unsere Chefin Gabriele Gerber schlecht drauf war, pflegte sie nicht nur einen furchterregenden braunroten Lippenstift zu tragen, sondern schon frühmorgens alles daranzusetzen, uns ebenfalls die Laune zu verderben. Was sie nicht wissen konnte – heute war es gar nicht mehr möglich, meine Laune noch zu verschlechtern.

»Kati, wo bleibt die Auswertung der Teilnehmerbefragung?« Ich war noch nicht ganz zur Tür herein, als sie mich bereits anraunzte und dabei in eine Wolke von Jil Sander hüllte. Einen Duft, den ich vor unserer Bekanntschaft durchaus gemocht hatte.

Ich bin gestern erst um kurz vor Mitternacht zu Hause gewesen, das weißt du ganz genau, du grausame Leuteschinderin!, schnauzte ich zurück, allerdings ganz ohne die Stimmbänder zu benutzen oder die Lippen zu bewegen. Für meine Chefin musste es so aussehen, als ob ich sie einfach nur finster anstarrte. *Und dann, stell dir vor, hatte ich keine Lust, mir die Nacht mit den Teilnehmerfragebögen für deine überflüssigen Statistiken um die Ohren zu schlagen! Ich habe nämlich auch ein Privatleben, weißt du, wenn auch ein ziemlich ödes …*

»Sag bloß, du hast die noch nicht fertig?« Gabriele Gerber schnalzte mit der Zunge, wie nur Gabriele Gerber mit der Zunge schnalzen konnte. Es ist schwer zu beschreiben, aber wenn sie so schnalzte, bekam man sofort das dringende Bedürfnis, nach dem nächstbesten harten Gegenstand zu greifen und ihn mit Schwung über ihren perfekt frisierten Kopf zu ziehen. »Heute ist der erste Februar, und ich hätte die Monatsstatistik gern pünktlich online gestellt. Wenn ich nachher von meinem Women's Club Business Lunch komme, *muss* ich das auf meinem Schreibtisch haben.«

Schnalz.

Ich versuchte mir in Erinnerung zu rufen, was ich den Teilnehmern in meinen Seminaren zum Thema gewaltfreie Kommunikation am Arbeitsplatz riet. *Behalten Sie in jedem Fall die Ruhe. Versuchen Sie gar nicht erst, sich zu verteidigen. Seien Sie freundlich, konstruktiv und denken Sie allein an IHRE Ziele. Machen Sie keine Vorwürfe, werden Sie nicht beleidigend. Und vor allem: Atmen Sie tief und lächeln Sie!*

Ich lächelte. »Dir auch einen guten Morgen, liebe Gabi.« *Freundlich.* »Die Auswertung mache ich gleich nach meinem Work-Life-Balance-Seminar bei den Jungen Unternehmerinnen heute Nachmittag.« *Konstruktiv.* Ich war gut.

Da begann Gabi mit den Augen zu rollen, so wie nur sie mit den Augen rollen konnte. Und dazu schnalzte sie wieder.

Meine Augen wanderten sehnsüchtig zum Schirmständer hinüber ... stopp! *Behalten Sie auf jeden Fall die Ruhe.* Ich nahm einen tiefen Atemzug. »Das Seminar heißt übrigens *Gelassenheit und Achtsamkeit im Arbeitsalltag.*«

Schnalz. Roll. Gott, sie machte mich wahnsinnig!

»Nächste Woche geht es dann um Mitarbeitermotivation durch positive Verstärkung. Wenn du Zeit hättest, würde ich dir vorschlagen, einfach mitzukommen und zuzuhören«, sagte ich. »Ganz sicher könntest du da noch etwas lernen.« Na schön, das war jetzt gegen Ende vielleicht doch etwas beleidigend geraten. Aber immer noch besser, als nach dem Schirmständer zu greifen und ihn über ihren Kopf zu braten. Jetzt schaffte ich es sogar, wieder zu lächeln.

»Wenn du mich fragst, ist bei deiner Arbeitsmoral ein bisschen zu viel Gelassenheit im Spiel!« Gabi schnalzte noch zweimal vernichtend mit der Zunge, dann wandte sie sich Linda zu, die hinter der Empfangstheke stand und sich bereits ängstlich auf die Lippen biss. Bestimmt hatten sich all ihre sogenannten Krafttiere längst zitternd hinter ihrem Rücken versteckt. Unser Kollege Bengt Schneider versuchte, sich mit einer Tasse Kaffee in der Hand aus der Küche an seinen Schreibtisch zu schleichen, ohne ins Blickfeld unserer Chefin zu geraten. Von Marlene war noch nichts zu sehen.

G&G Impulse Consulting war mit vier Festangestellten eine viel kleinere Firma, als unser Kundenportfolio und das Beratungs- und Trainingsangebot vermuten ließen. Wir hätten mehr als genug Arbeit für zwei weitere Mitarbeiter gehabt, aber Gabi war der Ansicht, dass Privatleben und Wochenenden hoffnungslos überschätzt wurden und alles unter einer 75-Stunden-Woche eigentlich schon als Urlaub galt. Sie selbst ging mit gutem Beispiel voran und machte nie Ferien, und das bisschen freie Zeit, das sie sich gönnte, verwendete sie darauf, so auszusehen, als käme sie gerade von einem zweiwöchigen Maledivenaufenthalt. Das Dekolleté im Armanikostüm war stets sonnengebräunt, die Haare mit strandblonden Strähnchen aufgehellt, und für Klienten konnte sie sogar ein sensationell erholtes Lächeln auf ihr Gesicht zaubern. Wir hatten keine Ahnung, wie alt sie war, vermuteten aber, dass sie trotz bedeutend jüngerem Aussehen ihren fünfzigsten Geburtstag längst hinter sich hatte. Sie wollte, dass wir sie Gabi nannten, und das taten wir auch, wenn es sich nicht vermeiden ließ, aber in ihrer Abwesenheit hieß sie »die Frau, die keinen Schlaf braucht« (an den guten Tagen) oder »die Blutgräfin des Rheinlands« (an allen anderen Tagen). Selbst Linda, die ja überzeugt war, dass tief in unserer Chefin ein guter Kern vergraben war, gab zu, dass sie ihn meist ausgesprochen gut versteckte.

»Was sind das eigentlich für alberne Zöpfchen, Linda?«, fragte Gabi.

»Mein inneres Kind …«, begann Linda, brachte den Satz aber nicht zu Ende, weil Gabi wieder mit den Augen zu rollen begann. Stattdessen murmelte sie: »Bengt hat gesagt, er findet die Frisur niedlich.« Kein ungeschickter Versuch, Gabis Aufmerksamkeit auf Bengt zu lenken, das musste ich zugeben. Der verschüttete vor Schreck auch prompt seinen Kaffee.

»Ich kann da leider nichts Niedliches erkennen.« Gabi schnalzte mit der Zunge. »Mach die weg. Ich komme nachher mit einem neuen Klienten wieder, und der soll nicht denken, er sei im Kindergarten gelandet.«

Gehorsam zog Linda die Gummis aus ihren Haaren.

»Ich muss los.« Gabi warf einen Blick auf ihre Armbanduhr, und ich unterdrückte einen erleichterten Seufzer. Ohne hinzusehen, wusste ich, dass es den anderen beiden genauso ging. »Warum ist Marlene noch nicht da? Man sollte doch denken, dass sie nach einem freien Tag ausnahmsweise mal nicht verschläft. Wo ist mein Mantel?«

»Hier!« Bengt beeilte sich, seinen Kaffee abzustellen und der Blutgräfin in den Mantel zu helfen.

»Das war kein freier Tag«, sagte ich, obwohl ich wusste, dass mein empörter Tonfall an Gabi vollkommen verschwendet war. »Marlene hatte eine *Darmspiegelung*.«

Du musst die Laufrichtung ändern, sagte die Katze zur Maus und fraß sie.
Franz Kafka

»Wie auch immer.« Noch ein letztes Schnalzen. »Gegen elf Uhr bin ich wieder hier, mit dem Klienten, und es wäre schön, wenn ihr dann allesamt ein wenig motivierter rüberkämet und du keinen Kaffeefleck mehr auf dem Hemd hättest, Bengt.«

»Dein Wunsch ist mir Befehl, du kontrollfreakige, untervögelte Ziege«, knurrte Bengt. Aber erst, als Gabi zur Tür hinausgestöckelt war. »Da! Jetzt habe ich wieder meinen Ausschlag bekommen. Wusstet ihr, dass die meisten Krankheiten durch negativen Stress ausgelöst werden? Es ist ein Wunder, dass wir überhaupt noch aufrecht gehen können! Nur weil diese Person keinen Sex hat, müssen wir alle leiden.« Er krempelte den Hemdsärmel hoch und zeigte mir sein Handgelenk. »Siehst du das? Juckt wie der Teufel. Ich muss einen Arzttermin machen, das ist mir zu unheimlich.«

»Ich sehe nichts«, sagte ich wahrheitsgemäß, aber auch weil ich wusste, dass man Bengt auf keinen Fall bei seinen hypochondrischen Überlegungen unterstützen durfte. Er hatte andauernd seltene, meist tödliche Krankheiten, mit denen er sich bevorzugt bei »Dr. House« und »Grey's Anatomy« ansteckte. Zwickte es ihn im Bauch, hatte er mindestens ein hepatozelluläres Adenom, und neulich war er fest davon überzeugt gewesen, sein eingerissenes Nagelhäutchen zeuge in Wirklichkeit vom Befall von *Streptococcus pyogenes*, einem fleischfressenden Bakterium, das ihn über kurz oder lang grausam töten würde. »Woher willst du wissen, dass sie untervögelt ist? Kann man das denn Leuten ansehen?«

»Ich bitte dich!« Für eine Sekunde ließ Bengt seinen eingebildeten Ausschlag aus den Augen. »Natürlich sieht man das! Wie sie sich bewegt, so *unlocker* in den Hüften, und wie giftig sie guckt ... Glaubst du etwa, dass jemand, der sich so gemein verhält, vor Kurzem noch Sex hatte?«

»Vielleicht schlechten«, murmelte ich und überlegte, ob ich womöglich auch unlocker in den Hüften rüberkam. Bestimmt! Nachdem es mir nicht gelungen war, Felix wieder wachzuküssen, war ich gestern ziemlich frustriert ins Bett gegangen. Felix musste im Lauf der Nacht nachgekommen sein, aber den Augenblick hatte ich wohl verschlafen, und er war schon zur Arbeit gefahren, als ich aufwachte. Auf seinem Kopfkissen lag nur ein Zettel für mich. In typischer, unleserlicher Arztschrift stand da: *Bis heute Abend, ich versuche, pünktlich zu sein. Und sag Hausmeister Fischbach gefälligst, ich kümmere mich selber um die Heizung.* Haha, sehr lustig.

Linda starrte auf die Haargummis, die sie noch immer in den Händen hielt, als überlegte sie, wie die dort hingekommen wären. »Ich wusste gleich, dass es heute Missstimmungen geben würde. Meine Tageskarte waren die drei Schwerter. Und ich habe geträumt, dass alle meinen Geburtstag vergessen hätten.«

»Wann war der noch mal?«, fragte ich scherzeshalber.

Linda riss erschrocken die Augen auf. »Am Samstag! Du hast versprochen, eine Schwarzwälder Kirschtorte zu backen!«

»Das weiß ich doch, Lindalein!«

»Heute habe ich für diese Art Scherz nichts übrig.« Sie seufzte schwer. »Marco hat nicht angerufen. Dabei habe ich ihm achtmal auf die Mailbox gesprochen. Und zwei sehr süße Mails geschrieben.« Marco war Lindas aktueller Mann fürs Leben. Er hatte eine faszinierende, regenbogenfarbige Aura und war das Beste, das ihr je passiert war, jedenfalls seit Jan, von dem sie sich vor sechs Wochen getrennt hatte. Trotz sensationell gutem, Aura verschmelzendem Sex machte sich Marco zwischen den Treffen allerdings verdächtig rar. »Ich werde ein paar Räucherstäbchen anzünden müssen!«

»Und ich werde nach Hause gehen und das Hemd wechseln.« Bengt warf sich seinen Mantel über. In der Tür stieß er mit Marlene zusammen, die wie immer zum Anbeißen aussah, mit ihren roten Locken, die unter einer geringelten Wollmütze herausquollen und ihr rosenwangiges Gesicht umrahmten.

»Na endlich. Die Blutgräfin hat dich schon vermisst!«, sagte ich. »Und ich auch. Hast du meine SMS bekommen – ich meine, die richtige, heute Morgen?«

»Hab ich.« Marlene kicherte. »Bengt, Schätzchen, du willst doch nicht etwa schon gehen?« Sie umarmte Bengt und küsste ihn auf beide Wangen, ehe er sich vergewissern konnte, dass sie keine Schnupfenviren oder Schlimmeres verteilte.

»Lieber nicht berühren, er ist ansteckend, vermutlich Gürtelrose«, sagte ich mit dumpfer Stimme.

»Unsinn«, sagte Bengt. »Doch nicht am Handgelenk.« Er sah zuerst mich, dann Marlene verunsichert an. *»Oder?«*

Ich zuckte mit den Achseln. »Kann man nie so genau wissen.« Kaum hatte ich es gesagt, biss ich mir erschrocken auf die Lippen. Oh Gott, ich war ja schon genauso gemein wie Gabi, und das alles nur, weil ich chronisch untervö…

»Ich sollte dir doch einen genauen Darmspiegelungsbericht abliefern, Bengt, und glaub mir, darauf habe ich mich schon die ganze Zeit gefreut!« Marlene zwinkerte mir zu. »Und unser Katilein hat auch eine lustige Geschichte zu erzählen. Sie hat gestern versaute SMS an die falschen Empfänger geschickt.«

»Ich bin in zwanzig Minuten wieder da und dann ganz Ohr«, versicherte Bengt und war durch die Tür. Ob ich ihm mal »Mad Men« leihen sollte? Don Draper hatte immer Ersatzhemden in der Schreibtischschublade.

»Versaute SMS? Wirklich?« Lindas Miene hatte sich aufgehellt.

»Nur eine. Und so versaut war die gar nicht. Eher zweideutig.« Ich stützte mich mit den Ellenbogen auf Lindas Tresen ab. »Viel schlimmer war, dass ich dem Human-Resources-Typ aus dem Seminar gestern eine SMS geschickt habe, die eigentlich für Marlene bestimmt war, und darin stand, dass seine Leute arrogante Pfeifen sind, aber dass er einen süßen Knackarsch hat.«

Erwartungsgemäß quietschten Linda und Marlene vor Vergnügen.

»Und stellt euch mal vor, er hat zurückgeschrieben, dass er meinen Hintern auch ziemlich gut fand.«

»Ja, Mathias hat wirklich Humor«, sagte Marlene, während sie in die Küche schlenderte und sich dort einen Kaffee einschenkte. »Und das bei dem Aussehen! Ich glaube, alle Frauen in den NLP-Seminaren waren in ihn verknallt. Und ein Teil der Jungs auch.«

Ich runzelte die Stirn. »Ach, du meinst, er hat das mit meinem Hintern als *Scherz* gemeint?« Aus irgendeinem Grund fühlte ich Enttäuschung in mir hochsteigen.

Marlene lachte. »Ja, aber bestimmt fand er deinen Hintern trotzdem toll. Ich meine, das ist er ja auch. Ich würde alles dafür geben, so einen niedlichen, kleinen Arsch zu haben wie du.«

Dann war es ja gut. Mir gefiel nämlich der Gedanke, dass jemand mit mir geflirtet hatte, ich meine, jemand anders als der obligatorische Zug-Irre oder Hausmeister Fischbach.

Marlene stieß mir den Ellenbogen in die Rippen. »Hey! Das ist jetzt die Stelle, an der du sagen musst: Aber Marlene, dein Hintern ist doch großartig, wie der von Jennifer Lopez, nur noch schöner.«

»Das weißt du doch selber, Marlene! Du bist von Kopf bis Fuß perfekt. Und ich wette, Javier sagt dir das auch jeden Tag zehnmal. Oder er singt es.« Javier war Argentinier, gerade mal dreißig und damit zehn Jahre jünger als Marlene, von Kopf bis Fuß tätowiert und Gitarrist und Sänger in einer – leider recht erfolglosen – Band. Als er vor etwas mehr als vier Jahren bei Marlene und ihrer Tochter Amelie eingezogen war, hatte niemand der Beziehung so recht eine Chance geben wollen, Marlenes Vater hatte sogar mit Enterbung gedroht. Ich war ehrlich gesagt anfangs auch etwas skeptisch gewesen, aber tatsächlich hatte Javier Marlene bisher nicht einen einzigen Tag unglücklich gemacht. »Sieh dich nur an! Wie du von innen strahlst. Selbst wenn du eine Darmspiegelung hinter dir hast, niemand käme auf die Idee, dich als unlocker in den Hüften zu bezeichnen.«

Marlene zog eine Augenbraue hoch.

Ich winkte ab. »Ach, das war nur so eine Theorie von Bengt, er meint, man sieht es Frauen an, wenn sie zu wenig Sex haben … Na ja, und jetzt frage ich mich, ob er vielleicht recht hat. Sehe ich für dich irgendwie … na ja … irgendwie ein bisschen … na ja, ein bisschen aus wie jemand, der … irgendwie, na ja …«

»Kati! Deine Handtasche klingelt!«, rief Linda von vorne.

»Ich hoffe, das ist irgendwie … ein bisschen … na ja … ein Logopäde, der mit dir einen Termin vereinbaren will«, sagte Marlene, während ich zu meiner Handtasche sprintete. Als ich das Handy endlich herausgekramt hatte, war es schon verstummt.

Ich warf einen Blick auf das Display, und unsinnigerweise begann mein Herz schneller zu klopfen. »Das war *er*«, sagte ich.

»Wer?«, fragten Linda und Marlene gleichzeitig.

»Na, er … dieser … Human-Resources-Mensch … Mathias Lenzen.«

»Und warum wirst du jetzt rot?«

»Weil … werd ich doch gar nicht.«

»Schon ein bisschen.« Linda legte ihren Kopf schief und kniff ihre Augen zusammen. »Und deine Aura weist gerade einige farbliche Turbulenzen auf. Dafür musst du dich aber nicht schämen. Es ist ganz normal, dass wir im Leben immer wieder auf Menschen treffen, zu denen wir uns hingezogen fühlen. Meistens hat das etwas mit unseren früheren Leben zu tun, unsere Seelen haben sich dann miteinander verabredet, um eine gemeinsame Lernerfahrung zu machen.«

»Das ist doch mal eine wirklich kreative Begründung, jemandes Hintern scharf zu finden.« Marlene grinste.

»Ich habe seinen Hintern kaum angesehen«, verteidigte ich mich, und da grinste Marlene noch mehr.

»Tss, Marlene – was du immer denkst«, sagte Linda tadelnd. »Hier geht um die Anziehung zweier Seelen, nicht um … pfff … *Körperlichkeiten*. Das würde Kati gar nicht einfallen, sie ist schließlich verheiratet, stimmt's, Kati?«

Ich muss wohl ein schuldbewusstes Gesicht gemacht haben, denn Marlene wuschelte mir lachend durch das Haar. »Er scheint dir ja wirklich gut gefallen zu haben!«

»Ja, weil er nett war«, sagte ich unnötig aggressiv. »Und weil er ein bisschen mit mir geflirtet hat – jedenfalls hoffe ich, dass er geflirtet hat. Das war … eben nett.«

»Dann ruf ihn doch einfach zurück. Vielleicht hat ihm ja auch noch mehr als nur dein Hintern gefallen. Oder es ist was Berufliches …«

»Vergesst es! Ich ruf bestimmt nicht zurück, schon gar nicht, wenn ihr dabei seid.« Mit energischen Schritten ging ich hinüber zu meinem Schreibtisch. Bengt, Marlene und ich hatten unsere Arbeitsplätze alle im gleichen Raum; von Lindas Tresen, der direkt neben der Eingangstür gegenüber der Küche stand, waren wir nur durch eine Sitzgruppe und eine halbhohe Wand getrennt. Die Blutgräfin hatte Gott sei Dank ein eigenes Büro, außerdem gab es noch einen großen Seminarraum, in dem Linda Tai-Chi-Übungen machte, wenn Gabi nicht da war. Die Toiletten waren draußen im Flur, wir teilten sie uns mit unserem Nachbarbüro, wo eine kleine Werbeagentur untergebracht war. Einer der beiden Chefs war mal aufgrund einer schicksalhaften Begegnung im Fahrstuhl kurz Lindas Mann fürs Leben gewesen, aber dann hatte sich herausgestellt, dass er schwul war. – Linda und Marlene waren mir gefolgt.

»Das ist aber unhöflich, nicht zurückzurufen«, sagte Linda. »Man wartet und wartet und fragt sich, was man falsch gemacht hat – so was tut weh, weißt du?«

»Ja, aber nur, wenn man miteinander im Bett war und dem anderen schon fünfmal auf die Mailbox gesprochen hat«, sagte ich gereizt.

»Achtmal«, korrigierte Linda mich. »Ich habe Marco achtmal auf die Mailbox gesprochen.«

»Das war vielleicht *einmal* zu viel«, murmelte Marlene.

Linda schüttelte den Kopf. »Achtmal in drei Tagen – und immer nur ganz kurz! Das ist doch nicht zu viel. Und ich habe ihm keine Vorwürfe gemacht, immer nur Ich-Botschaften gesendet. Allmählich mache ich mir wirklich Sorgen – vielleicht ist ihm etwas zugestoßen. Wir kennen uns ja erst so kurz, niemand würde mich verständigen, wenn er irgendwo auf einer Intensivstation liegen würde.« Sie schniefte.

»Aber das letzte Mal hat er sich doch auch vier Tage nicht gemeldet«, erinnerte ich sie, froh, dass wir endlich nicht mehr über mich sprachen.

»Ja, aber da war er beruflich im Ausland und konnte seine Mails nicht abrufen, und das Handy funktionierte auch nicht … und dann ist noch seine Mutter krank geworden …«

»Ich bin ja immer ein wenig misstrauisch, wenn Leute gleich mehrere Ausreden auftischen«, sagte ich vorsichtig.

»Wo im Ausland war er noch gleich? Im Kongo?«, fragte Marlene.

»Nein, Österreich«, sagte Linda. »Wieso?«

In diesem Augenblick begann mein Handy erneut zu klingeln, und ehe ich es verhindern konnte, hatte Marlene sich meine Handtasche geschnappt und es herausgefischt.

»Untersteh dich«, rief ich noch, aber da hatte sie den Anruf schon angenommen. »Eine Sekunde«, flötete sie und hielt mir das Telefon entgegen. Mir blieb gar nichts anderes übrig, als »Hallo« zu sagen. Dabei schaute ich Marlene zornig an, aber sie lächelte nur.

»Mathias Lenzen. Stör ich gerade?«

»Ähm, nein, gar nicht, das Handy lag nur … auf dem Schreibtisch meiner Kollegin, deshalb … ähm … hallo … noch mal.« Ich schlug mir mit der Hand gegen die Stirn. Marlene formte mit den Lippen deutlich das Wort »Lo-go-pä-de«, und Linda runzelte besorgt die Stirn. Ich wanderte mit dem Telefon in die Küche, auch wenn der Empfang hier etwas schlechter war. Linda und Marlene folgten mir auf dem Fuß. Sie waren schrecklich. Ich machte scheuchende Handbewegungen und drehte ihnen den Rücken zu.

»Tut mir leid, das mit der SMS gestern, das war unmöglich«, sagte ich, wobei ich mir jedes Äh verkniff und mich bemühte, die Pausen in dem Satz auf ein Minimum zu beschränken. »Normalerweise lästere ich nicht so über meine Seminarteilnehmer, nur in Ausnahmefällen.«

»Wenn sie so doof sind wie gestern.« So eine nette, warme Stimme. Würde er in einem Callcenter arbeiten, würde ich ihm sicher eine Heizdecke abkaufen. Oder ein Los-Abo.

»Genau. Ich meine, nein, so doof waren sie nun auch wieder nicht, nur ein bisschen arrogant und besserwisserisch und … Ach verdammt, ich mache es nur schlimmer, oder?«

»Ja.« Er lachte. »Ich kann die meisten davon auch nicht ausstehen.« Was war das für ein Klicken? Schrieb er etwa nebenher eine Mail? »Weshalb ich aber eigentlich anrufe …«

»Ja?« Wieso machte er eine Pause?

»Ich bin an diesem Wochenende in Köln. Und ich würde mich sehr freuen, wenn Sie Zeit hätten, mit mir einen Kaffee zu trinken. Oder ein Glas Wein, je nachdem.«

Oh. Ich war froh, dass Marlene und Linda mein Gesicht nicht sehen konnten, denn ich spürte, wie es rot anlief. »An diesem Wochenende?«, wiederholte ich, um Zeit zu gewinnen. Irgendwo bei ihm im Hintergrund war Telefonklingeln zu hören.

»Ja, Samstag oder Sonntag … Hören Sie, das ist mein Telefon, ich muss da drangehen, ich rufe Sie nachher noch mal an. Sie können sich ja in der Zwischenzeit überlegen, ob Sie Zeit haben.« Und schon hatte er aufgelegt.

Erschüttert drehte ich mich zu Marlene und Linda um.

»Oh nein!«, sagte Marlene. »Das letzte Mal hast du so geguckt, als du Cola light über deine Tastatur gekippt hattest.«

Ich ließ mich auf den Hocker fallen, den wir benötigten, um an die oberen Fächer der Hängeschränke zu gelangen. Dort wurden unter anderem die guten Konferenz- und Kundenplätzchen aufbewahrt.

»Was hat er denn gesagt?« Marlene schwang ihren Hintern auf die Arbeitsplatte.

»Dass er einen Kaffee mit mir trinken will«, sagte ich. »Wenn er am Wochenende in Köln ist.«

»Wie nett«, sagte Marlene.

»Oh, oh«, sagte Linda.

»Was soll ich nur machen? Er ruft gleich zurück!«

»Ähm, wo ist das Problem? Hast du denn Zeit oder hast du keine?«

»Das ist doch gar nicht die Frage, Marlene.«

»Bravo!«, sagte Linda. »Ist es auch nicht. Kati ist schließlich verheiratet.«

Marlene zog eine Augenbraue hoch. »Stimmt ja. Kaffeetrinken nach der Hochzeit ist streng verboten.«

Ich wusste nicht, was ich darauf antworten sollte. Sie hatte ja recht. Was war schon dabei, sich mit jemandem auf einen Kaffee zu treffen?

»Es besteht ein großer Unterschied zwischen einem Treffen auf einen Kaffee und einem Treffen auf einen Kaffee, Marlene«, sagte Linda streng. Da hatte sie auch wieder recht.

»Hä?«, machte Marlene.

»Kati versteht mich schon, nicht wahr, Kati? Sie hat Angst, die Dose der Madonna zu öffnen.«

»Hä?«, machte Marlene wieder.

»Sie meint die Büchse der Pandora«, sagte ich.

»Genau!« Linda schubste mich in die Seite. »Steh mal auf, ich brauche den Hocker.«

Ich erhob mich seufzend.

»Kati bringt das Böse über diese Welt, wenn sie sich mit dem Lenzen auf einen Kaffee trifft?« Marlene schnaubte amüsiert durch die Nase. »Aber hast du nicht vorhin gesagt, dass sie nur zwei Seelen sind, die sich im vorigen Leben miteinander verabredet haben, um gemeinsam eine Lernerfahrung zu machen?«

Moral ist der ständige Kampf gegen die Rebellion der Hormone.
Federico Fellini

»Da wusste ich noch nicht, dass er sie auf einen *Kaffee*-Kaffee treffen will. Und dass sie gleich weiche Knie bei der Vorstellung bekommt.« Linda kletterte auf den Hocker, um eine große Schachtel Kekse aus dem Schrank zu angeln. »Diese Art von Lernerfahrung meinte ich nicht!«

»Ach Linda ...«

»Nix, ach Linda! Das wäre alles nicht passiert, wenn sie einen Ehering tragen würde. Was soll diese Unsitte überhaupt? Ich rege mich schon seit Jahren drüber auf! Ich meine, wozu dieses Austauschen der Ringe, wenn man sie dann nicht trägt? Sie sind doch keine geheimen Symbole, sie dienen der Aufklärung und der Abschreckung, Punkt!« Energisch riss sie die Verpackung auf. »Wie viel Zeit könnte man sich und seinen Mitmenschen sparen, wenn alle verheirateten Menschen ihre blöden Ringe tragen würden! Aber heutzutage tun das nur noch die, mit denen sowieso keiner einen Kaffee trinken gehen will. So nach dem Motto: Seht her, ich bin zwar dumm und hässlich, aber ich habe trotzdem eine abgekriegt. Und du nicht, ätschibätschi.« Erbittert schob sie sich einen Schokoladenkeks in den Mund. »Dasch isch allesch nisch schön.«

»Willst du damit sagen, der Mann würde keinen Kaffee mit mir trinken wollen, wenn er wüsste, dass ich verheiratet bin?«

Linda nickte. »Nur Sisyphos wäre noch abschreckender. Es sei denn, er wäre einer dieser bindungsunfähigen Typen, die verheiratete Frauen besonders reizvoll finden.«

»Sisyphos?«, wiederholte Marlene verwirrt.

»Ich glaube, sie meint Syphilis«, sagte ich zerstreut, und da sah Marlene noch verwirrter aus. »Gib mir auch einen Keks, Linda. Oder besser gleich zwei. Und nur, damit du es weißt: Felix und ich haben überhaupt keine Eheringe. Man kann heute ohne heiraten.«

»Echt? Das sollte auch per Gesetz verboten werden«, sagte Linda.

»Und was sagst du Mathias nun?« Marlene lächelte mich mitleidig an. »Dass du leider die Kaffeebüchse der Pandora nicht mit ihm öffnen kannst, weil du mit Sisyphos verheiratet bist? Da wär ich gern dabei.«

»Was vermutlich auch der Fall sein wird. Hier hat man ja keine Privatsphäre.« Ich seufzte und sah auf die Uhr. »Ich könnte ihm einfach eine SMS schreiben.«

»Ja, das hat Stil«, sagte Marlene.

»Komm schon, er hat mir keinen Heiratsantrag gemacht, er hat nur gefragt, ob wir einen Kaffee trinken«, sagte ich und war plötzlich richtig wütend auf mich selber. »Da werde ich ihm wohl kaum das Herz brechen, wenn ich keine Zeit habe. Das ist doch alles total albern!«

»Meine Rede«, sagte Marlene und verdrehte die Augen.

Wie aufs Stichwort klingelte das Handy. Ich würgte den Keks hinunter und eilte hinaus in den Flur. »Und ihr bleibt gefälligst hier drin!«, rief ich über meine Schulter.

»Ja doch. Aber bestell ihm wenigstens schöne Grüße von Sisyphos«, rief Marlene.

»Über so eine Krankheit macht man keine Witze«, hörte ich Linda noch sagen, dann holte ich sehr tief Luft. Zeit, sich erwachsen zu verhalten.

»Kati Wedekind?«

»Mathias Lenzen, da bin ich wieder.« Ob er immer so gut gelaunt war, wie er klang? »Haben Sie mal in Ihren Kalender geschaut, ob Sie am Wochenende Zeit haben?«

Noch einmal tief Luft holen. »Ich würde liebend gern einen Kaffee mit Ihnen trinken gehen, gleichzeitig gibt es leider nicht eine einzige freie Minute. Das ganze Wochenende ist schrecklich vollgepackt mit Terminen.«

Es entstand eine kurze Pause, dann hörte ich ihn lachen.

»Was ist denn daran so komisch?«, fragte ich. Ich sah mich Hilfe suchend um, aber Marlene und Linda waren wider Erwarten in der Küche geblieben.

»Ich glaube, wir haben das gleiche Seminar besucht: ›Wie man Nein sagt, ohne jemanden vor den Kopf zu stoßen‹.« Er lachte immer noch.

»Ähm …« So ein Mist.

»Großartig, wirklich. Ich benutze das auch dreimal am Tag. ›Ich würde Ihnen liebend gern die Gehaltserhöhung bewilligen, gleichzeitig haben wir da von Konzernseite keinerlei Spielraum.‹ Das böse Wort ›aber‹ kommt mir nicht mehr über die Lippen.« Er beruhigte sich etwas. »Sie würden also liebend gern einen Kaffee mit mir trinken?«

»So ist es«, sagte ich. *Sie haben ja keine Ahnung, wie gern.* »Leider ist das Wochenende wirklich zugepackt mit schrecklichen Terminen.« Ich holte noch einmal tief Luft. Erwachsenes Verhalten war nicht wirklich einfach. Das nächste Wort wollte erst nicht so recht über meine Lippen rollen, aber ich schubste es unbarmherzig hinaus. »W… wir haben allein zwei Geburtstagseinladungen, die eine davon so schrecklich, dass ich am nächsten Morgen garantiert verkatert sein werde, allerdings muss ich da eine Torte für den anderen Geburtstag backen, außerdem wollten wir eine Couch kaufen, am Sonntag sind wir zum Mittagessen bei meinen Schw…« – auch das Wort schien festzuklemmen – »Schwiegereltern und, ach ja, mit dem Treppenhausputzen sind wir auch noch dran.«

Wieder entstand eine winzige Pause. »Das hört sich wirklich nach einem sehr ausgefüllten Wochenende an«, sagte er dann, und obwohl ich genau hinhörte, konnte ich keine Veränderung in seinem Tonfall feststellen. Er klang immer noch amüsiert und freundlich. »Wirklich schade. Aber vielleicht klappt es ja, wenn ich das nächste Mal in Köln bin.«

Linda hatte recht: Nur Syphilis hätte noch abschreckender gewirkt.

Im Hintergrund begann wieder ein Telefon zu klingeln. »Oder Sie sagen Bescheid, wenn es Sie noch einmal nach Berlin verschlägt, ja?«

Okay, das war's dann. Auch das war damals Thema in diesem Seminar gewesen. *Wie man jemanden ganz verbindlich auf später vertröstet – für immer …*

»Das mache ich auf jeden Fall«, sagte ich, zwischen Erleichterung und Enttäuschung schwankend. »Dann … Wiedersehen!«

»Wiedersehen!«

Mit einem tiefen Seufzer ließ ich das Handy sinken. Marlene und Linda streckten ihre Köpfe aus der Küche. Es war klar, dass sie jedes Wort mitgehört hatten.

Linda nickte anerkennend. »Gut gemacht, Kati.«

»Ja, sehr gut, Kati. Bloß jedem harmlosen Vergnügen aus dem Weg gehen, wo kämen wir sonst hin?«, sagte Marlene.

Ich kam mir auf einmal saublöd vor.

»Weißt du was?«, rief Linda und strahlte mich an. »Genau das war die Lektion, die das Universum dir erteilen wollte.

Dass es manchmal Versuchungen gibt, denen man widerstehen muss. Keks?«

»Tadaa!« Das war Bengt, der in einem frischen Hemd durch die Tür geschlittert kam. »Hab ich was verpasst?«

Das Gewissen ist eine Schwiegermutter,
deren Besuch nie endet.
Henry Louis Mencken

Spätestens jetzt hätte ich Mathias Lenzen einfach vergessen sollen, aber genau das Gegenteil war der Fall. Der Mann wollte mir nicht mehr aus dem Kopf gehen. Und gleichzeitig machten sich deswegen sehr unschöne Schuldgefühle in mir breit. Vielleicht hätte ich mich doch besser mit ihm getroffen, um dann erleichtert festzustellen, dass er überhaupt nicht so toll war, wie ich dachte. Aber selbst wenn doch: Man konnte ja wohl einen Kaffee mit einem tollen Mann trinken, ohne dass man damit sofort eine griechische Tragödie auslöste, oder? Und musste ich ein schlechtes Gewissen haben, wenn ich mich in Gedanken mit einem anderen Mann beschäftigte?

Ich brauchte dringend eine dritte Meinung dazu, also rief ich auf dem Heimweg vom Seminar bei den Jungen Unternehmerinnen (die übrigens so jung gar nicht waren) bei meiner Schwester Eva an. Erstens freute sie sich immer, meine Stimme zu hören (angeblich war ich die Einzige, bei der sie sich traute, auch mal ein bisschen über ihr eigentlich unanständig perfektes Leben zu jammern), und zweitens war sie von Geburt an weise und würde mich bestimmt beruhigen können. Mit falschen Entscheidungen und jenen schlechten Erfahrungen, aus denen man angeblich fürs Leben lernt, hatte Eva sich nie abgegeben, klug, wie sie war, hatte sie immer alles auf Anhieb richtig gemacht. In siebenunddreißig Lebensjahren hatte sie es auf bewundernswerte Weise geschafft, persönlichen Krisen und Katastrophen aus dem Weg zu gehen. In ihrem Leben reihte sich ein nahezu perfekter Tag an den nächsten. Wenn man mal von ihrer Hochzeitsfeier absah, oder DER HOCHZEIT, wie wir sie nur noch nannten. Aber dass ausgerechnet an diesem Tag alles schiefging, war ja nicht Evas Fehler gewesen, sondern – um nur ein paar Schuldige zu nennen – dem Wetter zuzuschreiben, den Schwiegereltern, der Catering-Firma und DER TANTE. Allzu schreckliche Dinge pflegten wir in unserer Familie in VERSALIEN zu setzen und mit gedehnter, dumpfer Stimme auszusprechen, das war eine Art Familientradition. So wussten zum Beispiel alle, dass mit DAS ZIMMER die Rumpelkammer im Haus meiner Eltern gemeint war und mit DER HUND der Terrier der Nachbarn. DIE TANTE war so schrecklich, dass alle ihren Vornamen vergessen hatten, und DER BRIEFKASTEN hatte einen meiner waghalsigen Versuche, als Siebenjährige freihändig Fahrrad zu fahren, gestoppt, das Ergebnis war eine Platzwunde an der Stirn, die mit vier Stichen genäht werden musste.

Erfahrung ist der Name, den jeder seinen Fehlern gibt.
Oscar Wilde

»Von halb zwei bis halb sechs war er hellwach und wollte ›Känguru hüpf‹ spielen.« Eva gähnte ins Telefon. Seit der Geburt ihres Sohnes Henri vor zwei Jahren hatte ich sie kaum mehr ohne Gähnen sprechen hören. Der fehlende Schlaf war das einzige Manko in ihrem ansonsten perfekten Leben.

»Was ist denn das für ein Spiel?«

»Das hat Henri selbst erfunden. Man muss dabei hüpfen, ein Stoffkänguru in der Luft herumschleudern und ›Oink oink‹ machen.«

»Oink oink?« Ich war mittlerweile im Supermarkt angekommen und steuerte mit dem Einkaufswagen auf das Gemüse zu. Obwohl ich wusste, dass Gabi im Büro immer noch auf die dämliche Teilnehmerfragebogenauswertung wartete und mich vermutlich morgen früh in Grund und Boden schnalzen würde, hatte ich beschlossen, für heute Feierabend zu machen. Felix und ich würden endlich mal einen ganzen Abend miteinander verbringen und nicht nur den kläglichen Rest davon.

»Ja. So machen Kängurus. Jedenfalls die bei uns im Kinderzimmer«, erklärte Eva. »Wenn wir das Licht ausgemacht haben, hat er so laut gekreischt, dass wir Angst hatten, Frau Luchsenbichler ruft das Jugendamt, also haben wir … na ja, wir bekommen wohl keine Medaille für Konsequenz verliehen.«

»Oink«, sagte ich mitleidig, während ich einen Bund Frühlingszwiebeln auswählte. Ab heute war nämlich Schluss mit mangelnder Esskultur und dem Take-away-Lotterleben, das Felix und ich führten. Essen vom Inder, Italiener, Türken und Thailänder würde es nur noch in Ausnahmefällen geben, hatte ich heute Mittag beschlossen. Genauer gesagt, nach der Lektüre eines Artikels in der »Cosmopolitan«, in dem stand, dass liebevoll zubereitete, gemeinsame Mahlzeiten die Romantik in den Alltag einer Paarbeziehung zurückbringen konnten.

»Hat er wenigstens den ganzen Tag gepennt?«

»Wo denkst du hin? Nur mal zehn Minuten im Auto …« Im Hintergrund schepperte und klapperte es, vermutlich durfte Henri wieder mal die Schubladen ausräumen. »Robert meint, er ist gar nicht unser Kind, sondern ein außerirdischer Roboter, den man uns untergeschmuggelt hat. Ich würde ihn dir geben, aber er spielt gerade so nett. Und er sieht so knuffig aus, wenn er ›Oink oink‹ sagt. Ich maile dir morgen neue Fotos.«

»Flirtest du manchmal mit anderen Männern, Eva?«, fragte ich. »Ich meine, nur so zum Spaß?«

»Das ist aber mal ein rasanter Themenwechsel. Alles in Ordnung bei dir und Dr. McDreamy?«

»Ja. Ich bin nur ein wenig … philosophisch gestimmt. Also, tust du's?«

»Ob ich mit anderen Männern flirte?« Eva schnaubte durch ihre Nase. »Welche Männer denn, bitte? Ich arbeite drei Vormittage in der Woche an einer Grundschule mit ausschließlich weiblichen Kollegen. Der einzige Mann dort ist der Hausmeister, und ich fürchte, der wäre auch dreißig Jahre jünger nicht mein Typ. Die restliche Zeit verbringe ich mit einem Kleinkind, das mich hartnäckig »Muhkuh« nennt und meine Klamotten mit allerlei Flecken verziert, wann immer es kann. Da kann man eigentlich von Glück sagen, dass die Auswahl an Männern, mit denen man flirten würde, wenn man denn könnte, in diesem Vorort bei minus fünf liegt. Aber warte, ich habe den glatzköpfigen Rewe-Mann vergessen, der mich immer mit Namen begrüßt. Leider ist sein Lächeln merklich kühler geworden, seit Henri die Obstgläschen auf den Boden geschleudert hat. Und dann ist da noch Bernd, in meiner Mutter-Kind-Gruppe, der einem immer tief in die Augen schaut. Ein lebender Beweis dafür, dass sexy Väter und Hausmänner ein urbaner Mythos sind. Ach, und unser Postbote ist leider eine Frau.«

Ich kicherte. »Und – fehlt es dir manchmal?«

»Was mir fehlt, ist Schlaf.« Sie gähnte wieder. »Und eine Taille. Aber ja – wenn du mich so fragst: Es fehlt mir. Und wenn ich du wäre, würde ich jede Gelegenheit zu einem Flirt nutzen, solange du noch kein Kleinkind an dir herumklettern hast und dir vorkommst wie ein Opossum. Im Ernst, es ist der Ehe sogar zuträglich, wenn man ab und zu mal von einem anderen Mann zu spüren bekommt, dass man toll ist. Ich nehme an, das ist der Grund deiner philosophischen Frage, oder?«

»Mmmh!« Manchmal war ihre Weisheit mir ein bisschen unheimlich. Aber ihre Worte waren Balsam für meine Seele. Hätte ich sie doch mal direkt angerufen, anstatt mich von meinem eigenen schlechten Gewissen und Linda so sehr beirren zu lassen. »Aber … was ist denn mit der Büchse der Pandora?«

»Die sollte man natürlich tunlichst geschlossen lassen«, sagte Eva, ohne sich mit Rückfragen aufzuhalten. »Aber kein vernünftiger Ehemann dürfte was dagegen haben, wenn ihm ein anderer Mann ab und an mal ein bisschen Arbeit abnimmt.«

»Arbeit?«, wiederholte ich ungläubig.

»Nicht, was du denkst, Pandora-Schätzchen. Ich meine diese wirklich anstrengende Sache mit dem weiblichen Selbstwertgefühl, für das wir die Männer verantwortlich machen. Es ist Knochenarbeit für einen Mann, seiner Frau zu verstehen zu geben, wie toll er sie findet. Und es wird immer schwieriger, je länger man verheiratet ist. Robert behauptet zwar andauernd, dass er mich liebt und so begehrenswert findet wie am ersten Tag, aber ich glaube ihm kein Wort. Tief in meinem Inneren warte ich nur darauf, dass er mich irgendwann aus Versehen Muhkuh nennt.«

»Das würde Robert niemals tun«, sagte ich.

»Es reicht ja schon, dass ich denke, er könnte es tun. Was ich eigentlich damit sagen will: Ein kleiner Flirt mit einem Fremden hilft deinem Selbstwertgefühl fünfzigmal mehr auf die Sprünge als zehn Komplimente und Liebeserklärungen vom eigenen Mann. Es ist natürlich sehr schade, dass wir so etwas überhaupt nötig haben, aber unsere Generation ist diesbezüglich eben total verkorkst. Robert hält mir immer lange Vorträge über mangelnde Selbstliebe und dadurch bedingte Projektionen auf den Partner.« Sie lachte. »Ich glaube, es war eine dumme Idee, einen Psychiater zu heiraten. Immer will er, dass wir über Probleme *reden*. Widerlich. Und was ist jetzt dein Problem, Herzchen?«

»So genau weiß ich das gar nicht«, sagte ich ehrlicherweise

und senkte dann meine Stimme. »Ich frage mich nur … Ach, es könnte sein, dass wir einfach nur zu wenig Sex haben, Felix und ich. Und das liegt nicht an mir. Na ja, höchstens zu zehn Prozent.«

»Oh«, machte Eva. »Aber wir reden hier nicht über Impotenz, oder?«

Ich schüttelte heftig den Kopf, was Eva natürlich nicht sehen konnte.

»Oder darüber, dass du aufgehört hast, dir die Beine zu rasieren, bei offener Tür pinkelst und mit Lockenwicklern schlafen gehst?«

»Nein. Es ist mehr … als ob er Sex einfach nicht wichtig findet, weißt du?« Obwohl ich beinahe flüsterte, schien es, als ob sich beim Wort »Sex« alle Leute in diesem Supermarkt zu mir umgedreht hatten. Ich flüchtete mit dem Einkaufswagen in einen weitgehend menschenleeren Gang mit Konserven. »Als ob ich ihn jedes Mal daran erinnern müsste, dass da ja noch was ist … dass *ich* noch da bin.«

»Felix ist eben so ein zerstreuter Professor-Typ, genau wie Robert«, sagte Eva. »Der vergisst auch völlig, dass Henri und ich existieren, sobald er das Haus verlässt. Das merkt man daran, dass er vom Einkaufen genau *einen* Joghurt mitbringt. Erst wenn er mich in seiner Küche stehen sieht, fällt es ihm wieder ein. Ach ja, stimmt, Eva gibt es ja auch noch, wie schön. Und wir haben ein Kind miteinander, cool, jetzt erinnere ich mich wieder.«

»Und dann fällt er ganz glücklich über dich her …«

Eva widersprach mir nicht, und da seufzte ich. »Siehst du. So muss das sein. Vielleicht liegt es ja doch an mir. Ich habe schon überlegt, ob ich mir Strapse kaufen soll oder einen Tantra-Kurs buchen oder einen für aphrodisierende Kochkünste …« Ohrenbetäubendes Gebrüll am anderen Ende der Leitung ließ mich stocken. Es hörte sich an, als habe Henri sich in der Schublade die Hand eingequetscht. Mindestens. »Ihr habt die Brotschneidemaschine doch hoffentlich nicht mehr in Betrieb?«

»Kati, ich sag's ja nur ungern, aber am besten wäre es, du *redest* mal mit Felix darüber, bevor du Austern kaufst.« Eva musste schreien, um das Kindergebrüll zu übertönen, das sich jetzt noch einmal um ein paar Dezibel steigerte.

»Um Gottes willen, Eva, tu doch was! Er muss sich schrecklich wehgetan haben!«

»Nein, hat er nicht. Er hat nur einen Wutanfall, weil er den runden Deckel nicht auf die eckige Dose kriegt. Ich muss Schluss machen und den Fotoapparat suchen. Henri sieht aus wie Onkel Eberhard, als die Sache mit DEM MEERSCHWEINCHEN passiert ist ... Nur der bebende Schnurrbart fehlt.« Das Kreischen nahm jetzt apokalyptische Züge an. Man musste es Eva hoch anrechnen, dass sie Henri noch nicht ein einziges Mal DAS KIND genannt hatte. »Aber ruf wieder an, ja? Du weißt, wir sind vierundzwanzig Stunden täglich zu erreichen. Ich hab dich lieb!«

»Ich dich auch«, sagte ich, aber das hörte Eva nicht mehr.

Gespräche sind wie Reisen zu Schiff.
Man entfernt sich vom Festland, ehe man es merkt,
und ist schon weit, ehe man merkt,
dass man das Ufer verlassen hat.
Nicolas Chamfort

Das Zitronen-Lauch-Hähnchen-Gericht mit Reis, das ich zubereitete, gelang mir nicht ganz so wie im Rezept, was vor allem daran lag, dass ich vergessen hatte, Zitronen einzukaufen. Ich versuchte das auszugleichen, indem ich die doppelte Menge Weißwein verwendete, was nicht mal schlecht schmeckte, aber man wurde schon vom Abschmecken leicht beschwipst. Egal. Wenn die Soße nur lange genug vor sich hinköchelte, würde der Alkohol schon noch verfliegen. Und wie es aussah, würde sie lange vor sich hinköcheln dürfen, denn exakt fünf Minuten vor der verabredeten Zeit rief Felix an und sagte, dass ihm einer seiner Onko-Patienten dazwischengekommen sei und es ein wenig später werden würde. Die Onko-Patienten waren die mit Krebs, und wie hätte ich Felix Vorwürfe machen können, wenn er mich deswegen versetzte? *Was? Du findest es wichtiger, mit einem Mann, der nur noch zwei Monate zu leben hat, über seinen Bauchspeicheldrüsenkrebs zu reden, anstatt mit mir ein besoffenes Hähnchen zu essen?*

»Kein Problem«, sagte ich weich. »Das Essen braucht sowieso noch ein Weilchen.«

»Es dauert auch nicht lange«, versicherte Felix. Das sagte er immer am Schluss eines solchen Gespräches, und vermutlich meinte er es auch so, aber ich ertappte mich manchmal bei dem Gedanken, dass angehende Ärzte diesen Satz vorsichtshalber schon vor dem Physikum auswendig lernten.

Ich legte einen Deckel auf den Topf mit dem gekochten Reis, goss noch ein wenig Sahne zur Soße und drehte die Herdplatte auf die niedrigste Temperatur. Die Zeit, bis Felix kam, würde ich für ein Bad nutzen. Vielleicht würde es auch zum Lackieren der Fußnägel reichen. Und für einen weiteren Anruf bei Eva währenddessen. Ich wollte ihr unbedingt noch von der ausgeschlagenen Kaffee-Einladung erzählen und ihre weisen Gedanken dazu hören.

Gerade als ich mich im warmen Wasser niedergelassen hatte und der Badeschaum bis hinauf zu meinem Hals knisterte, klingelte es an der Tür. Ich tauchte noch ein wenig tiefer. Wer immer es war, ich würde nicht aufmachen, nicht jetzt. Und wenn Frau Heidkamp von unten wieder mal Eier brauchte, dann hatte sie jetzt eben Pech. Es klingelte noch einmal. Vielleicht hatte auch jemand im Haus ein Paket für uns angenommen, überlegte ich. Manchmal bestellte Felix irgendwelche Ersatzteile für sein Rennrad, und meine Mama schickte ab und an Carepakete mit Schokolade, Kaffee und gestrickten Socken aus Münster. Aber ich konnte mich trotzdem nicht durchringen, die warme Wanne zu verlassen. Es war einfach zu gemütlich. Mit der Gemütlichkeit war es allerdings vorbei, als ich ein vertrautes Klappern hörte, eben genau das Geräusch, das die Wohnungstür machte, wenn sie ins Schloss fiel.

Ich lauschte erstarrt. Da – eindeutig Schritte im Flur. Und jetzt stellte jemand etwas Schweres auf dem Boden ab. Oh mein Gott. Ich schaute mich hektisch nach einem Gegenstand um, mit dem ich mich bewaffnen konnte. Alles, was ich sah, erschien mir nutzlos. Ich konnte einen Einbrecher wohl kaum mit Toilettenpapierrollen bewerfen oder mit Badekugeln in die Flucht jagen. Und es war zwar bestimmt nicht angenehm, »Un Jardin sur le Nil« in die Augen gesprüht zu bekommen, aber der Zerstäuber hatte keine besonders große

Reichweite, und am Ende würde der Einbrecher nur besser riechen als vorher. Wenn es mir aber gelänge, mich ganz leise bis zum Schrank zu schleichen und die Haarschneideschere aus der Schublade zu nehmen … Vorsichtig, um nur ja kein Geräusch zu machen, erhob ich mich. Jetzt schien es mir, als würde der knisternde Schaum einen Höllenlärm veranstalten.

Der Einbrecher wähnte sich offensichtlich allein in der Wohnung, denn ich hörte ihn pfeifen, während sich seine Schritte eindeutig der Badezimmertür näherten. Schon bewegte sich die Klinke abwärts …

»Stehen bleiben!«, rief ich. »Ich bin bewaffnet, und die Polizei ist bereits unterwegs.« Jetzt erst kam mir der Gedanke, wirklich die Polizei anzurufen, das Telefon lag ja gleich neben mir auf der Ablage. Aber da hatte sich die Tür schon geöffnet, und der Einbrecher streckte seine fiese Einbrechervisage in den Raum hinein und musterte mich von oben bis unten. Verblüffenderweise sah er genauso aus wie mein Schwager, Felix' Bruder Florian.

»Kati? Ich dachte, es ist keiner zu Hause. Ich habe zweimal geklingelt.«

»W … was zur Hölle machst du hier?«, quietschte ich und tauchte, so schnell ich konnte, zurück in die Wanne. »Seit wann hast du einen Wohnungsschlüssel?«

Florian trat ganz selbstverständlich ins Badezimmer ein und warf automatisch einen Blick in den Spiegel. Mein Schwager sah haargenau wie Felix aus, allerdings wie eine gebügelte Version von Felix. Seine lockigen Haare hatten den gleichen hellbraunen Farbton, seine Augen waren ebenfalls grau und seine Augenbrauen von Natur aus widerspenstig. Aber Florian ließ sie in einem sauteuren Männerkosmetikstudio zupfen, und deswegen waren sie nicht unordentlich und zerstrubbelt, sondern beeindruckend männlich. Überhaupt war an ihm auf den ersten Blick jede Menge beeindruckend männlich, von seinen perfekt sitzenden Designerklamotten bis hin zu seinem markanten Gesicht, auf dem selbst die Falten so wirkten, als hätte sie jemand mit Photoshop bearbeitet, um ihnen haargenau die richtige Tiefe zu geben.

»Felix hat mir den Schlüssel gegeben, damit ich den Whisky für Gereons Geburtstag hier abliefern kann«, sagte er jetzt so lässig, als würden wir uns beide im Wohnzimmer gegenübersitzen. »Ich habe wirklich Hammerflaschen ersteigern können. Einen 1939er Linkwood und einen 1948er Glenlivet – beide eigentlich vergriffen, und ich habe sie zu einem absoluten Schnäppchenpreis ergattert.« Er strahlte, und es schien mir, als würden seine gebleachten Zähne den Raum erhellen, quasi als Spotlight. Mit beiden Armen schaufelte ich Schaum über meine Brüste und starrte ihn finster an. Aber das störte ihn nicht weiter.

Jeder Mensch bereitet uns auf irgendeine Weise Vergnügen: der eine, wenn er ein Zimmer betritt, der andere, wenn er es verlässt.
Hermann Bang

»Gereon wird ausflippen, wenn er die sieht«, fuhr er fort. »Und weil ich so viel gespart habe, konnte ich gleich noch bei einer Sechserkiste fünfundzwanzig Jahre alten Maccallan zuschlagen! Ist zwar insgesamt alles ein bisschen teurer geworden als geplant, aber Felix wird es voll verstehen. Erstens ist Gereon unser bester Freund, und zweitens haben wir ja auch was davon. Ich wollte sie eigentlich schon heute Mittag vorbeibringen, aber es ist ein bisschen später geworden.«

Ich versuchte, noch finsterer zu gucken. Auf der Unsympathen-Skala lag Florian in etwa gleichauf mit meiner Chefin und Felix' Exfreundin Lillian (genannt DIE EX), aber von denen konnte ich wenigstens behaupten, dass sie mich noch nicht nackt gesehen hatten.

Florian reichte mir ein Handtuch. »Der Wahnsinn, oder?

Der 25er Maccallan von 1971, und dann gleich sechs Flaschen.«

»1971? Du darfst mich gerne ertränken, aber meiner Rechnung nach ist das vierzig Jahre her, keine fünfundzwanzig«, sagte ich, während ich das Handtuch ignorierte, so gut ich konnte. Er glaubte doch nicht etwa, dass ich jetzt vor seinen Augen aus der Wanne stieg und mich abtrocknete?

Florian verdrehte die Augen. »Du hast natürlich keine Ahnung von Whisky. Ich sag dir mal was: Der 1971er war 2002 schon locker zweihundertsechzig Euro die Flasche wert, und jetzt werden sie teilweise mit über fünfhundert gehandelt. In zehn Jahren sind sie ein Vermögen wert. Mal abgesehen davon, dass sie auch echt gut schmecken und 1971 zufällig Gereons und Felix' Geburtsjahr ist. Wenn das mal nicht originell ist und Stil hat. Weshalb ich ja auch keine Kosten gescheut und die fünf anderen Flaschen gleich für Felix und mich gekauft habe, als Kapitalanlage.«

»Wie fürsorglich«, sagte ich sarkastisch. Florian kaufte andauernd Sachen für Felix mit, und das Besondere daran war, dass Felix sie zwar bezahlte, aber weder benötigte noch nutzte. Wie zum Beispiel dieses Segelboot in Kiel, das Florian, Gereon und Felix zu gleichen Teilen gehörte, auf dem Felix bisher aber höchstens vier Tage verbracht hatte.

Florian wedelte immer noch mit dem Handtuch. »Jetzt komm doch endlich raus da, ich muss mal für kleine Jungs. Ich guck auch weg, falls du dich wegen deiner kleinen Brüste genieren solltest.«

Der Typ war so ein Arschloch. Aber erstens war das hier mein Bad, und ich musste mich darin nicht herumkommandieren lassen, schon gar nicht von einem Einbrecher, und zweitens hatte ich überhaupt keine kleinen Brüste, höchstens wenn man sie mit diesen 70-Doppel-D-Körbchen verglich, die seine Freundinnen in der Regel aufzuweisen hatten. »Nein«, sagte ich bestimmt. »Ich bleibe in der Wanne! Ich saß hier gerade mal eine Minute drin, als du eingebrochen bist. Und wenn du unbedingt pinkeln musst, dann guck ich halt weg. Falls du dich für deinen kleinen Pimmel genierst.«

Jetzt war es an Florian, finster zu gucken. »Kati, wie sie leibt und lebt, prüde und zickig. Weißt du eigentlich, dass es Frauen wie du sind, die mir eine Heidenangst vor der Ehe einjagen?«, sagte er, wobei er sich wieder dem Spiegel zuwandte und seine Frisur kontrollierte. Entweder musste er doch nicht so dringend, oder er hatte wirklich einen kleinen Pimmel.

»Aber du musst keine Angst vor Frauen wie mir haben«, versicherte ich ihm. »Denn von denen käme keine auf die Idee, dich heiraten zu wollen.«

Florian seufzte. »Aber nur, weil ich einen weiten, weiten Bogen um diese Sorte Frauen mache und die offenbar genügend gutmütige Trottel finden, die es mit ihnen aushalten, so wie mein armer Bruder. Also gut, dann bin ich mal weg. Sag Felix schöne Grüße. Die Kartons und Flaschen stehen im Flur. Du musst sie nur noch hübsch und stylisch verpacken und eine Karte schreiben.«

Na klar, das Verpacken war natürlich Frauensache. Ich verkniff mir mit Mühe eine weitere Bemerkung und beschränkte mich auf unfreundliche Blicke. Mittlerweile hätte ich auch gar nicht mehr anders gucken können.

»Wir sehen uns dann am Freitag bei Gereons Party«, sagte er. »Falls du nicht Migräne bekommst oder so.«

Schon hatte er mich aus der Reserve gelockt. »Ich hatte noch nie im Leben Migräne«, sagte ich.

»Nicht? Aber ich finde, du bist haargenau der Typ dafür.« Florian grinste fies, bevor er die Badezimmertür hinter sich zuzog.

»Hey!«, brüllte ich ihm hinterher. »Lass bloß den Schlüssel hier, hörst du?«

»Ja doch, du prämenstrueller, pseudoemanzipierter Männeralbtraum«, hörte ich ihn noch – weil nicht eben leise – sagen, dann fiel die Wohnungstür hinter ihm ins Schloss.

»*Und* untervögelt«, murmelte ich erbittert. Sosehr ich Felix liebte, so sehr stand ich mit seiner Familie auf Kriegsfuß. Es war eine Schande, dass sie alle in derselben Stadt wohnten und ständig präsent waren, während ich meine eigene, geliebte Familie viel zu selten sah.

Ganz sicher hätte ich mich bei Felix ausgiebig über Florian beklagt und darüber, dass er ihm einfach so den Wohnungsschlüssel überreicht hatte, aber als Felix endlich nach Hause kam, hatte er diese Sorgenfalte zwischen den Augenbrauen, die besagte, dass sein Tag bereits hart genug gewesen war. Also beschränkte ich mich darauf, die Geschichte mit dem vermeintlichen Einbrecher so zu erzählen, als wäre sie witzig, und lästerte über Whisky und die Typen, die ein Schweinegeld dafür ausgaben. Alles nur, damit Felix mal lächelte. Er wiederum lobte mein Essen sehr, was mir bewies, dass er mit den Gedanken woanders sein musste (das lange Köcheln hatte nichts verbessert, im Gegenteil), und auch meine Versuche, die Kommunikation auf unsere Beziehung im Allgemeinen und mein Dekolleté im Besonderen zu lenken, scheiterten schlicht an seiner Geistesabwesenheit.

»Flirtest du eigentlich manchmal mit anderen Frauen, Felix?«, fragte ich schließlich geradeheraus.

»Was? Ich?« Er blinzelte mich an, und für einen kurzen Moment verschwand die Sorgenfalte von seinem Gesicht. »Na klar, ich habe da einen ganz heißen Flirt mit Frau Hegemann von Zimmer 62 B laufen. Sie ist sechsundachtzig, aber noch ausgesprochen rüstig. Wäre da nicht die Sache mit ihrem Herzen.«

»Aber mal angenommen, da wäre eine junge, attraktive Patientin auf deiner Station. Oder eine junge attraktive Ärztin. Oder eine junge attraktive Schwester.« Ich machte eine kurze Pause, wohl wissend, dass es im Krankenhaus von attraktiven Ärztinnen und Schwestern nur so wimmelte. »Und angenommen, eine von denen würde dich auf einen Kaffee einladen. Würdest du dich mit ihr treffen?«

Felix sah verdutzt aus. »Warum will diese attraktive, junge Frau denn einen Kaffee mit mir trinken gehen?«

»Tja, das könntest du ja nur herausfinden, wenn du die Verabredung annehmen würdest«, sagte ich. »Also würdest du?«

»Ich gehe jeden Tag mit attraktiven, jungen Frauen einen Kaffee trinken oder einen Salat essen, wenn man es genau nimmt«, sagte Felix. »Und matschige Ravioli.«

»Ich meine nicht die Mittagspause, ich meine eine richtige Verabredung«, sagte ich ungeduldig. »Eine attraktive Frau, eine, die dir richtig gut gefällt, fragt dich, ob du dich mit ihr auf einen Kaffee treffen möchtest. Oder einen Wein, je nachdem. Was sagst du?«

Felix überlegte. »Ich würde sie fragen, warum sie mich treffen wollte.«

Ich zog erstaunt eine Augenbraue nach oben. »Ehrlich? Das würdest du dich trauen? Ich würde eher im Boden versinken, glaube ich.«

»Warum das denn? Die will doch mit mir einen Kaffee trinken, nicht umgekehrt. Also, warum fragt sie mich jetzt?«

»Weil … weil sie dich einfach gerne näher kennenlernen würde?«

»Und wozu?«

»Ja, was weiß denn ich?« Mir riss allmählich der Geduldsfaden. »Weil sie dich attraktiv findet und nett und … mal ein bisschen Spaß haben möchte. Ich frage ja nur, ob du dich mit ihr treffen würdest.«

»Tja, ich weiß nicht so recht. Ist ihr denn klar, dass ich verheiratet bin?«

Ich stöhnte. »Ist das so wichtig?«

»Irgendwie schon, oder? Ich meine, welche Art Spaß möchte sie denn mit mir haben? Und warum?«

»Ach, Felix!« Ich war versucht, eine Gabel nach ihm zu werfen.

»Was denn? War das etwa keine Fangfrage?«

»Nein, das war wirklich ernst gemeint.«

»Na gut. Aber trotzdem: Ich möchte meine Zeit nicht damit verplempern, mit anderen Frauen einen Kaffee zu trinken, warum auch immer. Ich hab doch dich, Eselchen!« Er grinste mich an, und ich konnte nicht anders, ich musste zurückgrinsen. Ungefähr fünf Sekunden lächelten wir einander an, dann kehrte die Sorgenfalte zwischen seine Augenbrauen zurück.

Er erhob sich. »Hättest du was dagegen, wenn ich mich noch eine Weile vor den Computer setze? Der Patient von vorhin ist offiziell austherapiert, und die Krankenkasse zahlt keine weitere Chemo mehr. Ich möchte nachschauen, ob es nicht eine Studie gibt, in die ich ihn einschleusen könnte. Er ist erst dreiunddreißig und hat gerade ein Kind bekommen, und er möchte so gern noch etwas Zeit. Ich kann ihn einfach nicht … Verstehst du?«

Alles nimmt ein gutes Ende für den, der warten kann.
Leo N. Tolstoi

»Ja«, sagte ich. Natürlich verstand ich das. Wie sollte man das eigene Glück genießen, wenn man das Unglück eines anderen immer im Hinterkopf hatte? Ich wollte um nichts in der Welt mit Felix tauschen. »Ich warte im Bett auf dich.«

Wir würden uns wundern, wenn wir aus einer Flasche
mit tausend Zahlen die Zahl 1000 ziehen würden;
die Chance, dass wir die 457 ziehen,
beträgt aber auch nur 1:1000.
Laplace

Für Gereons Party zog ich das sexy graue Kleid an, das ich neulich zusammen mit den wunderschönen Samtrosen-Pumps vorgeblich *einfach mal so* gekauft hatte, in Wirklichkeit aber für genau diesen Anlass. Es war mir nämlich – obwohl ich seit Jahren dagegen anzukämpfen versuchte – sehr wichtig, in Gereons Gegenwart gut auszusehen und ihm zu beweisen, dass Felix mit mir einen guten Griff getan hatte, zumindest äußerlich betrachtet.

Was Gereon völlig unverhohlen und meist lautstark bezweifelte. Wo der Bruder von Felix schon unsympathisch war, toppte ihn sein bester Freund Gereon noch um Längen. Ähnlich wie Florian war Gereon überzeugt davon, eine echte Bereicherung für die Welt im Allgemeinen und für Felix im Besonderen zu sein. Er sah sich als den Mann, dem Felix seine monatliche Ration Squash, Spaß und Spirituosen zu verdanken hatte. Ich dagegen war in seinen Augen nichts als die Spaßbremse in Felix' Leben, eine Art böse Hexe des Westens, die Felix so verzaubert hatte, dass er nun als kleiner Oberarzt in einem städtischen Krankenhaus mit Kassenpatienten und ohne Freizeit vor sich hindarbte, während alle anderen auf Golfplätzen und Luxussegeljachten ihr Leben in vollen Zügen genossen.

»Alles ist miteinander verbunden«, sagte Linda oft und aus den kuriosesten Anlässen (zuletzt, als sie ihre Computertastatur gereinigt und ein fünf Meter langes Haar herausgefischt hatte – mir ist heute noch schlecht, wenn ich daran denke). »Menschen, Tiere, Planeten – alles ist auf magische Weise miteinander verknüpft, keine Begegnung dem Zufall überlassen.« (Da haben wir's wieder.)

»Die Welt ist ein Dorf«, so drückte es mein Vater aus, und das war dann wohl die nichtesoterische Version davon. Wie auch immer, Zufall oder Magie: Gereon war nicht nur Felix' bester Freund seit Studienzeiten, er war auch Marlenes Exmann und der Vater ihrer Tochter.

Und er war mein Gynäkologe.

Jedenfalls bis zu jenem entsetzlichen Augenblick, in dem Felix uns einander vorstellte und mir dämmerte, dass es sich bei Felix' bestem Freund um den Mann handelte, der erst zwei Tage zuvor einen Schuhlöffel in meine Vagina geschoben hatte. Unter anderem. Als ich frisch nach Köln gezogen war, hatte Marlene mir nämlich Gereons Praxis wärmstens empfohlen, mit den Worten: »Er ist zwar ein Riesenarschloch, aber als Gynäkologe wirklich top.«

Tja, selber schuld, dass ich mich davon nicht hatte abschrecken lassen. Weshalb Gereon dann bei unserer Vorstellung süffisant lächeln und sagen konnte: »Oh, wir kennen uns bereits, Felix. Ich durfte vorgestern erst einen Abstrich bei ihr machen.« Keine Ahnung, was er später noch alles über mich gesagt hat (ich frage mich bis heute, was ein Frauenarzt bei der Untersuchung über seine Patientin in Erfahrung bringt, abgesehen davon, dass man »Brasilian waxing« nicht besonders gut verträgt) – ich wette jedenfalls, dass er es mit der ärztlichen Schweigepflicht grundsätzlich nicht so genau nahm.

Wie gesagt, die Welt ist ein Dorf, und alles ist miteinander verbunden, ob man will oder nicht. Was auch diese Party wieder einmal eindrucksvoll beweisen sollte.

Weil Felix – Überraschung! – in letzter Minute aus dem

Krankenhaus angerufen und gesagt hatte, dass ihm noch etwas dazwischengekommen sei (selbstverständlich mit dem Zusatz, dass es aber nicht lange dauern würde), fuhr ich mit Marlene und ihrer Tochter Amelie zu der Bar in der Südstadt, die Gereon für diesen Anlass gemietet hatte. Zusammen mit einem Barmixer, zwei Kellnern, einem Jazzpianisten und einer Sängerin, wenn schon, denn schon. Gereon hatte üppig geerbt, außerdem warf seine Praxis viel Geld ab, und er liebte es, das auch allen Leuten zu zeigen.

»Ich bleibe aber höchstens bis elf«, maulte Amelie. Sie war siebzehn und mochte ihren Vater nicht so besonders, obwohl er ihr zum zwölften Geburtstag ein Pferd geschenkt hatte. Ich fand, das sagte eigentlich schon alles über den Mann.

»Ich auch«, versicherten ihr Marlene und ich gleichzeitig. Javier hatte einen Gig heute Nacht, und wenn wir uns bei Gereon satt gegessen und gepflegt betrunken hatten – Essen und Getränke waren unter Garantie vom Feinsten –, würden wir uns unauffällig dorthin absetzen.

Ich hatte den Whisky günstig, umweltfreundlich und, wie ich fand, durchaus stylisch in die rosa Blätter der »Financial Times« verpackt und mit schwarzen Tüllschleifen verziert, aus Stoffresten, die vom letzten Karnevalskostüm übrig geblieben waren. Wenn Florian eine Verpackung in schwarzem Lackpapier vorgeschwebt hatte, dann hätte er das eben selber übernehmen müssen.

Schon von Weitem sahen wir die vielen Leute, die sich vor der Bar drängelten, und Amelie sagte verächtlich: »Da hat Papa wohl all seine Facebook-Freunde eingeladen.«

»Und er hat tatsächlich Türsteher engagiert!«, stellte ich fest, als das Taxi gehalten hatte. Wider Willen war ich beeindruckt. »Ob die die Einladungen kontrollieren? Ich hab unsere gar nicht mit, ihr denn?«

»Nein. Liegt längst im Altpapier. Vielleicht haben wir ja

Glück und kommen nicht rein. Dann können wir sagen, wir hätten es versucht.« Marlene bezahlte den Taxifahrer und half mir mit dem Whisky beim Aussteigen. »Warum tu ich mir das eigentlich an? Es werden hundert Leute da sein, die mich von früher kennen und beleidigt sind, weil ich mich nicht mehr an sie erinnere.«

»Besser als umgekehrt«, sagte ich.

»Wenn auch nur einer sagt, ich sei aber groß geworden, hau ich ab«, murrte Amelie, als wir uns in die Schlange vor der Tür einreihten.

»Wenn auch nur einer sagt, ich sei aber dick geworden, komme ich mit«, fügte Marlene hinzu, was die Frau vor ihr dazu veranlasste, sich umzudrehen und Marlene gründlich von oben bis unten zu mustern. Sie selber sah aus, als habe sie seit einem halben Jahr keine feste Nahrung mehr zu sich genommen.

»Es sind achtundsechzig Kilo«, sagte Marlene zu ihr. »Unterwäsche mit eingerechnet.« Da drehte die Frau sich schnell wieder um.

Leider hatten die beiden Türsteher eine Gästeliste und winkten uns widerspruchslos durch. Schade, schade.

Die Bar war eine von diesen typischen Edelholz-Kronleuchter-Eichenparkett-Dingern, in denen man sich sofort nach einem Spiegel umsieht, um zu überprüfen, ob der Lippenstift nicht auf den Zähnen klebt. Fetzen melancholischer Klaviermusik drangen zu uns herüber, und der trübselige, monotone Gesang dazu legte sich wie ein dunkler Umhang um meine heute ohnehin schon nicht besonders fröhliche Aura.

»Ich suche Papa«, sagte Amelie, nachdem wir unsere Mäntel an der Garderobe abgegeben hatten – gegen kleine Papierabschnitte mit Nummern drauf, denn unfassbarerweise hatte Gereon auch eine Garderobiere engagiert.

»Und ich suche Alkohol«, sagte Marlene.

Ich wollte als Erstes die unhandlichen Whiskyflaschen loswerden und bahnte mir hinter Amelie her einen Weg durch die Menge. Bestimmt hatte Gereon wieder irgendwo einen protzigen Geschenketisch aufstellen lassen. Von Spenden für einen guten Zweck wie andere Leute, die bereits alles hatten, hielt er offenbar nichts. »*You filled my heart with tears.*« Oh mein Gott, diese Blues-Songs waren immer so entsetzlich traurig. Wie hielten die Leute nur diese Musik aus? »*Go break some other heart in two, guess I'm a fool falling in love with you.*« Oder so ähnlich. Die Sängerin hatte so eine schöne Stimme. Wieso konnte sie nicht was Fröhlicheres singen? Ich war noch keine drei Minuten in diesem Raum und schon war mir nach Heulen zumute.

»Wo ist denn Felix?« Das war Florian, eine lächelnde Blondine in einem traumhaft schönen, grünen Cocktailkleid im Arm.

»Muss noch arbeiten. Kommt aber gleich«, sagte ich. »Hallo, Holly. Tolles Kleid.«

»Ich bin Sabrina«, sagte die Blondine, weiterhin lächelnd.

»Oh.« Ich fragte nicht, was aus Holly geworden war, denn ich war mir nicht mal sicher, ob sie nicht Dolly geheißen hatte. »Dann ... hallo Sabrina, nett dich kennenzulernen. Ich bin Kati.«

»Meine Schwägerin«, erklärte Florian. »Die den teuren Whisky in *Zeitungspapier* eingewickelt hat.« Er zeigte anklagend auf die Päckchen in meinem Arm. »Ich fasse es nicht. Sind dir die Aldi-Tüten ausgegangen oder was?«

»Also, ich finde das cool«, sagte Sabrina. »Vintage, sehr chic.«

»Aha?« Florian sah verunsichert aus. Ich lächelte Sabrina dankbar an und schämte mich für all die hässlichen Dinge, die ich in der kurzen Zeit unserer Bekanntschaft bereits über sie gedacht hatte. Nur weil sie so einen katastrophalen Geschmack in Sachen Männer hatte, musste sie ja keine blöde Kuh sein. Und vielleicht war das Lächeln sogar natürlich und nicht ins Gesicht operiert.

»Könntest du mir die Flaschen netterweise abnehmen, Florian?« *Ich möchte mich nämlich gern mit freien Händen zur Cocktailbar durchschlagen, bevor mich diese Musik endgültig in den Selbstmord treibt.*

Florian hatte offenbar nichts dagegen, seine ersteigerten Kostbarkeiten persönlich zu überreichen, weshalb ich vier Minuten später einen perfekten Daiquiri in der Hand hielt, mit Limettensaft, den der Barkeeper vor meinen Augen frisch ausgepresst hatte. Ich nahm einen tiefen Zug durch den Strohhalm und lehnte mich erleichtert gegen den Tresen. Zwei, drei von denen, und ich würde vielleicht doch bis elf Uhr durchhalten. Vorausgesetzt, die Sängerin machte zwischendurch mal eine Pause. Wo war Marlene? Wie ich sie kannte, irrte sie bereits mit zwei Cocktails durch den Raum und suchte nach mir. Am besten, ich blieb einfach hier, da würde sie früher oder später bestimmt auftauchen. Und Felix hoffentlich auch.

Ich ließ meine Blicke über die vielen Gesichter schweifen. Einige davon kannte ich von Gereons früheren Partys, manche sogar mit Namen. Und der Mann, der sich jetzt zur Bar hindurchschob, kam mir ebenfalls bekannt vor.

Dummerweise kam er mir nicht nur so vor. Oder? Nein. Das mussten das schummrige Licht und meine Fantasie sein, die mir einen Streich spielten. Das war einfach nur irgendein blonder Typ im Jackett. Ein verdammt gut aussehender Typ. Die Frau, die auf dem Barhocker neben mir saß, bemerkte das auch. Sie richtete sich auf und zupfte ihr Kleid zurecht.

»Wodka Martini, bitte« sagte der Typ.

Oh Scheiße. Meine kläglichen Selbsttäuschungsversuche gingen den Bach runter. Diese Stimme hätte ich unter tausend anderen wiedererkannt. Mathias Lenzen, der Mann, den zu googeln ich mir die letzten vier Tage mühsam verkniffen hatte. Er war es tatsächlich.

Okay. Ganz ruhig bleiben. Ja, er war's. Na und? So was kam vor. Kein Grund, einen Eiswürfel zu verschlucken.

Ich konnte nichts anderes tun, als ihn mit weit aufgerissenen Augen anzuglotzen, was er aber glücklicherweise nicht bemerkte, weil ihn die Frau auf dem Barhocker in ein Gespräch verwickelte. Wenn man es denn so nennen wollte.

»Oh, der James-Bond-Drink«, sagte sie mit rauchiger Stimme und schlug ihre langen Beine übereinander. »Sehr männlich. Ich hätte bei Ihnen aber auch nichts anderes erwartet.«

Ich glotzte immer noch, aber allmählich beruhigte sich mein rasender Puls. Da stand er nun, so nah, dass ich nur die Hand ausstrecken musste, um ihn zu berühren. Schicksal oder Zufall? Mir war beides unheimlich, um ehrlich zu sein.

»Eigentlich wollte ich nur ein Bier, aber bei der Musik muss es etwas Stärkeres sein«, erwiderte er, und ich argwöhnte, dass sein Blick dabei auf den Beinen der Frau ruhte.

»Oh ja, ist die Musik nicht fantastisch?«, raunte sie. »Ich muss Gereon gleich mal fragen, wo er die Sängerin herhat. Ich würde sie sofort für die nächste Feier engagieren, Sie nicht auch?«

Er ließ sich Zeit mit der Antwort und nippte bedächtig an dem Wodka Martini, den ihm der Barkeeper hingeschoben hatte. »Ja, sofort«, sagte er dann. »Aber glücklicherweise muss ich in nächster Zeit keine Beerdigungsfeier ausrichten.«

Mir entfuhr ein Kichern. Und damit hatte ich seine Aufmerksamkeit. Als er sich zu mir umdrehte, konnte ich beobachten, wie sich seine Pupillen vor Überraschung weiteten. Ich war dankbar, dass ich ihn zuerst entdeckt hatte, denn mir war vorhin vermutlich der Unterkiefer runtergeklappt, was wesentlich unsouveräner rübergekommen wäre.

Mit einem süffisanten Lächeln hob ich mein Glas. »Der Alkohol hilft tatsächlich«, sagte ich mit rauchiger Stimme. »Vor drei Minuten wollte ich mich noch erhängen, und jetzt ist der Abend plötzlich gar nicht mehr so übel.«

Okay, okay, das war gelogen. In Wahrheit lächelte ich weder süffisant, noch sagte ich irgendwas Cooles mit rauchiger Stimme. Ich piepste vielmehr aufgeregt: »Die Welt ist ein Dorf, oder?« Und dann, weil er nicht sofort etwas sagte, sondern mich nur erstaunt ansah, setzte ich hinzu: »Hi! Kati Wedekind, erinnern Sie sich? Wir haben uns am Montag in Berlin kennengelernt, bei dem Seminar für angehende Möchtege… äh … für Führungskräfte, und dann saß ich im Zug nach Hause, und da hab ich aus Versehen eine SMS an Sie geschickt, die eigentlich für jemand anderen bestimmt war, und dann …«

Auf seinem Gesicht hatte sich ein Lächeln ausgebreitet. Noch netter, als ich es in Erinnerung hatte. »Ja, doch, ich weiß, wer Sie sind!«, fiel er mir ins Wort.

»Dann ist es ja gut«, sagte ich erleichtert.

Er lachte. »Lieber Himmel, glauben Sie im Ernst, dass ich Sie schon wieder vergessen haben könnte?«

»So abwegig ist das gar nicht«, mischte sich die Frau mit der rauchigen Stimme ein und rutschte elegant vom Barhocker. »Mich haben Sie erst vor einer Minute kennengelernt und ganz offensichtlich schon wieder vergessen. Dabei wollten Sie mich gerade auf einen Drink einladen. Aber jetzt sage ich: Nein danke, mein Lieber, und *arrividerci.*«

»Ähm … Arrividerci«, sagte Mathias Lenzen.

Ich sah der Frau kopfschüttelnd nach. »Sie weiß aber schon, dass die Drinks heute Abend umsonst sind, oder?«

»Sicher wird sie es noch herausfinden.« Er hatte sich schon wieder zu mir umgedreht. Gott, was für Augen! Selbst in diesem schummrigen Barlicht drängten sich mir sofort schwülstige

Vergleiche mit sonnenbeschienenen Bergseen oder schimmernden Edelsteinen oder Tante Erikas ausgeblichenen Samtvorhängen auf. Aber Hauptsache, ich sagte nichts davon laut.

»Ist das hier jetzt die schreckliche Geburtstagsfeier, auf der Sie sich betrinken müssen, oder die, für die Sie eine Torte backen sollen?«, erkundigte er sich.

»Dreimal dürfen Sie raten.« Ich nahm einen großen Schluck von meinem Daiquiri. *Kein Wort über Tante Erikas Samtvorhänge. Sprich einfach ganz normal weiter.* »Warum müssen ... äh ... warum sind Sie hier? Einer von Gereons Patienten können Sie ja schon mal nicht sein. Haha.« Oh *bitte*, ich wünschte, jemand würde kommen und mir den Mund zuhalten. Wo war Marlene eigentlich, wenn man sie mal brauchte?

Mathias Lenzen schienen meine schlechten Witze aber gar nicht zu stören. Sein Lächeln war nach wie vor sehr ... sehr zauberhaft. »Tja, würde ich an so was glauben, würde ich sagen, es ist wohl Schicksal, dass ich heute Abend hier bin«, sagte er leichthin, und mir blieb bei dem Wort »Schicksal« beinahe das Herz stehen. »Wir sollten also unbedingt darauf anstoßen, dass wir uns wiedergetroffen haben.« Er hob sein Glas. »Und unter diesen Umständen können wir uns auf keinen Fall weiter siezen.«

»Ja. Gerne. Also dann, ich bin ...« *die Kati*. Oh nein, das würde ich jetzt nicht sagen. Zumal er es ja schon wusste. Verzweifelt suchte ich nach einem halbwegs sinnvollen Alternativende für den Satz. »... bin ... erstaunt, wie schnell so ein Glas leer ist. Oder ...«Ich folgte seinem amüsierten Blick. »... in diesem Fall halb leer.«

»Du solltest schnell austrinken und einen neuen bestellen«, sagte Mathias und sah mir dabei tief in die Augen. Das war zu viel für mich.

»Meine Tante Erika hat Samtvorhänge, die genau dieselbe Far...«, hörte ich mich sagen.

Eine manikürte Männerhand landete krachend auf Mathias' Schulter. »Das ist doch nicht zu fassen! Ich habe dir für heute Abend die heißesten Singlefrauen der Stadt versprochen – und wo finde ich dich? Ausgerechnet bei Kati.« Es war Gereon, und ausnahmsweise war ich mal froh, ihn zu sehen. Tante Erikas Samtvorhänge wären mir sonst zum Verhängnis geworden.

Die Freude hielt aber nur eine Sekunde lang an.

»Nichts für ungut, Kati, aber du bist ja wohl weder Single noch heiß, oder?«, sagte Gereon und besaß die Frechheit, mir zuzuzwinkern. Er sah gut aus, zumindest wenn man kernige, glatzköpfige Bruce-Willis-Typen mochte, die so gingen, als wären sie gerade von einem Pferd gestiegen. Mein geheimer Spitzname für ihn war *Stirb langsam*. Wie Florian scheute auch *Stirb langsam* keine Kosten und Mühen, sein Äußeres betreffend. Neulich erst hatte er freimütig zugegeben, dass ein Tiegelchen seiner Tagescreme zweihundertfünfzig Euro kostete. Wahrscheinlich war die Creme angereichert mit Stierhodenextrakt und Collagen von Babykälbchen. »Und ich will, dass mein alter Freund Matze sich heute Abend richtig amüsiert.« Er lachte. »Du dich natürlich auch, Kati. Aber vielleicht bist du bei den anderen verheirateten Frauen besser aufgehoben, da könnt ihr euch über Kochrezepte unterhalten oder darüber, wie man einen Ehemann zu Tode langweilt oder was auch immer.« Noch mal das kehlige Lachen, das Gereon stets benutzte, um seine Beleidigungen als Scherz zu tarnen.

Kluge Menschen verstehen es, den Abschied von der Jugend auf mehrere Jahrzehnte zu verteilen.
Francoise Rasay

Ich hatte sehr schnell begriffen, dass man in einer solchen Situation nur verlieren konnte. Wenn ich über die vermeintlichen Scherze lachte (was ich zu Beginn unserer Bekanntschaft manchmal getan hatte, in der Hoffnung, er würde damit aufhören, so gemein zu mir zu sein), beleidigte er als Nächstes meine Intelligenz; reagierte ich beleidigt, hatte ich keinen Humor, ignorierte ich ihn, fehlte es mir sowohl an Humor als auch an Intelligenz. Also hatte ich mir angewöhnt, ihn zurückzubeleidigen, und es darin mit den Jahren auf ein beachtliches Niveau gebracht. Überflüssig zu sagen, dass Gereon weder über die Größe noch den Humor verfügte, das anzuerkennen.

»Oh, keine Sorge«, sagte ich mit einem Seitenblick auf »mein alter Freund Matze«, von dem ich unwillkürlich ein winziges Stückchen abgerückt war. Wie schnell man doch von so einer rosaroten Wolke rutschen konnte. »Ich amüsiere mich ganz wunderbar. Ich warte nur noch auf den Clown, der diese Luftballontiere macht.« Mit einem Lächeln, das hoffentlich nicht so säuerlich aussah, wie es sich anfühlte, hob ich mein Glas. »Herzlichen Glückwunsch zum Geburtstag. Auf dich!« Und runter mit dem Zeug, ohne Rücksicht auf die noch verbliebenen Eiswürfel. »Ihr beiden seid also alte Freunde? *Matze?*«

»Aus der Schule.« Er lächelte immer noch, aber nicht mehr so nett, eher ein bisschen … gefährlich. »Nach dem Abitur haben wir uns aus den Augen verloren.«

»Ja, leider«, sagte Gereon. »Denn zu Schulzeiten waren wir wie die zwei Musketiere, nicht wahr, Matze?«

Oh Gott, ich musste mich gleich übergeben.

»Wir haben uns erst vor Kurzem wiedergefunden … Nach zwanzig Jahren …«

Über Facebook, jede Wette.

»… und haben festgestellt, dass wir nicht nur den gleichen Wagen fahren, sondern auch exakt das gleiche Golfhandicap haben. Da musste ich ihn natürlich gleich zu meinem Vierzigsten einladen.«

Nee, klar, so viel Seelenverwandtschaft schrie ja geradezu nach solchen Maßnahmen.

»Zuerst hat er sich ein bisschen geziert, aber dann hat er zugesagt.« Gereon patschte liebevoll auf Mathias' Schulter herum. »Und das soll er jetzt nicht bereuen, das denkst du doch auch, Kati, nicht wahr?«

Stirb langsam, Arschloch. Ich holte Luft, um etwas zu erwidern, aber Mathias kam mir zuvor.

»Wenn ich gewusst hätte, dass ich Kati hier treffen würde, hätte ich natürlich sofort zugesagt«, sagte er. »Wir sehen uns viel zu selten, nicht wahr, Kati?«

Ich blickte ihn misstrauisch an. »Hmm?«

Gereon schaute ebenfalls misstrauisch drein. »Seid ihr miteinander verwandt oder so?«, fragte er.

»Nein, wir kennen uns beruflich. Kati ist eine der besten Kommunikationstrainerinnen, die die Branche zu bieten hat.« Mathias legte einen Arm um mich, wobei er sich auf elegante Weise der Hand auf seiner Schulter entledigte. »Können wir bitte noch einen Daiquiri und einen Wodka Martini haben?«, sagte er zum Barkeeper, und zu Gereon sagte er: »Die Party ist wirklich große Klasse, Gereon. Ich amüsiere mich prächtig.« Und dann, als wäre Gereon überhaupt nicht mehr anwesend, schaute er mir wieder tief in die Augen und fragte: »Wo waren wir stehen geblieben?«

Der Verstand und die Fähigkeit, ihn zu gebrauchen,
sind zweierlei Fähigkeiten.
Franz Grillparzer

Die gute Nachricht zuerst: Ich zog an diesem Abend keinerlei Vergleiche mit Tante Erikas Samtvorhängen, schillernden Edelsteinen und geheimnisvollen Bergseen. Ebenfalls positiv war, dass ich trotz sieben (oder acht, mit dem Zählen hatte ich es später nicht mehr so) Daiquiris weder lallte noch rülpste noch unmotiviert in Tränen oder Gelächter ausbrach, im Gegenteil, ich war (zunächst) so konzentriert, eloquent und witzig wie selten.

Die schlechte Nachricht war, dass irgendjemand ganz heimtückisch und ohne Vorwarnung den Deckel von dieser verdammten Büchse der Pandora geschraubt hatte. Was auch der Grund für die vielen Daiquiris war. Ich wollte mich mit einem möglichst hohen Alkoholpegel aus jeglicher Verantwortung schleichen, sogar der, auch nur darüber nachzudenken, was hier gerade geschah.

»Ich trinke sonst eigentlich nie so viel«, versicherte ich Mathias nach dem schätzungsweise fünften Glas. Da wusste ich schon, dass er seit knapp sechs Jahren geschieden und gegen Erdnüsse allergisch war und dass er zwei große Schwestern hatte, von denen die eine in New York lebte und die andere ihn als Kind einen halben Tag lang in einen Kleiderschrank eingesperrt hatte, was der Grund für seine Abneigung Aufzügen und engen Räumen gegenüber war und dafür, dass in seiner Berliner Wohnung nur das Badezimmer Wände hatte.

Er wiederum war bereits darüber informiert, dass Gereon der beste Freund von Felix, Marlenes Exmann und leider mal mein Frauenarzt war und dass ich als Neunjährige von einem Eichhörnchen gebissen worden war (DEM EICHHÖRNCHEN, um genau zu sein) und seitdem allen niedlichen Lebewesen mit Misstrauen begegnete, auch oder sogar gerade dann, wenn sie ihr Köpfchen schief legten und mich mit großen Augen anschauten. Und jetzt wusste er eben noch, dass ich normalerweise nicht so viel Alkohol trank. »Und auch nicht so schnell.«

»Ich auch nicht«, erwiderte er und schob das leere Glas in Richtung Barkeeper. Netterweise hatte Mathias seine Drinks immer genauso schnell runtergekippt wie ich. Für Außenstehende musste es aussehen, als würden wir ein Wetttrinken veranstalten. »Jedenfalls nicht solchen. Aber normalerweise fange ich ja auch nichts … flirte ich ja auch nicht mit verheirateten Frauen.«

»Aus moralischen Bedenken?« Mit glänzenden Augen sah ich zu, wie der Barkeeper uns ungefragt einen neuen Drink mixte. Im Hintergrund sang noch immer die Blues-Sängerin von Liebe, Tod und Verderben, aber ich war so auf mein Gegenüber konzentriert, dass mein Gehirn das lediglich als Störgeräusch wahrnahm.

Mathias schüttelte den Kopf. »Nein. Aus rein praktischen Überlegungen. Der gesunde Menschenverstand sagt mir, dass es nicht besonders klug ist, hier mit dir zu sitzen und dich von Sekunde zu Sekunde anziehender zu finden. Noch ein paar Minuten und ein halber Drink mehr und ich sage so Sachen wie *Ich möchte wissen, wie dein Haar riecht*.«

Glaub mir, das wäre noch harmlos gegenüber den Sachen, die ich vorhin im nüchternen Zustand über deine Augen sagen wollte.

Ich nahm meinen frischen Daiquiri entgegen und lächelte Mathias an.

Er lächelte zurück. Mein Gott, dieses Lächeln machte mich echt fertig. »Vielleicht sollten wir einander ganz schnell ein paar abschreckende Dinge erzählen«, schlug ich vor.

»Was hast du denn noch Abschreckenderes zu bieten als *Ich bin verheiratet?*«

»Ich habe Syphilis?«

»Hast du?«

»Nein«, sagte ich bedauernd, und noch während ich in meinem Hirn verzweifelt nach weiteren Abschreckungsbeispielen kramte, stattdessen aber nur auf Gefahrenmeldungen von A wie Alkohol bis P wie Pandora stieß und auf das Bedürfnis, laut »Los, riech an meinem Haar!« zu schreien, schwang sich Marlene auf den freien Barhocker neben uns. Na ja, sie ließ sich eher plumpsen, denn sie war ähnlich angetrunken wie wir, angeblich nur von dem Champagner, den die Kellner auf Tabletts herumreichten. Als sie Mathias erkannte, wurden ihre Augen kreisrund. Aber welche Anspielungen ihr auch auf der Zunge liegen mochten, sie schluckte sie herunter. Stattdessen begann sie fröhlich, wenn auch leicht verschwommen mit uns zu plaudern, und dafür war ich ihr noch viel dankbarer, denn der Alkohol war jetzt in meinem Sprachzentrum angekommen, und so gesehen war es in Sachen Eloquenz (siehe oben) nicht das Schlechteste, vornehm zu schweigen, schon um den guten Gesamteindruck (die Geschichte mit DEM EICHHÖRNCHEN hatte ich wirklich witzig erzählt) nicht wieder zu zerstören.

Der nette Teil des Abends war ohnehin vorbei. Alkohol mag die Fähigkeit einschränken, klare Gedanken zu fassen, aber leider verhilft er manchmal trotzdem zu glasklaren Einsichten, wenn auch mehr auf der Gefühlsebene. Was das anging, befand ich mich im freien Fall.

»*What a mess*«, schluchzte die Sängerin ins Mikrofon, und sie hatte ja so recht.

Stirb langsam kehrte zu uns zurück, einen Arm um Felix gelegt, den anderen um Lillian (DIE EX), die wie immer großartig aussah und dieses spezielle, gönnerhafte Lächeln aufgesetzt hatte, das sie für mich reserviert hatte. Normalerweise verfügte auch ich über ein ganz spezielles Lillian-Lächeln, aber gerade jetzt war ich zu sehr damit beschäftigt, mich an die Theke zu klammern.

Lillian war Anästhesistin in Felix' Krankenhaus, und als Felix und ich uns kennengelernt hatten, war sie, jedenfalls aus Lillians Sicht, noch seine Freundin gewesen. Während Felix der Ansicht war, dass sie sich in aller Freundschaft getrennt hatten, behauptete Lillian nämlich, sie hätten sich nur in einer von ihr verordneten »Beziehungspause« befunden. So weit, so bemitleidenswert. Aber weil Lillian seit fünf Jahren so tat, als wäre ich nur ein kleines unwichtiges Intermezzo für Felix, während er sehnsüchtig darauf wartete, dass sie die Beziehungspause endlich wieder beendete, hielt sich mein Mitleid für sie doch sehr in Grenzen.

»Matze, Matze, dich kann man aber wirklich nicht allein lassen«, rief Gereon aus. »Erst Kati und jetzt auch noch Marlene ... *Hallo*? Ich habe einen Ruf zu verlieren, weißt du?« Er lachte. »Jetzt ist mal Schluss mit Dick und Doof, ja?« Noch ein blödes Lachen.

Leider war ich aus oben und auch sonst schon mehrfach genannten Gründen nicht in der Lage, zu meinen üblichen Gegenbeleidigungen auszuholen. Ich befand mich immer noch im freien Fall.

»Darf ich vorstellen?«, fuhr Gereon fort. »Das ist Felix, der Kerl, der jeden Morgen neben Kati aufwachen muss, äh, darf. Und das hier ist Lillian, die übrigens auch mit und ohne Arztkittel wahnsinnig sexy aussieht, so wahr ich hier stehe! Und das, meine Freunde, ist Mathias, genannt Matze, mein bester Kumpel aus Schulzeiten.«

Die Sängerin untermalte das Ganze passend im Hintergrund. »*I'm laughing just to keep from crying.*« Ja. Ich auch. Haha.

»Freut mich sehr«, gurrte Lillian.

»Hallo«, sagte Mathias, der an diesem Abend definitiv schon sehr viel herzlicher gelächelt hatte als jetzt und – das bemerkte ich trotz des nahenden Aufpralls – Felix bedeutend gründlicher musterte als Lillian.

Felix lächelte arglos zurück. Die Sorgenfalte zwischen den verstrubbelten Augenbrauen war heute ausnahmsweise mal verschwunden, aber er sah müde aus, und er trug eins der karierten Hemden, die seine Mutter ihm immer zu Weihnachten und zum Geburtstag schenkte. (Ich warf jedes Jahr zwei davon in den Altkleidersack, aber es wurden einfach nicht weniger.) Offenbar hatte er nach der Arbeit schnell noch geduscht und danach vergessen, seine Haare zu kämmen, denn eine Strähne stand an der Seite ab wie ein Luchsohrpinsel.

Gereon hatte Felix losgelassen, um Mathias unterzuhaken und von der Bar wegzuziehen. »Hast du überhaupt schon das Büfett gesehen, Matze? Komm, Lillian! Der Matze braucht was Ordentliches zu essen, die Nacht ist noch lang, und deshalb gehen wir drei Hübschen uns jetzt mal was zwischen die Kiemen schieben, ja?«

Mathias drehte sich zu uns um. »Seid ihr denn noch hier, wenn ich wiederkomme?«

Ich war versucht, die Augen zu schließen, denn da kam er, der Aufprall, und der Boden würde ziemlich hart sein, das wusste ich jetzt schon. Dankenswerterweise sprang Marlene ein, um wenigstens die Sache mit der Kommunikation zu retten. »Wir werden hier dick und doof auf dich warten«, sagte sie und grinste.

Ein kurzes Lächeln noch, dann war er verschwunden. Und ich kam unten an. Ich hatte recht gehabt. Der Boden war hart. Sehr hart.

»Ich habe eigentlich auch Hunger, ihr nicht?« Felix gab erst mir, dann Marlene ein Küsschen auf die Wange. »Ich hatte heute nur die obligatorische Banane, die Frau Hegemann aus Zimmer 62 B immer für mich aufhebt. Aber vielleicht sollte ich auch erst mal was trinken, ihr scheint ja schon einen kleinen Vorsprung zu haben.« Ich musste bei dem Versuch, mich umzudrehen, ein wenig geschwankt sein, denn er griff nach meinem Arm und korrigierte sich: »Oder auch einen größeren Vorsprung …«

Der Barkeeper hob eine Augenbraue. »Uneinholbar, wenn Sie mich fragen«, sagte er.

Sich glücklich fühlen können auch ohne Glück –
das ist das Glück.
*Marie von Ebner-Eschenbach**

Immerhin hatte ich keinen Filmriss – ich wusste noch jedes Detail, als ich am nächsten Tag aufwachte. Leider. Bei der Erinnerung an die Heimfahrt schoss mir gleich die Schamesröte ins Gesicht. Zuerst hatte ich Felix zum überstürzten Aufbruch gezwungen und alle seine Einwände – »Aber ich bin doch gerade erst angekommen«, »Wir müssen uns wenigstens verabschieden« – ignoriert, und dann hatte ich verzweifelt versucht, meine komplett verrutschte Welt wieder gerade zu rücken.

»Schlaf mit mir, Felix. Jetzt sofort.«

Felix hatte mir einen entgeisterten Blick zugeworfen. »Kati, ich glaube, das fände der Taxifahrer jetzt nicht so … Nein, Eselchen! Lass den Mantel lieber an.«

Okay, dass wir uns in einem Taxi befanden, hatte ich für einen Moment vergessen. Aber es war mir auch völlig egal. Felix hatte den Arm um mich gelegt, wie um ein krankes Kind, und ich machte mich wieder los, um ihn zu küssen. So wie man jemanden küssen würde, wenn man wüsste, dass in einer Stunde ein Meteorit alles Leben auf der Erde vernichten wird. Für einen winzigen Moment ließ Felix sich mitreißen.

* Was hat Marie von Ebner-Eschenbach genommen? Das will ich auch. *Kerstin Gier*

»Hörnse, wennse sisch übergeben muss, werd isch escht sauer«, sagte der Taxifahrer, und da schob Felix mich sanft von sich weg.

»Es ist alles in bester Ordnung«, versicherte er dem Taxifahrer.

Nein, haha, das war es eben nicht. »Küss mich, Felix«, sagte ich, wobei ich Schwierigkeiten mit der richtigen Reihenfolge der Anlaute hatte. Möglicherweise klang es deshalb in etwa so: »Füss kich, Melix.« Oder auch: »Müss fich, Kelix.« Aber den nächsten Satz brachte ich dafür einwandfrei heraus, ein Satz, der auf der nach oben offenen Kitschskala eine glatte Neun erhielt. »Bitte! Ich möchte spüren, dass es uns noch gibt.«

»Isch hatte erst neulisch so einen Fall, da musste das halbe Auto auseinandergebaut werden, um die Schweinerei zu beseitigen«, sagte der Taxifahrer. »Und isch sach Ihnen mal was: Besoffene Weiber sind schlimmer als besoffene Männer.«

Meine Güte, der nervte aber. »Ihre gesammelten Lebensweisheiten interessieren hier niemanden«, fauchte ich ihn an, aber das machte alles nur noch schlimmer. Jetzt fühlte sich der Mann angegriffen und sagte, in seinem Taxi lasse er sich nicht den Mund verbieten, schon gar nicht von einer besoffenen Schlampe.

»Nichts für ungut«, setzte er hinzu und sah Felix im Rückspiegel entschuldigend an. »Aber sie hat *fick mich* gesagt.«

»*Bitte?* Da hat Ihre futzige Schmantasie Ihnen aber einen Streich gespielt«, rief ich. »Ich sagte *Küss mich*. Oder *Füss kich*. Oder ... *Dings* ...«

»Sie ist keine Schlampe, sie ist nur be... trunken.« Felix rieb sich mit der Hand über die Stirn. »Und sie ist meine Frau, also ... Und ich hab übrigens *Dickmilch* verstanden.«

»Wennse meinen. Nichts für ungut«, sagte der Taxifahrer noch einmal, diesmal mitleidig.

Ich fasste es nicht. »Ganz toll, wie du mich immer verteidigst, Felix. Immer stellst du dich wie ein Löwe vor mich. Auch bei Gereon vorhin.«

»Kati …«

Mein Sarkasmus wich einer weinerlichen Stimmung. »Im Ernst, warum darf Gereon mich ständig beleidigen, ohne dass du was dagegen sagst? Gut, meistens macht er es, wenn du nicht aufpasst oder gar nicht dabei bist, aber oft genug … zum Beispiel gerade vorhin … Ich meine, *Dick und Doof*, hm? Sollte das lustig sein?«

Felix rieb sich wieder die Stirn. »Ja, das sollte es. Gereon trifft leider nicht immer den richtigen Ton mit seinen Scherzen …«

»Nur weil du ihm seine Gemeinheiten als Scherze durchgehen lässt, heißt das noch lange nicht, dass sie auch als Scherze gemeint sind.« Ich fand, angesichts meines Alkoholpegels war das eine beachtlich logische Satzkonstruktion. Wäre sicher noch besser gekommen, wenn ich nicht so genuschelt hätte. »Weißt du … wenn du mich lieben würdest, dann würdest du … du würdest nicht zulassen, dass er mich immer so behandelt und so tut, als seist du mit mir fürs Leben gestraft … Nur *einmal* will ich erleben, dass du mich verteidigst …« Ich musste an das Gefühl denken, das mich überkommen hatte, als Mathias vorhin den Arm um mich gelegt hatte. Und an Gereons selten dummen Gesichtsausdruck. »Warum machst du das nie, Felix?«

In dem schummrigen Licht sah ich Felix lächeln. »Kati, ehrlich, wenn ihr beide aufeinandertrefft, habe ich nie das Gefühl, dich in Schutz nehmen zu müssen. Im Gegenteil, du bist Gereon verbal so haushoch überlegen, dass er mir immer leidtut.«

Ich starrte ihn perplex an. *»Er tut dir leid?«*

»Ein bisschen. Er hat doch nicht die geringste Chance gegen dich, du konterst ihn ganz lässig in Grund und Boden und lässt ihn jedes Mal wie einen Trottel dastehen.«

»Das … ist doch gar nicht wahr«, rief ich aus. »Ich meine, er *ist* ein Trottel, aber … Ich mache das ja nur, weil ich mich verteidigen muss, weil es sonst keiner tut und weil … *Er* fängt immer an! Und überhaupt, was ist das denn für eine verdrehte Argumentation? Ich will, dass du zu mir hältst … dass du mich *beschützt* … dass du mich …« Ich verstummte.

»… fickst«, sagte der Taxifahrer. Er hatte angehalten und sich zu uns umgedreht. »Könnense ja jetzt von mir aus auch machen. Wir sind nämlisch da und dat macht 12 Euro achtzisch.«

So viel zu meiner Erinnerung. Für sieben (oder acht) Daiquiris ziemlich detailliert, fand ich.

Aber genau diese Details – nicht nur das Taxi betreffend – brachten mich nun dazu, mich stöhnend im Bett umzudrehen und zu überlegen, ob Sterben nicht eine echte Alternative wäre. Ausnahmsweise war ich froh darüber, dass Felix frühmorgens ins Krankenhaus gefahren war (»Es dauert auch nicht lange, ich will nur schnell nach dem Rechten sehen.«). Er hatte mir eine Schachtel Aspirin und ein Glas Wasser neben das Bett gestellt. Zwei der Tabletten hatte ich schon geschluckt, und sie halfen tatsächlich, allerdings nur dem Teil von mir, der physisch betroffen war. Der Rest litt weiter vor sich hin, und je länger ich litt, desto mehr drängten sich die Klischees in den Vordergrund, die, das fand ich jetzt heraus, in solch einer Situation völlig zu Recht bemüht werden: Die Schmetterlinge im Bauch, die Achterbahn im Magen, der Boden, der einem unter den Füßen weggezogen wird, und die rätselhafte Schwerelosigkeit – ich hatte sie alle. Und das lag nicht am Alkohol, sondern einzig und allein an Mathias, ganz egal, wie sehr ich auch versuchte, mir das Gegenteil einzureden.

»Ich hab was Dummes angestellt, Eva!«, sagte ich verzweifelt, als ich mich endlich dazu aufraffen konnte, das Telefon in die Hand zu nehmen.

»Dümmer als das mit DEM MEERSCHWEINCHEN?«, fragte meine Schwester.

»Anders dumm.« Und dann erzählte ich ihr die Geschichte ganz von vorne. Angefangen bei Mathias' und meinem Kennenlernen letzten Montag in Berlin bis hin zu Gereons Party. Ich ließ nichts aus, kein einziges von diesen schrecklichen Klischees, auch nicht das kleinste Herzklopfen. Eva war die perfekte Zuhörerin, sie unterbrach mich nur für ein paar kluge Gegenfragen, schnappte ein paar Mal nach Luft und murmelte »Oh nein!« und »Ach, Katilein«. Und an genau der richtigen Stelle seufzte sie sehr tief. Bei der Episode im Taxi fiel sie allerdings plötzlich aus ihrer Rolle und fing lauthals an zu lachen.

»Das ist nicht komisch«, sagte ich.

»Ich weiß«, japste Eva. »Tut mir leid. Aber ich hatte alles so genau vor Augen wie einen Film. Und im Radio lief ›I need a hero‹ von Bonnie Tyler.« Sie versuchte vergeblich, das Lachen zu unterdrücken. Es klang gar nicht amüsiert, eher hysterisch. Und es machte mir ein bisschen Angst. »Und, habt ihr dann noch …?«

»Nein, haben wir nicht. Wir haben uns noch eine Weile gestritten, das heißt, ich habe mich gestritten, über Vernunft und Leidenschaft und das Karussell des Universums, und Felix hat nur verwirrt geguckt und nicht verstanden, was ich eigentlich von ihm wollte, und dann … bin ich eingeschlafen.«

»Gott sei Dank.« Eva kicherte immer noch wie jemand aus »Einer flog über das Kuckucksnest«.

»Was mache ich denn jetzt nur?«, sagte ich, und da hörte Eva so plötzlich auf zu kichern, als hätte ihr jemand den Mund zugehalten. Und was noch irritierender war: Sie schwieg.

»Eva?«

»Ich überlege noch.«

»Du *überlegst?*«, fragte ich, und jetzt kroch echte Panik in mir hoch. Normalerweise kamen ihre Antworten wie aus der Pistole geschossen. Sie war wie Yoda, sie wusste immer alles. »Sag mir, was ich jetzt tun soll!«

Aber zum ersten Mal, seit ich denken konnte, war die Weisheit meiner Schwester offenbar an ihre Grenzen gestoßen. »Vielleicht«, sagte sie langsam. »Vielleicht geht es ja von alleine wieder weg.« Dummerweise sagte sie es so, dass am Ende des Satzes eigentlich ein Fragezeichen stand.

Und so war ich, als ich schließlich auflegte, genauso schlau wie vorher. Und genauso verzweifelt. Ich vergrub meinen Kopf in das Kissen, atmete den Geruch von Felix ein und beschwor mich, vernünftig zu sein. Vernünftig und erwachsen. Ich musste mir nur jeden Gedanken verbieten, den Kontakt einfach abbrechen, das dürfte ja nicht so schwer sein, der Mann wohnte schließlich in Berlin, und um diese Stadt würde ich einfach einen weiten Bogen machen. Am besten für den Rest meines Lebens, denn sonst würde ich mich vielleicht doch zu einer Dummheit hinreißen lassen, und das würde Felix das Herz brechen, wenn er es denn erführe.

Aber abgesehen davon: Wer sagte überhaupt, dass es Mathias genauso ging wie mir? Vielleicht war er gestern Abend ja noch mit Lillian im Bett gelandet und hatte mich schon längst vergessen? Ich an seiner Stelle hätte das zumindest versucht. Na gut, vielleicht nicht ausgerechnet mit Lillian, aber auf der Party hatte es genügend andere Frauen gegeben, und keine hätte auch nur eine Sekunde gezögert.

Mein Handy klingelte mitten in diese Überlegungen hinein. Ich fiel fast aus dem Bett, riss mich dann aber zusammen. Wenn ich jetzt noch mit zitternder Hand nach dem Scheißhandy greifen würde, war das selbst für mich zu viel des Klischees.

Mathias Lenzen. Allein seinen Namen im Display zu lesen löste eine Flut von Gefühlen aus: Freude, Entsetzen, Angst und … *Freude!* Er hatte mich nicht vergessen. Aber ich würde nicht drangehen. Ich würde einfach abwarten, bis es von allein aufhören würde. Ich würde vernünftig und …

»… Hallo?«, rief ich atemlos.

Mathias schien genauso verblüfft zu sein wie ich, als er meine Stimme hörte. Und zum ersten Mal klang er nicht heiter und gelassen, sondern ein bisschen unsicher. »Ich wollte eigentlich gar nicht anrufen«, sagte er.

»Und ich wollte nicht drangehen.«

Verrückterweise schien damit alles Wichtige bereits gesagt. Wir schwiegen ein paar Sekunden. Mein Herz klopfte lauter, als die Wanduhr tickte, und ungefähr fünfmal so schnell.

»Ich bin …« Er holte tief Luft. »Können wir uns treffen? Bitte.«

»Nein. Damit machen wir es nur schlimmer. Wir warten einfach ab, bis es von alleine weggeht«, sprudelte ich hervor. Oh Gott, hoffentlich fragte er jetzt nicht, was »es« überhaupt war.

Wieder eine Pause. »Und wenn es nicht von alleine weggeht?«

»Es geht weg, wenn man es aushungert«, behauptete ich. »Wenn man ihm keine Nahrung gibt …«

»Das ist doch Unsinn«, sagte er, und jetzt war die Unsicherheit aus seiner Stimme verschwunden. »Im Gegenteil: Das macht es nur noch schlimmer. Hast du noch nie was von Projektion gehört? Wenn wir uns aber besser kennenlernen, besteht die Chance, dass wir ganz schnell merken, dass diese … *Gefühle* … der Realität nicht standhalten.«

Die Argumentation hatte was Bestechendes, und für einen Moment war ich versucht, ihm recht zu geben.

»Stell dir mal vor: Wir sitzen uns in einem Café gegenüber,

im Tageslicht und völlig nüchtern, und merken, dass wir überhaupt nicht zueinanderpassen«, fuhr er in weichem, verlockendem Tonfall fort. »Ich könnte dich mit blödem Geschwafel über Golf und Autos langweilen, und du könntest mir erzählen, dass du einen Hammerzeh hast. Vielleicht könntest du ihn mir sogar zeigen.«

Ich musste lachen. Eine Sekunde oder so.

»Okay, das mit dem Hammerzeh funktioniert schon mal nicht, ich mag den jetzt schon«, sagte Mathias. »Aber bestimmt gibt es andere Dinge, die … Wir müssen uns nur näher kennenlernen.«

»Aber wie viel näher?«, fragte ich.

»Das werden wir herausfinden.«

»Nein! Das ist mir … zu gefährlich. Ich hab viel zu viel zu verlieren.« *Und ich höre mich an wie ein deutsches Chanson.* »Ich werde jetzt auflegen.« Tatsächlich aber rührte ich keinen Finger, sondern wartete atemlos auf seine Antwort. Er ließ sich damit ein wenig Zeit.

»Ich bin noch bis morgen Nachmittag in der Stadt, ruf mich an, wenn du es dir anders überlegst«, sagte er dann. »Ich werde das Handy nicht aus der Hand legen.«

Aber im Gegensatz zu mir schaffte er es, den Ausknopf zu drücken.

Wer nie einen Fehler beging,
hat nie etwas Neues ausprobiert.
Albert Einstein

»Du siehst müde aus, Kindchen.« Felix' Mutter kniff mir in die Wangen. »Nimmst du denn auch genug Vitamine zu dir? Folsäurekapseln sind sehr wichtig für Schwangere, das stand erst neulich im Apothekerblatt.«

»Ich bin nicht schwanger, Luise«, sagte ich.

»Hab ich das denn gesagt?« Sie zwinkerte mir zu. Aus irgendeinem Grund unterstellte sie mir seit Monaten eine heimliche Schwangerschaft. Seit elf Monaten, um genau zu sein. Vielleicht dachte sie, ich sei ein Elefant. »Ich habe meiner Schwiegermutter die gute Neuigkeit damals auch erst mitgeteilt, als ich im siebten Monat war.«

Ich seufzte. »Wenn wir ein Kind erwarten, dann erfährst du es ganz bestimmt als Erste«, sagte ich. Hinter mir lagen grauenhafte vierundzwanzig Stunden, in denen ich krampfhaft versucht hatte, nicht an Mathias zu denken, de facto aber nichts anderes getan hatte. Kurz gesagt: Mein vernünftiges Verhalten fühlte sich an wie eine Krankheit, und offenbar sah ich auch so aus. Zudem war meine Wahrnehmung stark eingeschränkt, wegen der verdammten Schmetterlinge, der doofen Achterbahn und der lästigen Geigen. (Hatte ich die Geigen eigentlich schon erwähnt? Sie spielten ununterbrochen »Love never dies« und »I'm still in love with you«.) Je-

Das Schwierigste
am Leben ist es,
Herz und Kopf
dazu zu bringen,
zusammenzuarbeiten.
Woody Allen

des Mal, wenn Felix mich anschaute, etwas fragte oder mich berührte, drohte ich an meinen Schuldgefühlen zu ersticken, und gleichzeitig musste ich das perverse Bedürfnis unterdrücken, ihm zu erzählen, was gerade in mir vorging. Es war verrückt, aber gleich nach Eva war nun mal Felix der Mensch, der mich am besten verstand. Der Mensch, den ich auf der Welt am meisten liebte und dem ich am wenigsten wehtun wollte.

Auf Lindas Geburtstagsfeier war ich nur körperlich anwesend gewesen, das Einzige, das mir von dem Nachmittag in Erinnerung blieb, war die Frau aus Lindas Biodanzagruppe, die Linda als Partygag engagiert hatte, um allen aus der Hand zu lesen. Sie behauptete, auf meiner Lebenslinie befände sich ein Fleck und deshalb würde ich leider jung sterben, was von mir aus gerne auch sofort hätte passieren können, denn dann wäre ich wenigstens um dieses Mittagessen mit Felix' Eltern herumgekommen.

Felix' Mutter war abgesehen von ihrem Enkelkindersyndrom noch einigermaßen zu ertragen, aber Felix' Vater Hermann konnte ich genauso wenig ausstehen wie Florian. Er war eine grauhaarige, humorlose und altersstarrsinnige Ausgabe seines jüngeren Sohnes, ähnlich ignorant, eitel und geltungsbedürftig. Aus diesem Grund ließ er sich auch gerade ein Familienwappen anfertigen, das unter anderem in eine Sandsteinplatte gemeißelt über dem Kamin aufgehängt werden sollte.

Die verschiedenen Entwürfe dafür lagen quer über den Tisch verteilt. »Ich wünsche mir, dass jedes Familienmitglied mit einem Symbol vertreten ist«, sagte Hermann gerade. »Einem möglichst zeitlosen Symbol natürlich, also keinem Tennisschläger oder so. Felix könnte zum Beispiel einen Dolch nehmen, als Sinnbild für ein Skalpell.«

»Ich bin Internist, kein Chirurg«, sagte Felix, und da seufzte sein Vater schwer. Felix' Medizinstudium war für ihn eine riesengroße Enttäuschung gewesen, hatte er doch davon geträumt, dass seine Söhne einst Seite an Seite das Makler- und Immobilienimperium regieren würden, das er aufgebaut hatte. Leuenhagen und Söhne. Jetzt »musste« Florian das irgendwann allein übernehmen, und es war längst allen klar – am meisten seinem Vater –, dass die Talente seines jüngeren Sohnes mehr mit Geldausgeben als mit Geldverdienen zu tun hatten.

»Was das Wappentier angeht: Der Löwe bietet sich natürlich an, er ist ja im Namen Leuenhagen schon enthalten. Trotzdem: Andere Vorschläge werden dankend entgegengenommen. Na?« Er sah aufmunternd in die Runde.

»Ein Einhorn fänd ich ja romantisch«, sagte Luise.

»Ach, Unsinn«, sagte Hermann barsch. »Fräulein Schwiegertochter? Vielleicht von deiner Seite ein sinnvoller Vorschlag? Auch wenn du ja den Namen Leuenhagen partout nicht annehmen wolltest.« Das nahm er mir immer noch übel. Mir und dem Gesetz, das es erlaubte, als Ehefrau den Mädchennamen behalten zu dürfen. »Welches Tier passt zu uns Leuenhagens?«

Das hätte er besser nicht gefragt. Ich biss mir auf die Lippen. *Blöder Affe. Sturer Bock. Eitler Gockel. Eingebildeter Pfau. Toller Hecht. Dummer Ochse. Elender Wurm. Dämlicher …* »Seepferdchen!«, stieß ich hastig hervor.

Hermann verdrehte die Augen. »Ich sehe schon, Frauen darf man in solchen Sachen nicht nach ihrer Meinung fragen.«

Ich verdrehte auch die Augen, aber verkniff mir eine Erwiderung. Aus einem Schlagabtausch mit der männlichen Hälfte von Felix' Sippschaft würde ich in meinem derzeitigen Zustand nicht siegreich hervorgehen, das zumindest war mir klar. Stattdessen ließ ich weiter die Dauerbeschallung im Zweitonkanal über mich ergehen. Während Hermann und Florian vom Familienwappen zum Ferienhaus auf Fehmarn übergingen, in dem dringende Reparaturen anstanden (»Das musst du machen, wenn ihr über Ostern da seid, Felix, Florian hat für so etwas keine Zeit«), wechselte Luise zu den Krankheitssymptomen ihrer Tennisfreundinnen und deren Verwandten, um dann von Felix zu verlangen, dezidierte Ferndiagnosen abzugeben.

Das Schlimme war, dass ich trotz jahrelangen Trainings nicht fähig war, das Gehörte einfach auszublenden, ab und zu mal zu nicken und an etwas anderes zu denken, bis die Zeit um war und wir wieder nach Hause gehen konnten. Irgendwann hatte ich mir angewöhnt, die Zeit wenigstens für isometrische Übungen zu nutzen, indem ich meine Hinternmuskulatur bei allen ärgerlichen oder blödsinnigen Bemerkungen fest zusammenkniff. Durch dieses sonntägliche Training war mein *gluteus maximus* so hart, dass ich Nüsse damit knacken konnte.

Heute war ich nicht mal dazu in der Lage.

»Der Orthopäde sagt, der Knorpel sei abgenutzt, und da hilft nur noch eine Operation, wenn sie mit den Schmerzen nicht leben will, und ich habe gesagt, Mensch, Rosi, da frage ich doch vorher besser mal meinen Sohn«, sagte Luise gerade und legte Felix die Hand auf den Arm. »Am besten rufst du sie gleich mal an, ich hab ja jetzt die medizinischen Fachbegriffe nicht alle parat, und sie kann das auch viel besser erklären. Hermann, Schatz, gibst du mal das Telefon rüber, Felix will bei Rosi anrufen und mit ihr über das Knie reden. Danke. Sie ist unter der Neun bei den Kurzwahlen gespeichert. Sag, hier ist *Doktor* Felix Leuenhagen, dann weiß sie gleich Bescheid.«

Felix starrte das Telefon verdutzt an. »Aber ich bin kein Orthopäde, und ohne Untersuchung kann ich nicht …«

»Aber du kannst die Lage doch viel besser einschätzen als wir Laien«, insistierte seine Mutter. »Jetzt zier dich nicht so, den Gefallen kannst du mir wirklich mal tun …«

Warum es genau in diesem Augenblick in meinem Gehirn »Klick!« machte, weiß ich nicht. Ich merkte erst, dass ich angefangen hatte zu reden, als ich schon mitten im zweiten Satz war. »Es gibt verdammt noch mal Wichtigeres auf der Welt als den verdammten Knorpel im Knie einer fremden Frau. Es ist unglaublich, dass ihr Felix' und meine Lebenszeit damit verschwendet! Und immer müssen wir unseren Urlaub in eurem Ferienhaus verbringen, weil ihr einen Dummen für die Reparaturen braucht! Das Leben ist auch so schon verdammt kompliziert, und kein Mensch möchte sich über Wappentiere und Dolche den Kopf zerbrechen, höchstens um damit jemanden zu …« Ich verstummte. Was tat ich hier eigentlich? Die ganze Familie, Felix eingeschlossen, starrte mich an, als hätte ich den Verstand verloren.

Wo lebt es sich's besser als im Schoße der Familie?
Jean François Marmontel

Vermutlich hatte ich das auch. Aber es fühlte sich nicht mal schlecht an. Wer sagte denn eigentlich, dass man sich immer nur vernünftig verhalten musste? Reichte es nicht, dass ich meine Rechnungen pünktlich bezahlte, das Konto nicht überzog und mich jeden Abend gewissenhaft abschminkte? Ich erhob mich so schnell, dass ich das Porzellan auf dem Tisch zum Klirren brachte.

»Ich brauch mal frische Luft«, stieß ich auf dem Weg zur Tür hervor. »Entschuldigt bitte.«

»Diese Flucherei gab's früher bei Frauen nicht«, sagte Felix' Vater. »Das haben wir nur Alice Schwarzer zu verdanken.«

»Bestimmt ist ihr schlecht. Ich war übrigens auch immer so aufbrausend, als ich schwanger war«, hörte ich Felix' Mutter sagen.

Felix' Antwort wartete ich nicht mehr ab, ich rupfte meinen Mantel und meine Handtasche von der Garderobe und stürzte aus der Tür, um draußen auf ihn zu warten.

Aber Felix kam nicht.

Ich ging fünf Minuten auf dem Bürgersteig hin und her, den Blick fest auf die Tür gerichtet, aber es rührte sich nichts. Gut, vielleicht waren es auch keine fünf Minuten, vielleicht waren es nur drei. Oder zweieinhalb. Aber im Grunde war schon eine Minute zu lang – und meine Entscheidung gefallen. Wenn ich den Mut hatte, das Leuenhagener Sonntagsessen zu ruinieren, warum dann nicht gleich noch was Mutigeres hinterher? Die S-Bahn-Haltestelle lag keine fünf Minuten von hier. Auf dem Weg dorthin griff ich in die Handtasche und angelte mein Handy heraus.

Mathias war nach dem ersten Klingeln dran.

»Wann geht noch mal dein Zug?«, fragte ich.

An den Scheidewegen des Lebens
stehen keine Wegweiser.
Charlie Chaplin

»Tomaten!«, brüllte jemand direkt neben mir. Es war ein Obdachloser, der mit wehendem Mantel und nach allen Seiten abstehenden grauen Haaren durch die Bahnhofshalle lief und schrie: »Tomaten! Ihr habt alle Tomaten auf den Augen! Ihr seht nur, was ihr sehen wollt!«

Er kam so nah an mir vorbei, dass ich seinen alkoholgeschwängerten Atem riechen konnte, und ich richtete den Blick schnell auf meine Füße. Er schlurfte schreiend weiter: »Ihr denkt, ihr seid vernünftig und ich spinne. Aber in Wirklichkeit ist es genau umgekehrt. Ihr seid hier die Verrückten!«

Da konnte ich ihm nicht mal widersprechen. Ich lief zwar nicht mit irren Augen durch den Bahnhof und brüllte Leute an, aber ich stand hier vor Starbucks und wartete auf den Mann, der für die Schmetterlinge in meinem Bauch verantwortlich war und dessen Zug in genau einer halben Stunde nach Berlin fuhr. Wenn das mal nicht verrückt war.

Genauso verrückt wie die Tatsache, dass die Bahn um die Ecke gebogen war, kaum dass ich aufgelegt hatte, um es dann in nur zwölf Minuten zum Bahnhof zu schaffen, was eigentlich rein theoretisch überhaupt nicht machbar war, zumindest nicht nach KVB-Fahrplan, an diesem Nachmittag praktisch aber so passierte. Es war geradezu magisch. Das Schicksal war eindeutig dafür, dass ich mich mit Mathias traf, so viel stand fest.

Mein schlechtes Gewissen gegenüber Felix konnte ich zwar nicht ganz unterdrücken, aber er selbst hatte dafür gesorgt, dass ich es wenigstens in Wut umwandeln konnte. Der Grund dafür war ein Handyanruf gewesen, der allerdings erst kam, nachdem ich schon fast am Bahnhof gewesen war.

»Wo steckst du denn? Ich hab den ganzen Garten nach dir abgesucht.« Der Klang seiner besorgten Stimme hatte mich vorübergehend aus dem Konzept gebracht. Bis er hinzusetzte: »Es gibt noch Nachtisch. Tiramisu. Magst du doch so gern.«

Das war doch nicht zu fassen. »Felix, vielleicht hast du es nicht mitbekommen, weil du über Rosis schlimmes Knie nachgegrübelt hast oder über ein passendes Wappentier, aber ich hatte gerade im Esszimmer deiner Eltern einen veritablen Nervenzusammenbruch. Mir fallen auf Anhieb mindestens zehn Dinge ein, die ich mit dem Tiramisu deiner Mutter lieber machen würde, als es zu essen.« Und dann hatte ich ihn einfach weggedrückt. Es war unfair und gemein, und ich war die schlechteste Ehefrau seit Henry VIII.*, aber ich konnte es nicht ändern.

Mein Herz konnte es nicht ändern.

Die Rolltreppen hoch zum Bahnhofsgebäude schienen förmlich zu fliegen, und mein kleiner Sprint hinüber zu Starbucks war olympiareif, wenn ich auch gewünscht hätte, dass er meine Frisur nicht ganz so zerzaust hätte.

Und nun stand ich hier, zupfte nervös an meinem Haargummi und hielt Ausschau nach samtblauen Augen, wobei ich versuchte, mein grenzdebiles Grinsen einigermaßen unter Kontrolle zu halten, um nicht kleine Kinder, alte Leute mit Herzschrittmachern und die Starbucksbedienung zu verschrecken. Das gelang allerdings nur bedingt, weil ich ständig an

* (Ja, ich weiß, der war keine Frau, aber jetzt seien Sie mal nicht so kleinlich, Sie verstehen schon, was ich meine.)

das Leuchten in Mathias' Augen denken musste. Und wie gut er roch und wie witzig er erzählen konnte und wie wunderbar seine Stimme klang.

Und daran, wie sich wohl seine Küsse anfühlten.

Ich war immer schon empfindlich gewesen, was Küsse betraf, und in meiner (zugegeben vermutlich wissenschaftlich nicht relevanten, weil zu mageren) Kussstatistik schnitten die Männer im Durchschnitt nicht besonders gut ab. Von den neun Männern, mit denen ich bisher in meinem Leben herumgeknutscht hatte (beginnend mit meinem vierzehnten Lebensjahr, damit ich die Küsse von Cousin Bertram nicht mitzählen musste), hatte einer geküsst wie ein toter Fisch, sechs hatten schreckliche Dinge mit ihren Zungen versucht (Stochern, Rühren, Züngeln, Höhlenforschung ...) und nur zwei (Felix war einer davon) hatten es richtig gut draufgehabt. Die Frage war, ob Mathias mit einem von beiden würde mithalten können.

Oder vielleicht war die Frage auch, ob Mathias mich überhaupt küssen wollte.

Und wo er eigentlich blieb.

Hektisch sah ich auf die große Bahnhofsuhr. Vierzehn Uhr vierunddreißig. Sein Zug ging in vierundzwanzig Minuten. Er hatte gesagt, sein Hotel läge nur eine U-Bahn-Station vom Bahnhof entfernt, eigentlich hätte er sogar noch vor mir da sein müssen. Hatte er es sich anders überlegt?

Plötzlich erschien mir die Sache mit meiner Straßenbahn, die mich in Rekordzeit hierhergebracht hatte, höchst verdächtig. Das war viel zu einfach gewesen. So etwas machte das Schicksal nicht, zumindest nicht mit mir. Wahrscheinlich wollte es, dass ich wieder zur Besinnung kam und überlegte, wie lange man wohl in so einem Fall warten durfte, ohne die Selbstachtung zu verlieren.

Die Minuten verrannen. Mein Handy blieb dunkel und

still, der Zeiger der großen Uhr rückte erbarmungslos vor. Neunzehn Minuten noch, dann ging sein Zug. Um mich herum waren alle Augenfarben dieses Planeten vertreten, von Jägergrün bis Linoleumbraun, sogar ein wüstengelbes Paar konnte ich ausmachen (auf einem Plakat). Aber Samtblau? Fehlanzeige.

Noch sechzehn Minuten.

Meine Schultern sanken herunter. Wenn ich ehrlich war, konnte ich es Mathias noch nicht einmal verdenken, dass er hier nicht auftauchte. Wer wollte sich schon mit einem weiblichen Henry VIII. einlassen, noch dazu einem sehr wankelmütigen Henry VIII.?

»Tomaten«, brüllte der Obdachlose von irgendwoher. »Ihr habt alle Tomaten auf den Augen. Aber ich sage euch: Das Warten hat ein Ende! Der Untergang ist nahe.«

Auch diesmal konnte ich ihm nicht widersprechen. Mein Warten hatte ein Ende und nach Weltuntergang fühlte es sich auch an. Ich warf einen letzten Blick auf die Bahnhofsuhr, dann auf mein Handydisplay, das weder Anruf noch SMS anzeigte. Schließlich raffte ich den letzten Rest meiner Selbstachtung zusammen und setzte mich langsam in Bewegung. Ich fühlte mich, als wäre ich in den letzten Minuten um dreißig Jahre gealtert.

Die Rolltreppe hinunter zur U-Bahn funktionierte nicht und wurde von einem fetten, bärtigen Mann in einem billigen Anzug blockiert, der nach Schweiß stank. Die nächste Bahn, so die Anzeige im U-Bahn-Geschoss, verzögerte sich auf unbestimmte Zeit, und hinter mir verkündete der Obdachlose weiter das Ende der Welt.

Alles war wie immer, also.

In meinem Bauch setzte das große Schmetterlingssterben ein. Einer nach dem anderen hörte auf, mit seinen Flügeln zu schlagen. Sie hatten ein kurzes Leben gehabt. Aber vielleicht war es auch besser so. Vernünftiger auf jeden Fall. Und eben viel … erwachsener.

»Kati!«

Irritiert sah ich zum gegenüberliegenden Bahnsteig hinüber, wo gerade eine U-Bahn abgefahren war. Die Stimme kam von einer Gruppe von Männern in Lederhosen, die ein Bierfässchen hinter sich herzogen und T-Shirts mit der Aufschrift »Sexgott verlässt den Olymp« trugen. (Letzteres konnte ich auf die Entfernung nicht wirklich erkennen, war aber trotzdem sicher, weil Männer auf sinnentleerten Junggesellenabschieden immer T-Shirts mit solchen Aufschriften trugen.)

Wer sich selbst alles zutraut, wird andere übertreffen.
Chinesische Weisheit

»Kati! Warte!« Ich fragte mich noch, woher eine der Lederhosen meinen Namen kannte und warum plötzlich ein paar der Schmetterlinge in meinem Magen wiederbelebt zu flattern begannen, da sah ich ihn auch schon: Mathias, der zwischen den selbst ernannten Sexgöttern auftauchte, dem zukünftigen Bräutigam rücksichtslos den Ellenbogen in den Magen rammte, um dann aus meinem Blickfeld zu verschwinden und nur Sekunden später auf meiner Seite des Bahnsteigs die Rolltreppe runterzurennen. Die Geigen, reanimiert wie die Schmetterlinge, intonierten dazu »Oh what a man«, und dann stand er völlig außer Atem vor mir, mitsamt der samtblauen Augen und der Lachfältchen. Genauso, wie ich es mir erträumt hatte. Nur besser.

Und er lächelte, als hätte er noch nie etwas so Schönes gesehen wie mich.

Ich hatte ungefähr tausend Fragen, zum Beispiel, warum er jetzt erst kam, wieso er nicht angerufen hatte, wie er mich hier in der U-Bahn entdeckt hatte, aber keine davon kam mir über die Lippen.

Stattdessen starrte ich ihn nur an, bis er mich ein Stück

von der Bahnsteigkante wegzog und mich fragte: »Warum hast du es dir anders überlegt?«

Weil ich es einfach nicht mehr ausgehalten habe. Weil ich nicht anders konnte. Weil ich offenbar tief in meinem Innern eine gewissenlose, ehebrecherische Schlampe bin. Weil du so wahnsinnig schöne Augen hast …

»Ich habe keine Ahnung.« Ich musste mir Mühe geben, meine Stimme unter Kontrolle zu halten. »Mir ist … so was noch nie passiert. Und ich bin sehr, sehr … ratlos.«

»Da bist du nicht die Einzige.«

Ich versuchte mich zu konzentrieren. »Was ist mit deinem Zug …?«

Er fiel mir ins Wort. »Vergiss den verdammten Zug. Weißt du, was verrückt ist?«

Ja, allerdings.

»Meine Schwester Tine verliebt sich ständig in verheiratete Männer, und wenig später müssen wir dann ihr gebrochenes Herz und ihr Leben wieder kitten. Jedes Mal sage ich ihr, wie dämlich sie ist, weil sie sich in diese Männer verliebt, obwohl sie doch genau weiß, dass es nur Komplikationen gibt.«

»Die Schwester, die dich in den Schrank gesperrt hat, oder die, die in New York lebt?«

»Die Schrankschwester. Aber das ist ja auch egal. Was ich sagen will …« Er holte tief Luft und sah mich ernst an. »Ich weiß jetzt, dass sie gar nichts dafür kann.«

Und dann beugte er sich vor und küsste mich auf den Mund.

Wie gesagt, ich war schon immer empfindlich, was Küsse betraf. Und der Ort war auch wirklich nicht gerade passend, weil Kölner U-Bahnhöfe nun mal nichts Romantisches haben, das kann man drehen und wenden, wie man will, aber das hier – das fühlte sich einfach nur richtig an. Für einen Moment schien meine ins Chaos gefallene Welt wieder zurechtgerückt.

»Scheiße«, flüsterte ich, als der Moment vorbei war.

Mathias lachte und streichelte über meine Haare. »Ja, finde ich auch. Scheiße, bin ich verliebt.«

Und dann küssten wir uns noch einmal und meine tausend Schmetterlinge flatterten, was das Zeug hielt, während ich darauf wartete, dass das schlechte Gewissen sich über mich stülpen würde wie ein riesiger schwarzer Hut, aber aus irgendeinem Grund passierte das nicht. Ich fühlte mich wunderbar. Wunderbar lebendig. Wunderbar unvernünftig. Und wunderbar ratlos.

»Tomaten auf den Augen!« Da war er wieder, der predigende Obdachlose. Er taumelte direkt auf uns zu, und Mathias ließ mich für einen Moment los, damit er zwischen uns hindurchtaumeln konnte. »Ihr seht die Welt nicht, wie sie wirklich ist.« Obwohl der Alkoholatem des Mannes mich fast betäubte und ich ihm bis zur Bahnsteigkante ausweichen musste, konnte ich nicht anders, als ihn anzulächeln. Weil die Welt, ob wirklich oder nicht, sich gerade jetzt so schön anfühlte.

Allerdings schien der Prediger da anderer Meinung zu sein. »Die Welt ist dem Untergang geweiht«, schrie er gegen den Lärm der einfahrenden U-Bahn an. »Und ihr alle mit ihr.« Weil er dazu so ausladende Gesten vollführte, stolperte er und ruderte mit den Armen vergeblich um Gleichgewicht. Im Fallen bekam er meinen Oberarm zu packen.

Ich hörte Mathias meinen Namen brüllen, aber da stürzten wir auch schon hinab auf die Gleise.

Mir schoss durch den Kopf, dass das genau eine von diesen Situationen ist, in denen das Leben in bunten Bildern an einem vorbeiziehen soll. Meins tat das allerdings nicht, es hatte gar keine Zeit dafür. Das Letzte, was ich sah, waren die Lichter der U-Bahn, direkt vor meinem Gesicht.

Stets findet Überraschung statt, da,
wo man's nicht erwartet hat.
Wilhelm Busch

Wie gesagt, mein Leben zog nicht an mir vorbei, nicht mal ein winziges Detail davon. Und von wegen Tunnel, strahlendes Licht und sphärische Musik! Von wegen weise letzte Gedanken.

Es war einfach nur dunkel geworden. Und das Einzige, was ich gedacht hatte, war: »Ich will noch nicht sterben!«

Tja.

Mir tat absolut nichts weh, was dann wohl mit an Sicherheit grenzender Wahrscheinlichkeit bedeutete, dass ich tot war. Und das war irgendwie total neu. Ungewohnt.

Ich wagte nicht, die Augen zu öffnen. Ich wagte nicht mal zu atmen.

»Ja, dasch ist ein Ausblick, was?«, hörte ich eine ältere Frauenstimme sagen. »Dafür lohnt schich der weite Weg nach oben doch, oder?«

Okay. Ich war also im Himmel und Gott war eine nuschelnde Frau. Ihre Stimme kam mir entfernt bekannt vor. Und atmen musste man offensichtlich doch, wenn man tot war. Vorsichtig öffnete ich ein Auge. Der Himmel war strahlend weiß. Und hatte eine eher unschöne Riffelstruktur, Rauputz auf Nut- und Feder-Rigipsplatten.

»Ich hab auch schon mal unten im zweiten Stock gelegen, mit so einer Unterleibssache, aber hier oben gefällt es mir viel besser«, sagte die Frauenstimme. »Also, wenn das mit dem

Oberschenkelhalsbruch nicht wäre. Ach, gucken Sie mal, jetzt ist sie wach geworden.«

Mehr noch, ich hatte mich ruckartig aufgesetzt. Ich war gar nicht tot! Ich lag in einem Krankenhausbett, und Gott war keine Frau, sondern …

»Frau Grafinski!«, schrie ich. Oh mein Gott (haha), das war wirklich dieselbe reizende alte Dame, die vor ein paar Jahren schon mal meine Bettnachbarin gewesen war, als ich mit Blinddarmentzündung im Krankenhaus gelegen hatte. Sie hatte noch genau die gleichen wuscheligen weißen Löckchen, und ihr Gebiss schien immer noch lose in ihrem Mund zu sitzen. Und offenbar hatte sie sich schon wieder das Bein gebrochen, die Arme.

»Baronski«, verbesserte sie und lächelte mich an. »Na, Sie haben aber tief geschlafen, Kindchen, Ihre Schwester hat es schon mit der Angst bekommen. Aber ich habe ihr erklärt, dass Sie Schlaf nachholen müssen, weil ich schreckliche alte Frau nachts so einen Lärm mache und die Krankenschwester Ihnen diese feinen rosa Pillen gegeben hat, mit denen man auch tagsüber schlafen kann.«

Genau wie damals! Ich erinnerte mich, als wenn es gestern gewesen wäre: Frau Baronski hatte nicht nur elend laut geschnarcht, sondern auch gefurzt wie ein Waldesel. Ich drehte mich zum Fenster um, wo Eva stand und mir zublinzelte.

Zwei Dinge fielen mir gleichzeitig auf. Erstens: Eva hatte sich wieder einen Pony schneiden lassen. Zweitens: Das Krankenzimmer glich dem, in dem ich und Frau Baronski damals gelegen hatten, aufs Haar, inklusive der defekten Jalousie, die schief auf der linken Fensterseite herunterhing. Verrückt.

»Oh, ich hoffe, ich hab euch keinen zu großen Schrecken eingejagt«, sagte ich zu Eva. »Ab dem Moment, wo ich gefallen bin, weiß ich leider nichts mehr. Meine Güte! Das grenzt an ein Wunder, oder? Ich hab wirklich geglaubt … Was ist denn mit dem Mann? Ist er auch unverletzt?«

»Du hast von einem Mann geträumt, Herzchen? Hast du ihn gefragt, ob er dich zur Hochzeit begleitet? Wie es aussieht, musst du nämlich sonst neben Cousin Bertram sitzen.« Eva grinste mich fröhlich unter ihren Ponyfransen an. Davon abgesehen sah sie verdammt gut aus, kein bisschen übernächtigt, und die Falte auf ihrer Stirn, die sie selber »Müttergenesungswerkfurche« nannte, war auch so gut wie nicht mehr vorhanden. Sie würde doch wohl nicht …

»Botox! Ich fasse es nicht«, sagte ich. »Und Strähnchen wolltest du nie mehr machen, weil die Haare davon nur kaputtgehen … Und was für eine Hochzeit?«

Eva warf mir einen verdutzten Blick zu. »Herzchen, das müssen ja coole Pillen gewesen sein, die du da bekommen hast.«

»Warum hast du mir …« Ich verstummte, denn ich hatte die Handtasche entdeckt, die über der Stuhllehne neben dem Bett hing und genauso aussah wie die, die mir vorletztes Jahr geklaut worden war.

Eva ließ sich auf meine Bettkante plumpsen und tätschelte meine Hand. »Keine Sorge, das mit Cousin Bertram war nur ein Scherz. Den verkuppeln wir mit Roberts Arbeitskollegen, und dich … Was machst du denn da?«

Ich hatte die Bettdecke zurückgeschlagen und angefangen, meinen Schlafanzug hochzukrempeln – den aus geblümtem Flanell, von dem ich dachte, ich hätte ihn schon vor Jahren in den Altkleidersack geworfen, unfassbar, dass Felix ausgerechnet den ausgegraben und ins Krankenhaus gebracht hatte – und mich zu untersuchen. Ich konnte doch unmöglich ohne eine einzige Schramme davongekommen sein. Der Sturz war ganz schön tief gewesen und nicht gerade sanft. Und selbst wenn die U-Bahn mich nicht touchiert hatte (der arme Zugführer, bestimmt hatte er einen Schock erlitten!), musste ich doch wenigstens blaue Flecken davongetragen haben. Meine Arme waren vollkommen unversehrt. Erst als ich das Oberteil hochschlug, entdeckte ich eine Wundabdeckung auf dem Bauch.

»Was habe ich denn da?«, fragte ich und drückte vorsichtig auf das Pflaster. Es tat ein bisschen weh. Na bitte. Innere Verletzungen, vielleicht ein Milzriss. Oder eine Leberquetschung.

»Im Ernst, Kati, du machst mir ein bisschen Angst«, sagte Eva. »Wenn du nicht aufhörst, so komisch zu sein, ruf ich die Schwester und frage, was zur Hölle sie dir gegeben hat. Die kann ja hier nicht Schlaftabletten mit halluzinogenen Nebenwirkungen verteilen wie Bonbons. Deine OP ist schließlich erst drei Tage her.«

Der Amerikaner, der Kolumbus zuerst entdeckte, machte eine böse Entdeckung.
Georg Christoph Lichtenberg

»Was genau musste denn operiert werden?« Ich starrte auf die Wundabdeckung. Sie sah klein und harmlos aus, ganz ähnlich wie die damals nach der Blinddarm-OP. Sie saß auch an der gleichen Stelle.

Dann erst dämmerte mir, was Eva gerade gesagt hatte. *Drei Tage?* Die Operation war bereits drei Tage her?

Plötzlich bekam ich einen trockenen Mund.

»Na ja, was man halt so operiert, bei einer Blinddarmentzündung.« Eva verdrehte die Augen. »Die Nasenscheidewand.«

Ich krallte meine Hand in ihren Arm. »Wie lange war ich ohne Bewusstsein? Welcher Tag ist heute? Wo ist Felix? Wieso hat sich Frau Baronski schon wieder das Bein gebrochen und warum liegen wir im selben Zimmer?« Unter meinen immer schneller hervorschießenden Fragen zuckte Eva regelrecht zusammen. »Was ist mit dem Obdachlosen passiert? Wer hat meine Fußnägel lila lackiert? Warum redest du so wirres Zeug und wo hast du meine alte Handtasche her? Und warum trägst du Ohrringe?« Ich rang nach Luft. »Du trägst keine Ohrringe mehr, seit Henri dir das Ohrläppchen aufge… Wo gehst du hin?«

Eva war aufgesprungen. »Mir reicht's! Das ist doch nicht normal! Frau Baronski, wie heißt die Schwester, die Kati diese Pillen gebracht hat?«

»Das war Schwester Sabine. Sie erkennen Sie an ihrem ausladenden Hinterteil«, sagte Frau Baronski heiter. »Das ist so riesig, das können Sie gar nicht verfehlen … Nanu? Da ist sie ja schon, die Schwester Sabine. Wenn man vom Teufel spricht.«

»Nanana, Höppelepöppel! Denken Sie immer daran, welcher Dodderaasch Ihnen hier morgens die Bettpfanne bringt.« Schwester Sabine lachte gutmütig. Sie hatte wirklich ein ausladendes Hinterteil. Eins, das man auch von vorne erkennen konnte. Es sah aus, als habe sie ein Klavier verschluckt. Deshalb konnte ich mich auch noch gut an sie erinnern. Deshalb und weil sie so lustige kölsche Ausdrücke verwendete wie »Höppelepöppel«, »Knotterbüggel« und »Knaatschsack«, die mir in Erinnerung geblieben waren, ohne dass sich mir ihr Sinn jemals erschlossen hätte. Schwester Sabine war damals auch schon auf dieser Station gewesen. Und hatte diesen nachsichtigen Blick draufgehabt, mit dem sie Eva nun versicherte, dass sie mir lediglich ein ganz harmloses Sedativum verabreicht habe, sehr niedrig dosiert.

Einmal entsandt, fliegt das Wort unwiderruflich dahin.
Horaz

»Sie ist aber wirklich ein bisschen verwirrt.« Eva bekam Verstärkung von Frau Baronski. »Sie weiß nicht, dass heute Sonntag ist. Heute ist doch Sonntag, oder?«

»Ein bisschen verwirrt ist untertrieben! Sie ist ganz und gar verwirrt!«, rief Eva. »Vorhin hat sie nach unserem Kater Felix gefragt. Der ist seit fünfzehn Jahren tot. Ich möchte also genau wissen, was sie ihr verabreicht haben, und mit dem zuständigen Arzt sprechen.«

»Zwanzig«, sagte ich.

»Zwanzig was?«, fragte Eva.

»Der Kater! Der ist schon zwanzig Jahre tot. Aber den meinte ich gar nicht. Ich meinte den *richtigen* Felix.« Meine Stimme bebte. »Wo ist er?«

»Sehen Sie?« Jetzt weinte Eva beinahe. »Sie ist total durch den Wind.« Sie tätschelte meine Hand. »Katilein, weißt du denn nicht mehr? Wir mussten den armen, alten Felix an deinem fünfzehnten Geburtstag einschläfern lassen …«

»Natürlich weiß ich das noch.« Ich war auf mein Kissen zurückgesunken. Zum einen, weil die Wunde an meinem Bauch jetzt doch ziemlich zwickte, zum anderen, weil mir längst gedämmert war, dass hier etwas ganz und gar nicht stimmte. Um die nächste Frage zu stellen, musste ich die Augen schließen. »Welches Datum ist heute?«

Es war Schwester Sabine, die antwortete. »Der zweite April.«

»Sonntag«, steuerte Frau Baronski feierlich bei. »Oder Montag.«

Ich holte tief Luft. »Und welches Jahr?«, flüsterte ich dann.

Es ist ein großer Vorteil im Leben, die Fehler, aus denen man lernen kann, möglichst früh zu begehen.
Winston Churchill

2006 also.

Das Jahr, in dem ich nach Köln gezogen war, um meine Stelle bei G&G Impulse Consulting anzutreten. Das Jahr, in dem ich diese völlig unnötige Blinddarmentzündung hatte und Felix kennenlernte. Das Jahr, in dem Marlene meine beste Freundin geworden war. Das Jahr, in dem Eva Strähnchen und einen Pony gehabt hatte. Die Hochzeit, von der sie geredet hatte, war keine andere als DIE HOCHZEIT. Und sie stand erst noch bevor.

Das war so was von … *abgefahren*. Oder wie Schwester Sabine sagen würde: Do kriste en Aap, Höppelepöppel. Leck mich en de Täsch.

Es war mittlerweile Nacht, und neben mir lag Frau Baronski und schnarchte. Im Zwielicht starrte ich hinauf an die Decke und versuchte, einen klaren Gedanken zu fassen, einen, der sich nicht hoffnungslos im Kreis drehte und selber in den Schwanz biss.

Und während die Minuten zäh verstrichen, versagte ich dabei auf ganzer Linie.

Offenbar hat mich die U-Bahn um fast fünf Jahre in der Zeit zurückkatapultiert, dachte ich ungefähr zehnmal hintereinander. Aber abgesehen davon, dass U-Bahnen anderes zu tun haben, als Leute auf Zeitreise zu schicken, und das Ganze sowieso völlig unmöglich und undenkbar war, weil … weil es so etwas gar nicht gab, war ich von einem klaren Gedanken etwa so weit entfernt wie Evas Ponysträhnchen von einer Frisur.

Andererseits: Die Beweise waren erschlagend. Das hier *war* das Jahr 2006. Mitsamt meiner frischen Blinddarmwunde, Frau Baronskis Schnarchen und meiner gestohlenen Handtasche. In der ich übrigens mein altes Handy gefunden hatte – ohne Felix' Nummer. Und ohne Mathias' Nummer. Weil ich die bisher noch gar nicht getroffen hatte.

Ein Blick in die Welt beweist, dass Horror nichts anderes ist als Realität.
Alfred Hitchcock

Mir entfuhr ein hysterisches Kichern, so laut, dass Frau Baronskis Schnarchen einen fragenden Unterton bekam. Erschrocken hielt ich mir den Mund zu. Es reichte schon, dass ich Eva gestern mit meinen wirren Fragen und Behauptungen eine Heidenangst eingejagt hatte. Zum Glück hatte ich irgendwann die Geistesgegenwart gehabt, die Klappe zu halten und mich um einen weniger irren Blick zu bemühen. Daraufhin hatte sich Eva einigermaßen beruhigt – andernfalls läge ich jetzt in der Psychiatrie. *Ein besonders interessanter Fall von schizoider Persönlichkeitsstörung: Die Patientin glaubt, sie käme aus der Zukunft, und das hier sei alles nicht echt …*

Oh ja! Weil es nicht echt sein konnte! Zugegeben, es sah echt aus und fühlte sich echt an. Frau Baronski wälzte sich – täuschend echt – auf die andere Seite. Und dann roch es sogar echt, leider.

Ich kniff mich probehalber noch einmal in den Arm. Tja, und weh tat es auch. Echt.

Also musste es auch echt sein.

Andererseits: Das menschliche Unterbewusstsein ist zu Ungeheuerlichem in der Lage, das weiß man ja. Und vielleicht war ich gar nicht verrückt, sondern lag irgendwo im Jahr 2011 in einem Krankenhaus im Koma und träumte das alles hier nur?

Oder – und der Gedanke entbehrte nicht einer gewissen Logik – ich war tot, und das hier war das Leben nach dem Tod. Nur dass es eben fünf Jahre vor dem Tod stattfand – merkwürdig genug. Ich musste ein bisschen weinen bei der Vorstellung, tot zu sein. Der arme Felix! Wer würde ihn denn jetzt daran erinnern, sich auf beiden Seiten des Gesichts zu rasieren und ihn an den Sorgenfaltentagen zum Lachen bringen? Wegen meiner Eltern, meiner Schwester und Marlene vergoss ich auch bitterliche Tränen. Mir vorzustellen, wie sie auf meiner Beerdigung im Regen standen (es regnete bestimmt auf meiner Beerdigung), brach mir beinahe das Herz. Vielleicht kam Mathias auch zur Beerdigung und stand abseits unter einem Baum … Der Ärmste! Er hatte ja meinen Tod nicht nur mit ansehen müssen, bestimmt hatte er bei der Polizei auch genau schildern müssen, wie der Unfall passiert war. Oh Gott! Dadurch hatte Felix möglicherweise von Mathias erfahren, und jetzt war sein Herz gleich doppelt gebrochen … Bleich und unrasiert würde er am Grab stehen, während die übrigen Gäste sich längst verstreut hätten, und »Warum Kati, warum?« fragen, bis schließlich sein Vater käme und ihn wegziehen würde, vielleicht mit den Worten: »Junge, die Dachrinnen im Ferienhaus sind in üblem Zustand, das musst du erledigen, Florian hat da keine Zeit zu.«

Nein! Ich wollte nicht tot sein.

Und zudem konnte man Beweise und Tatsachen doch nicht einfach so ignorieren, oder? Intelligenz bedeutet schließlich auch, sich mit offensichtlichen Fakten zu arrangieren. Mir immer und immer wieder zu sagen, wie unmöglich es war, dass ich mich in meiner eigenen Vergangenheit befand, half nun auch nicht weiter. Offenbar *war* es ja möglich, sonst wäre ich nicht hier.

Warum auch immer.

An dieser Stelle begann mein Kopf wegen der komplizierten Gedankengänge zu schmerzen, und ich hatte einen letzten, ultraparadoxen Gedanken: Was, wenn ich mir (wegen eines Gehirntumors – wer wusste das schon – oder von mir aus auch wegen der rosa Pillen von Schwester Sabine) das ganze Leben bis ins Jahr 2011 nur eingebildet hatte? Wenn ich Felix, DIE HOCHZEIT, Mathias und alles andere komplett halluziniert hatte? Aber diesen Einfall verwarf ich schnell wieder, weil ich tief in meinem Inneren spürte, dass er nicht stimmen konnte. Und weil er mein Gehirn gefährlich nahe an die Überhitzung brachte.

»Nein, nicht doch!«, murmelte Frau Baronski im Schlaf und drehte sich auf die andere Seite. »Nicht die Windröschen.« Und während ich überlegte, ob sie damit die Pflanze meinte oder im Traum eine hübsche Umschreibung für ihre Flatulenzen gefunden hatte, zog mein geplagtes Gehirn die Notbremse und versetzte mich umgehend in den Tiefschlaf. Zumindest nahm ich das an, denn als ich die Augen wieder aufschlug, war es hell.

Bevor ich Hoffnung schöpfen konnte, das alles nur geträumt zu haben, kam Schwester Sabine mit der Bettpfanne für Frau Baronski herein und sagte fröhlich: »Guten Morgen, ihr Klatschkiesjeseechter.«

Guten Morgen, liebes Jahr 2006. Was soll ich nur mit dir anfangen?

»Wie sieht es aus, Frau Wedekind? Wieder klar im Kopp?«

Ich starrte Schwester Sabine missmutig an. *Das würde ich dir auch dann nicht sagen, wenn du keine Projektion meines vermutlich im Jahr 2011 im Koma liegenden Unterbewusstseins wärst. Oder eine Kopie deiner selbst in einem Paralleluniversum. Oder …*

»Glasklar«, murmelte ich, und während Frau Baronski die erniedrigende Prozedur mit der Bettpfanne über sich ergehen ließ, haderte ich mit meinem Schicksal. Zwanzig Jahre zurück, das hätte durchaus was gehabt. Dann wäre ich erst fünfzehn und könnte auf jeden Fall ein besseres Abitur machen, ein Instrument erlernen und mein Konfirmationsgeld in Aktien und sagen wir mal eine elektrische Zahnbürste investieren anstelle in ein Tattoo und dessen Entfernung.

Auch fünfzehn Jahre zurück wäre es noch nicht zu spät für ein Au-pair-Jahr und Klavierunterricht. Oder ein Innenarchitekturstudium anstelle von BWL.

Selbst wenn es mich nur zehn Jahre zurückverschlagen hätte, könnte ich immer noch Facebook erfinden, die Menschen vor dem 11. September warnen und eine gute Augencreme benutzen.

Aber 2006?

Andererseits: Das hier war auf jeden Fall besser, als tot zu sein. Das konnte man durchaus positiv sehen. Die U-Bahn oder mein durchgeknalltes Unterbewusstsein oder eine sich noch nicht offenbarende höhere Macht hatte mich immerhin in eine Zeit zurückgeschickt, in der meine Oberarme noch eins a definiert waren. Gut, beruflich waren die Weichen bereits gestellt, aber mal ehrlich: Das mit Facebook hätte ich ohnehin nicht hingekriegt, und Innenarchitektur war eine brotlose Kunst. Und privat …

»Autsch!« Ich hatte mich so ruckartig im Bett aufgesetzt, dass die Blinddarmnarbe kräftig ziepte. Das war es! Heute war der dritte April. Am vierten April hatte ich Felix' Fahrrad mit meinem Auto platt gefahren, dort unten auf dem Krankenhausparkplatz. Er hatte mich nach Hause gebracht und am nächsten Morgen gleich angerufen, um sich nach mir zu erkundigen. Und mich ins Kino und zum Essen einzuladen, kommenden Samstag. Drei Samstage später hatte er gefragt, ob ich mir vorstellen könnte, bei ihm einzuziehen, und ein Jahr später waren wir verheiratet. Alles bestens, bis mir dann im Jahr 2011 dieser Mann mit den samtblauen Augen über den Weg laufen und unser Leben in eine griechische Tragödie verwandeln musste. Armer Felix! Das hatte er wirklich nicht verdient.

Aber das alles musste ja auch gar nicht passieren! Wenn ich morgen nicht auf diesen Parkplatz gehen und Felix' Fahrrad über den Haufen fahren würde, würden wir uns gar nicht erst kennenlernen, dann konnte er mich nicht nach Hause bringen und auch nicht nach meiner Telefonnummer fragen. Wir würden nicht heiraten, und ich würde ihm fünf Jahre später auch nicht das Herz brechen können.

So einfach war das. Felix würde ein glückliches Leben ohne mich führen, er musste weder wegen der Sache mit Mathias leiden noch auf meiner Beerdigung weinen.

Und ich ... ich konnte mich ohne jedes schlechte Gewissen Mathias an den Hals werfen.

Weil das hier ja ohnehin alles nicht echt war! Sondern ein total abgefahrener Komatraum. Womit ich und mein Hirn – herzlichen Glückwunsch auch – wieder bei unserer Lieblingsbeschäftigung angekommen waren: Gedankenkarussell fahren. Aber mitten in der nächsten Runde hatte ich plötzlich den einen rettenden Supergedanken: Wenn das hier ein total abgefahrener Komatraum war, dann konnte ich tun und lassen, was ich wollte, oder?

»Was gibt es da zu lachen?« Schwester Sabine hatte die Bettpfanne unter Frau Baronski weggezogen und sah mich mit gerunzelter Stirn an.

»Ich habe nur gerade an etwas Schönes gedacht«, sagte ich und strahlte sie samt der gefüllten Bettpfanne an. Diese irre Parallelwelt (oder was auch immer) begann mir zu gefallen.

Zwei Tragödien gibt es im Leben: die eine,
nicht zu bekommen, was das Herz wünscht,
die andere, es zu bekommen.
Bernhard Shaw

Ich hatte mich im Flur des dritten Stocks auf die Heizung gesetzt, um besser aus dem Fenster schauen zu können. Von hier hatte man nämlich einen perfekten Blick auf den Parkplatz. Mein Auto parkte gleich da vorne vor dem Fahrradständer, ein bisschen schief, aber kein Wunder, beim Einparken hatte ich schreckliche Bauchschmerzen gehabt.

Ich konnte mich nicht mehr an die genaue Uhrzeit erinnern, aber es musste gegen Mittag gewesen sein, als Felix und ich einander das erste Mal begegneten.

»Können Sie nicht lesen?«

Ich fuhr erschrocken zusammen. Eine Frau guckte streng auf mich herunter. »Es ist verboten, auf der Heizung zu sitzen.«

»Li…«, quietschte ich und schlug mir gerade noch rechtzeitig die Hand vor den Mund. *Lillian*! DIE EX. Direkt vor mir und verdammt gut aussehend im weißen Kittel! Obwohl sie mich anguckte, als wäre ich eine Made, fast so, als würde sie mich bereits kennen.

»Lieber Himmel, geht das vielleicht auch ein bisschen freundlicher?«, fragte ich, weil ich der Silbe »li« ja irgendeinen Sinn verleihen musste. »Klar, das hier ist ein Krankenhaus und kein Café, aber trotzdem sind auch Sie darauf angewiesen, dass die Leute wiederkommen. Und es gibt weiß Gott noch andere Krankenhäuser in Köln. Ich persönlich höre beispielsweise immer nur das Beste vom Elisabeth-Krankenhaus. Das würde ich dann beim nächsten Mal bevorzugen.«

Lillian rümpfte ihre Nase. Offenbar fand sie, dass es sich nicht lohnte, mit mir zu sprechen. »Stühle finden Sie weiter vorne im Aufenthaltsraum«, sagte sie im Weggehen.

Ich starrte ihr hinterher. Wie gruselig klein diese ulkige Parallelwelt in meinem Komatraum doch war. Na ja, andererseits war es gar nicht so unwahrscheinlich, Lillian hier über den Weg zu laufen. Schließlich arbeitete sie in diesem Krankenhaus, genau wie Felix.

Ich setzte mich wieder auf meinen Beobachtungsposten auf der Heizung und starrte hinunter zu meinem Auto. Wo blieb Felix nur? Ich hatte gestern nicht gegen die Versuchung ankämpfen können, einfach mal auf seine Station zu gehen und nachzuschauen, ob er da war. Ihn ein bisschen von Weitem zu beobachten. Aber als ich dort ankam, hatte ich Skrupel bekommen. Felix war zwar nicht gläubig und hielt auch nichts von Esoterik, aber im Zusammenhang mit unserem Kennenlernen, hatte er gerne die Worte »Schicksal« und »Fügung« benutzt, und er hatte immer erzählt, dass er sich schon in den ersten zwei Minuten in mich verliebt hatte. Und das, obwohl es überhaupt keinen Grund dafür gab: Ich hatte sein Rennrad zerstört und überdies unausgeschlafen und ungeschminkt ausgesehen. Felix behauptete später immer, das sei Unsinn, ich hätte großartig ausgesehen, aber das hatte er auch nach der spektakulären Party bei Marlene und Javier gesagt, als ich die halbe Nacht über der Kloschüssel gehangen hatte, so ungefähr 2007.

Was das anging, war Felix wirklich eigenartig verblendet. Es war ihm daher durchaus zuzutrauen, dass er sich auch auf den ersten Blick in eine Patientin im Blümchenpyjama und mit ungewaschenen Haaren verliebte, die auf seiner Station herumlungerte. Das Risiko konnte ich auf keinen Fall eingehen, und egal wie groß meine Sehnsucht auch sein mochte, ihn wenigstens mal zu sehen: Ich musste in erster Linie auf Felix Rücksicht nehmen. Bei dieser ganzen Sache ging es doch schließlich darum zu verhindern, dass er sein Herz an die falsche Frau – nämlich mich – verschenkte. Denn wenn ich die richtige Frau für ihn wäre, dann würde ich mich wohl kaum fünf Jahre später Hals über Kopf in einen anderen Mann verlieben, oder?

Obwohl mein Herz meine Pläne kannte und voll und ganz billigte, fing es wie wild an zu klopfen, als es Felix entdeckte. Ich presste meine Nase an die Scheibe und seufzte. Dort lief er also über den Parkplatz, in seinem abgewetzten grauen Kapuzenpulli, den Fahrradhelm am Arm.

Ach, Felix! *Mein* Felix. Wehmütig sah ich zu, wie er seinen Helm aufsetzte, auf sein Fahrrad stieg und unbehelligt von Schicksal und Fügung davonfuhr. Ich verdrückte ein paar Tränen der Rührung. *Pass gut auf dich auf, hörst du? Und arbeite nicht zu viel, und denk immer daran …*

»Sagen Sie mal, welchen Teil von ›Es ist verboten, auf der Heizung zu sitzen‹ haben Sie denn nicht verstanden?«, zischte eine Stimme hinter mir. Lillian schon wieder.

Ich drehte mich widerwillig zu ihr um. Im Aufstehen wischte ich mir die Tränen aus den Augenwinkeln. »Verklag mich doch, du Knotterbüggel«, sagte ich und überlegte, was Schwester Sabine sonst noch immer so Deftiges von sich gab und ob ich noch ein energisches »Leck mich en de Täsch« dazusetzen sollte. Schließlich war das hier immer noch mein Komatraum, und da konnte ich mich ruhig mal ein bisschen danebenbenehmen.

Besser einander beschimpfen als einander beschießen.
Winston Churchill

Lillian versuchte, verächtlich zu gucken, aber bevor ich mich auf dem Absatz umdrehte und in meinem Blümchenpyjama davonrauschte, sah ich genau, dass sie ängstlich zusammengezuckt war.

Wie gesagt, dieses Paralleluniversum war gar nicht so übel.

Früher war mehr Lametta.
Loriot

»... die Pegelstände der Elbe weiterhin im Steigen begriffen ... Hochwasser in Mähren und Österreich ... bilaterales Abkommen über die zivile Nutzung von Atomkraft ...« Die Nachrichten kamen mir höchstens vage bekannt vor, sie hätten genauso gut im Jahr 2011 vorgelesen werden können. Ich wartete seit Tagen auf ein Déjà-vu, aber es kam keins. Und leider konnte man ja die Zukunft noch nicht googeln.

Dummerweise konnte ich aber auch die Gegenwart nicht googeln, weil ich meinen PC zu Hause mit einem Kennwort gesichert hatte, das mir partout nicht einfallen wollte. Ich verfluchte meine Angewohnheit, komplizierte Kennwort-Zahlen-Kombinationen zu kreieren und nirgendwo aufzuschreiben.

»Außenministerin Rice äußert sich positiv zu Indiens ...« Ah! Endlich mal was, das klang, als wäre es wirklich lange her. Außenministerin Rice gab es nicht mehr, jedenfalls nicht als Außenministerin. Und von Barack Obama hatte 2006 hier in Deutschland noch niemand was gehört. Ich sollte die Gelegenheit nutzen und seinen Namen demnächst mal fallen lassen, vielleicht auf einer dieser Stehpartys, die die Blutgräfin von Zeit zu Zeit in der Agentur veranstaltete. »Also wenn Sie mich fragen, wird der nächste Präsident der Vereinigten Staaten Obama heißen ... Wie, den kennen Sie nicht? Ein aufstrebender junger Politiker mit großer Zukunft ...«

In den letzten Tagen war mir klar geworden, dass ich nicht unbedingt im Vorteil war, nur weil ich aus der Zukunft kam. Gut, ich wusste, wer der nächste amerikanische Präsident werden würde und dass Prinz William Kate heiraten und der Dachs Tier des Jahrs 2010 werden würde (fragen Sie mich nicht, warum ich mir das gemerkt hatte) – aber wirklich hilfreich war das alles nicht. Wenn ich ehrlich Bilanz zog, musste ich zugeben, dass sich die drei Tage, die ich bisher im Jahr 2006 verbracht hatte, komplett neu angefühlt hatten.

Während das Radio lief (auch die Musik kam mir höchstens vage bekannt vor), starrte ich auf das Innere meines Kleiderschrankes. Wie zur Hölle waren all diese hässlichen Klamotten da hineingelangt? Was für Eva im Jahr 2006 der Pony und die Strähnchen gewesen waren, war für mich offenbar die Farbe LILA. Ich konnte mich gar nicht erinnern, so intensiv darin geschwelgt zu haben. Dabei machte Lila mich blass und alt. Das Einzige, das mich freute, war das Wiedersehen mit meinen Lieblingsjeans, noch ohne Loch im Knie. Leider konnte ich die nicht zur Arbeit anziehen, die Blutgräfin hatte da strenge Regeln aufgestellt. Weil das Thermometer draußen an der Scheibe null Grad anzeigte und die Auswahl an nicht lilafarbenen Wintersachen nicht wirklich üppig war, entschied ich mich für einen lila Cordrock, dicke lila Zopfstrumpfhosen und einen schwarzen Rollkragenpullover. Und suchte dann verzweifelt nach meinen schwarzen Lieblingsstiefeln, bis mir einfiel, dass ich die im Jahr 2006 noch gar nicht besessen hatte. Überhaupt keine Stiefel, wie ich feststellen musste. Tsss, wie hatte ich jemals ohne Stiefel leben können? Oder in dieser winzigen Dachwohnung, bei der die Fenster jeden Morgen von innen beschlagen waren, die Heizung die ganze Nacht gluckerte und man sich unentwegt den Kopf stieß? Kein Wunder, dass ich so schnell bei Felix eingezogen war.

»Neue Wohnung suchen!!!« stand ziemlich weit oben auf der To-do-Liste, die ich alle paar Stunden erneuerte und ergänzte.

Erfreulich war, dass der hässliche lila Rock, obwohl winzig klein, recht locker auf meinen Hüftknochen saß. Ich hatte mir immer eingeredet, dass die fünf Kilo, die ich im Laufe der Jahre zugenommen hatte, sich ganz unauffällig am ganzen Körper verteilt hatten, aber in Wirklichkeit schienen sie doch vor allem an der Taille gesessen zu haben. Wie dem auch sei, jetzt waren sie weg. Ebenso übrigens die Lachfältchen, die sich im Jahr 2011 auch dann strahlenförmig um meine Augen angeordnet hatten, wenn ich gar nicht lachte. Ich sollte mir auf jeden Fall vornehmen, weniger oft zu lachen, und meine Sonnenbrille nicht ständig zu vergessen. Andererseits: Mathias hatte mich trotz der Lachfältchen geküsst. Und trotz der fünf zusätzlichen Taillenkilos. Ein Grund mehr, sich in ihn zu verlieben und nie wieder gehen zu lassen, wenn ich ihn denn erst aufgespürt hatte.

Ich musste kurz daran denken, wie ich Felix auf seinem Rennrad hatte davonfahren lassen, und versuchte vergeblich, den Stich zu ignorieren, den mir diese Erinnerung versetzte. Ich vermisste ihn immer noch, Felix und seine verstrubbelten Augenbrauen und seinen Gesichtsausdruck, wenn er beteuerte, ich würde auch mit einem Badehandtuch um den Kopf großartig aussehen. Aber meine Entscheidung bereute ich trotzdem nicht. Denn Mathias' Kuss war nach meiner Rechnung gerade mal vier Tage her. Eine Zeitspanne, die meine Schmetterlinge im Bauch locker überlebt hatten. Und deshalb musste ich auch so schnell wie möglich ins Büro, um Mathias zu googeln. Eigentlich war ich noch bis Ende der Woche krankgeschrieben, aber ich konnte unmöglich länger warten. Die Blutgräfin hatte noch nie etwas von Datenschutz am Arbeitsplatz gehört und zwang uns, immer das gleiche Kennwort zu verwenden (*Kennwort123*), was ich früher verflucht hatte, jetzt aber ausnahmsweise für eine hervorragende Idee hielt. Abgesehen davon freute ich mich darauf, Marlene, Linda und Bengt wiederzusehen.

Ich war ein bisschen aufgeregt, als ich am Rudolfplatz aus der Straßenbahn stieg. Noch vor dem Eingang ins Büro traf ich Marlene. Sie schenkte mir ihr fröhliches Grübchen-Guten-Morgen-Lächeln, und für einen Moment war mir sehr danach, ihr stürmisch um den Hals zu fallen und hier und jetzt meinen Komatraum mit ihr zu teilen. Aber mal abgesehen von der Tatsache, dass ich gar nicht wusste, wo ich genau hätte anfangen sollen (bei Gereons Party im Jahr 2011? Bei Mathias' Kuss? Oder lieber gleich bei der U-Bahn, die mich überfahren hatte?), waren Marlene und ich zu diesem Zeitpunkt nur zwei Kolleginnen, die gut miteinander klarkamen. Und auch wenn sie die großzügigste Person war, die ich kannte: noch vor dem ersten Bürokaffee die Zeitreiseprobleme einer Verrückten im lilafarbenen Cordrock zu analysieren, das war selbst für Marlene zu viel.

»Ich dachte, du kommst erst am Montag wieder«, sagte sie, während wir nebeneinander die Treppe hinaufstiegen. Ihr fünf Jahre jüngeres Ich war genauso rot gelockt und niedlich wie das aus dem Jahr 2011 und ein klitzekleines bisschen faltenfreier. Dafür hatte Marlene aber noch nicht diesen selbstbewussten, unbeschwerten, wippenden Gang drauf, der einen Großteil ihrer sinnlichen Ausstrahlung ausmachte. (Er machte alle Frauen höllisch neidisch und veranlasste die Männer, ihr sehnsüchtig auf den Hintern zu starren.) Marlene pflegte das immer bescheiden ihrem Pilates-Kurs zuzuschreiben, aber ich war mir ziemlich sicher, dass Javier daran schuld war.

»Du hättest dich ruhig noch ein paar Tage erholen können, bevor du dich wieder in Gabis Sklavendienste begibst«, sagte sie. »Pass auf, die wird dir gnadenlos das Existenzgründerseminar von diesem dubiosen Franchiseunternehmen aufs Auge drücken. Seit Tagen windet sie sich nämlich, weil sie es nicht über sich bringt, es abzusagen, schließlich haben sie uns doppelt so viel Kohle geboten wie der Konkurrenz. Und da kann man schon mal darüber hinwegsehen, dass sich der Auftraggeber sehr nahe an der Grenze zu Betrug und Illegalität bewegt.«

Ich stieß die Tür zum Büro auf. »Keine Angst, das mache ich auf keinen Fall.« Schließlich hatte ich den Kurs »Wie man Nein sagt, ohne jemanden vor den Kopf zu stoßen« nicht umsonst besucht.

»Guten Morgen, Linda!«

»Ach, Kati! Du bist schon wieder da!« Linda kam hinter ihrer Theke hervor und umarmte mich innig. Das wiederum war normal, das hatte sie vom ersten Tag an so gehalten. Sie machte das auch mit völlig Fremden und Bäumen. Und einmal – in gar nicht allzu ferner Zukunft – sogar mit einem Laternenmast. Weil der so traurig ausgesehen hatte.

Linda wollte auch Marlene um den Hals fallen, aber Marlene hielt sie mit ausgestrecktem Arm von sich. »Du darfst mich erst wieder umarmen, wenn du mit diesen Eigenurinbehandlungen aufgehört hast, das hatten wir doch geklärt!«

»Und ich hatte dir erklärt und sogar schwarz auf weiß gezeigt, dass Urin kein bisschen riecht, wenn er getrocknet ist.« Linda schob beleidigt ihre Unterlippe vor.

Oh je, an diese Eigenurinphase konnte ich mich noch gut erinnern. Das bedeutete, Linda war gerade mit diesem Heilpraktiker zusammen, der vor lauter Heil- und anderen Praktiken ganz vergessen hatte, Linda zu erzählen, dass er verheiratet war und drei kleine Kinder hatte. Wie war noch gleich sein Name gewesen? Udo? Ulrich?

»Ja, aber leider konntest du meine Nase damit nicht überzeugen«, sagte Marlene. »Deine Haare riechen wie ein Windeleimer im Altersheim oder wie diese Pissecke im Parkhauseingang, wo ...«

»Erstens ist das gar nicht wahr, und zweitens würde ich durchaus einen leichten Geruch für eine schuppenfreie Kopfhaut und glänzendes Haar in Kauf nehmen«, fiel Linda ihr ins Wort und warf ihr zugegebenermaßen wunderschön glänzendes Haar in den Nacken. »Urin ist das Natürlichste der Welt, sagt Uwe.«

Ah, genau. Uwe hatte er geheißen, der ehebrecherische Heilpraktiker. Urin-Uwe. Linda war wochenlang am Boden zerstört gewesen. Was Marlene erwiderte, bekam ich nicht mehr mit, denn mein Blick war hinüber zu Bengts Schreibtisch geschwenkt und dann erstarrt. An Bengts Schreibtisch saß nämlich jemand anders als Bengt. Jemand, den ich völlig vergessen hatte.

»Das nächste Mal, wenn Sie ohne Ankündigung ein paar Tage dem Büro fernbleiben, sollten Sie wenigstens eine Übergabeliste machen!«, säuselte der Jemand. »Wir haben uns hier über Ihr unkollegiales Verhalten doch sehr ärgern müssen.«

Margot Zähler-Reißdorf. Sie war Bengts Vorgängerin gewesen, umgeschulte Diplompädagogin in den Wechseljahren, immer säuselnd, immer auf der Suche nach einem Streit, getarnt als Diskussion und Meinungsaustausch. Trotz Doppelname offenkundig untervögelt, was man auch daran merkte, dass sie das Wort *Pimmel* auffallend oft in ihre Sätze einflocht, und zwar indem sie Wörter erfand, die es gar nicht gab.

Der Unterschied zwischen dem richtigen Wort und dem beinahe richtigen ist derselbe Unterschied wie zwischen einem Blitz und einem Glühwürmchen.
Mark Twain

»Am Freitag kam die Lieferung Büromaterial, für die Sie verantwortlich waren, und ich musste das alles auseinanderpimmeln. Das wäre nicht nötig gewesen, hätten Sie ein bisschen mitgedacht.«

»Ja, wenn ich mich das nächste Mal einer Not-OP am Blinddarm unterziehen muss, dann werde ich daran denken, dem Narkosearzt rasch eine Übergabeliste zu diktieren«, sagte ich, und noch während ich das aussprach, erinnerte ich mich wieder, dass ich exakt die gleiche Antwort schon einmal gegeben hatte, gefolgt von der Frage, wieso sie die Lieferung nicht einfach liegen gelassen hatte. Das wiederum hatte zu einer elend langen gesäuselten Diskussion geführt, in die sich auch noch Marlene und Linda eingemischt hatten und an deren Ende Frau Zähler-Reißdorf beschlossen hatte, die nächsten zwei Wochen kein einziges Wort mehr an mich zu richten. Weil ich sie nach einer zermürbenden Viertelstunde »Frau Zäher-Reißwolf« genannt hatte. Unabsichtlich. Trotzdem war der Name »Reißwolf« bis zum Ende an der armen Frau hängen geblieben.

Mein Schweigen irritierte den Reißwolf. »Ich bin ja wirklich nicht pimmelig, aber hier geht es ums Prinzip!«

Mein erstes richtiges Déjà-vu. Mal schauen, ob es nicht auch anders ging.

Ich lächelte den Reißwolf an: »Ich möchte mich für mein unkollegiales Verhalten entschuldigen. Und mich für die Arbeit bedanken, die Sie in der Zwischenzeit für mich erledigt haben. Das war wirklich sehr nett von Ihnen.«

Der Reißwolf war merklich aus dem Konzept gebracht. Ich wartete nicht ab, bis er sich erholt hatte, sondern begann in der Illustrierten zu blättern, die auf Lindas Tresen lag. Marlene hatte sich bereits an ihren Schreibtisch begeben, und Linda besprühte sich mit einem ätherischen Ölemix, um den Uringeruch zu überdecken, von dem sie behauptete, er wäre gar nicht da. Für ein paar Sekunden roch es nach Lavendel und Rosmarin mit einer leichten Windeleimernote, dann wieder nur nach Pipi.

»Das Baby muss in den nächsten Wochen kommen«, sagte

Linda und zeigte auf ein Bild von Tom Cruise und Katie Holmes. »Eine Freundin von mir hat gependelt, dass es ein Junge wird.«

»Nein«, widersprach ich energisch. »Es wird ein Mädchen. Und es heißt …« Mist, wie hieß das arme Kind noch gleich? Sari … Uri … »Suri!«, rief ich.

Linda starrte mich entzückt an. »Hattest du gerade so etwas wie ein Channeling?«

»Ein was?«

»Jemand aus der geistigen Welt, wahrscheinlich einer deiner geistigen Führer, hat dir vielleicht gerade den Namen des Kindes verraten«, flüsterte Linda begeistert. »Suri.«

»Nein, ich denke, das können wir mit Sicherheit ausschließen. Warum sollte mein geistiger Führer so was tun? Ich meine, wen interessiert überhaupt, wie das blöde Balg von denen heißt?« Ich blätterte hastig weiter und hoffte, dass Linda das Thema wechseln würde. Was sie nicht wirklich tat, denn sie fing an über mediale Fähigkeiten und – da kam ich nicht mehr ganz mit – Einhörner zu sprechen. Mitten in ihrem nächsten Satz wurde sie aber von der Blutgräfin unterbrochen, die zur Tür hereingerauscht kam und mit ihr eine Duftwolke von »Jil Sander«, gegen die selbst der Uringeruch keine Chance hatte.

»Kati, was machst du denn schon hier? Solltest du nicht noch bis nächste Woche zu Hause bleiben?«

»Meine Cousine hat schon drei Tage nach ihrer Blinddarm-OP am Köln-Marathon teilgenommen«, meldete sich der Reißwolf aus seiner Ecke in verächtlichem Tonfall. »Das ist doch heutzutage keine große Sache mehr.«

»Ach, tatsächlich?« Die Blutgräfin sah mich an, als missbillige sie ganz und gar, dass ich erst jetzt gekommen war, obwohl ich doch schon vor drei Tagen einen Marathon hätte laufen können.

Und sie schnalzte.

»Vielen Dank für die wunderschönen Blumen, Gabi«, beeilte ich mich zu sagen.

»Blumen?« Gabi sah irritiert aus. »Was für Blumen?«

»Die, die ich in deinem Namen ins Krankenhaus geschickt habe«, sagte Linda und sah Gabi verschwörerisch an. Ich tat so, als merkte ich nichts, und schlenderte zu meinem Schreibtisch hinüber. »Mit Besserungswünschen von uns allen.«

»Ach? Ja, dann, gern geschehen«, sagte Gabi. »Und schön, dass du wieder da bist. Ich hätte da gleich einen sehr interessanten Auftrag für dich. Ein Existenzgründerseminar für eine wirklich spannende Franchise-Idee, Samstagnachmittag.«

Derjenige, der zum ersten Mal anstelle eines Speeres ein Schimpfwort benutzte war der Begründer der Zivilisation.
Sigmund Freud

Marlene räusperte sich, und ich setzte mein strahlendstes Lächeln auf. »Liebend gern würde ich das Seminar übernehmen, Gabi, *gleichzeitig* ist es mir wegen eines sehr wichtigen anderen Termins am Samstag nicht möglich.« Mit einem bedauernden Seufzer ließ ich mich auf meinen Schreibtischstuhl fallen. »Leider.«

»Hm«, machte Gabi und schnalzte noch einmal. »Dann werde ich das wohl selber übernehmen müssen. Obwohl ich mich nicht erinnern kann, wann *ich* das letzte Mal einen freien Samstag hatte.« Schnalzend verschwand sie in ihrem Büro.

Na bitte, ging doch. Ich zwinkerte Marlene zu.

Sie zwinkerte zurück. »Nicht schlecht«, flüsterte sie. »Ich musste erst einen schwerkranken Neffen erfinden, bevor ich aus der Nummer raus war.«

Frau Zähler-Reißdorf, die Ohren wie ein Luchs hatte, beugte sich vor. »Dann war das wohl Ihr Neffe, mit dem Sie da gestern Abend unterwegs waren?«

Marlene murmelte etwas Unverständliches, wobei sie leicht errötete.»Ach, es war gar nicht Ihr Neffe?«, fragte der

Reißwolf scheinheilig. »Obwohl es vom Alter her gepasst hätte. Andererseits – eine Familienähnlichkeit war beim besten Willen nicht zu erkennen. Er ist mehr der südländische Typ, nicht wahr?«

»Argentinier«, sagte Marlene beiläufig, während sie so tat, als sei sie ganz und gar auf das fixiert, was sie auf ihrem Bildschirm sah.

Aber Frau Zähler-Reißdorf konnte sie damit nicht täuschen. Sie lächelte zufrieden. »Ja, diese Südländer haben offenbar oft ein Faible für ältere, rundliche Frauen«, säuselte sie.

Kein Wunder, dass wir Bengt so schnell in unser Herz geschlossen hatten. Verglichen mit dem Reißwolf verbreitete er selbst dann noch sonnige Stimmung, wenn er in seinen hypochondrischen Endzeitfantasien schwelgte. Ach, wie ich ihn vermisste! Er hätte Marlene in dieser Anfangszeit mit Javier ganz bestimmt in ihren Gefühlen bestärkt und ihr versichert, dass Altersunterschied und Nationalität überhaupt keine Rolle spielten, wenn man sich wirklich liebte. (Hauptsache gesund!) Warum hatte ich das eigentlich nicht getan? Na ja, vermutlich, weil ich der Sache auch nicht so recht getraut hatte: Dieser junge, mittellose und ein bisschen verrückte Musiker, der tagsüber schlief und nachts Musik machte, auf der einen, und Marlene – zehn Jahre älter und Mutter einer zwölfjährigen Tochter – auf der anderen Seite. Ich war einfach nicht überzeugt gewesen, dass das wirklich gut gehen konnte. Ja, ich hatte genau dieselben dummen Vorurteile gehabt wie Frau Zähler-Reißdorf.

»Aber seien Sie bloß vorsichtig«, sagte die jetzt. »Meine Schwägerin hatte mal eine Affäre mit einem Poolboy aus der DomRep und war am Ende um hunderttausend Euro ärmer und eine böse Erfahrung reicher.« Marlene seufzte.

»Und wenn ich so recht darüber nachdenke, dann würde ich sagen, dass sie sich davon nie wieder er…«, sagte der Reißwolf, aber da fiel ich ihr ins Wort.

»Genug herumgepimmelt, äh -bummelt«, sagte ich energisch und ignorierte Marlenes plötzlichen Hustenanfall. »Ich könnte zwar noch stundenlang zuhören, aber ich muss viel nachholen. Also, ran an die Arbeit.«

Frau Zähler-Reißdorf runzelte so heftig die Stirn, dass man es beinahe hören konnte, aber ich tat, als merkte ich nichts. Eine Minute später brauchte ich nicht mal mehr so zu tun, da hatte ich sie nämlich bereits vollkommen vergessen. Mein Computer brauchte endlos, um hochzufahren, und auch der Browser öffnete sich erschreckend langsam.

Nervös tippte ich mit meinem Zeigefinger auf den Rand der Tastatur und wartete, dass die Technik aus dem Jahr 2006 sich dazu bequemte, mir weiterzuhelfen.

Denn es war das eine, Marlene und Linda zu erleben und meine Déjà-vues aufzufrischen. Das andere war meine To-do-Liste, und die ließ sich einfach nicht länger aufschieben. Zumindest nicht Punkt eins.

Ich rief also Google auf und gab den Namen von Mathias ein. Ich wollte gerade bestätigen, da drängte sich die Sache mit Pandora und ihrer Büchse wieder in meinen Kopf und Felix, wie er mich ansah, wenn ich ein Handtuch um den Kopf gewickelt hatte.

Ich musste mich ziemlich energisch zurechtweisen, dass Felix mich noch nicht einmal kennengelernt hatte, weswegen ich ihn nun auch nicht betrügen konnte, er wiederum nicht traurig sein und ich kein schlechtes Gewissen haben musste. Das war doch schließlich der Sinn der Sache gewesen.

Was also hielt mich ab?

Nichts.

Überhaupt nichts.

Denn das hier war ja ohnehin alles nicht echt. Ich holte tief Luft, schloss für einen kurzen Moment die Augen und drückte dann entschlossen auf Enter.

Mein neues verbessertes Leben oder 2006 reloaded
aktualisierte To-do-Liste, Donnerstagmittag

1. Mathias kennenlernen
   1.1 Den magischen Moment der ersten Begegnung noch einmal erleben
   1.2 Den besten Sex meines Lebens haben, ohne jedes schlechte Gewissen
   1.3 Bis ans Ende meiner Tage mit Mathias glücklich sein
   1.4 Hoffen, dass das Ende meiner Tage in weiter Zukunft liegt
2. DIE HOCHZEIT von Eva komplett umplanen
   2.1 Die Sitzordnung ändern
   2.2 Einen Ersatz für die »Band« finden
   2.3 DIE TANTE daran hindern
      2.3.1 zu singen
      2.3.2 sich zu betrinken
      2.3.3 mit dem bekifften Keyboarder in der Garderobe ein Nümmerchen zu schieben (s.2.2), auf dem Mantel von Frau Luchsenbichler
   2.4 Frau Luchsenbichler ausladen
   2.5 Cousin Bertram überreden, einen anderen Tag für sein Outing zu wählen, notfalls mit Gewalt
   2.6 Evas Schwiegervater an seiner Rede hindern, notfalls mit Gewalt
   2.7 Den Heimlich-Griff lernen
   2.8 Diverses
3. Schöne, zukunftsweisende, nicht lilafarbene Klamotten und Stiefel (!) kaufen
4. Jeden Abend Augencreme benutzen und 120 Sit-ups machen
5. Karriere machen, am besten ohne Gabi
6. Den Vorsorgetermin bei Dr. Gereon Westermann canceln
7. Im Urlaub die ganze Welt bereisen – alles außer Fehmarn
8. Jeden Tag genießen, als ob es der letzte wäre
9. Diverses

Meine To-do-Liste las sich zwar noch ein wenig wirr und oberflächlich, aber die Eckpfeiler meiner neuen Lebensplanung standen. So im Großen und Ganzen. Wie man eben so planen kann in einem verrückten Paralleluniversum, das dem eigenen Unterbewusstsein entsprungen ist.

Ich hatte lange darüber nachgegrübelt, ob ich in meiner Position nicht auch wenigstens den Versuch starten müsse, die Welt zu retten, indem ich künftige Katastrophen – von DER HOCHZEIT mal abgesehen – verhinderte. Aber mir wollte partout keine Katastrophe einfallen, die zu verhindern ich konkret in der Lage gewesen wäre. Gut, vielleicht konnte ich Michael Jackson einen Brief schreiben und ihn vor allzu großem Vertrauen in Tabletten und seinen Leibarzt warnen, aber all die vage in meinem Kopf herumspukenden Amokläufe, Tsunamis, Erdbeben, Terroranschläge und Zugunglücke waren entweder schon passiert oder passierten an einem mir unbekannten Datum an einem mir unbekannten Ort.

Und das war ein ziemlich schreckliches Gefühl, denn je länger ich darüber nachdachte, desto oberflächlicher und egoistischer kam ich mir vor. Jemand wie Mutter Theresa oder Oprah Winfrey oder Günther Jauch und wahrscheinlich sogar Lillian hätten vermutlich jedes einzelne Datum im Kopf gehabt und geeignete Maßnahmen ergriffen, um die Welt zu retten.

Ich dagegen konnte mich höchstens beim Jahrestreffen der Dachsfreunde als Prophet betätigen (»Hört mich an, Verbündete, unser schwarz-weißer Freund wird im Jahr 2010 endlich Würdigung erhalten …«), was vollkommen sinnfrei wäre. Oder verraten, dass George in »Grey's Anatomy« das Zeitliche segnen würde.

Ich ergänzte meine To-do-Liste um den Punkt, die Zeitung viel gewissenhafter zu lesen, als ich das in meiner Vergangenheit, Pardon, Zukunft getan hatte. Und ich hoffte ein bisschen darauf, dass mir doch noch irgendetwas einfallen würde, um dieses Gefühl in der Magengegend zu verscheuchen, dass ich ein schlechter Mensch war.

Danach tat ich allerdings sofort wieder etwas extrem Egoistisches, denn ich machte mich umgehend daran, Punkt eins der Liste in die Tat umzusetzen. Schon am frühen Nachmittag verließ ich das Büro in Richtung Mittelstraße. Auch wenn ich auf die Magie des Augenblicks setzte, wollte ich den möglichst nicht in einem lila Cordrock und einem schwarzen Rollkragenpullover erleben.

Die Suchmaschine hatte achthunderttausend Treffer bei Mathias Lenzen ausgespuckt. Glücklicherweise wurden die meisten Mathiase aber mit zwei t geschrieben und schieden schon mal aus. Das Telefonbuch von Köln hatte genau einen Mathias Lenzen hergegeben, und der wohnte in der Weißenburgstraße im Agnesviertel. Google verriet mir außerdem noch, dass Mathias Lenzen Personalchef einer großen Rückversicherung war und Gastdozent einer Vortragsreihe des Kölner Unternehmerverbandes mittelständischer Betriebe. Sein Vortrag zum Thema »Bewerbungsgespräche – effektiv und zeitsparend« fand heute Nachmittag in der Uni statt. Man konnte dran glauben oder auch nicht, aber das Timing von Schicksal und Vorsehung hätte nicht perfekter sein können, oder?

Der Plan war, mich zunächst unauffällig unter die Zuhörer zu mischen und Mathias in Ruhe von Weitem anzuschauen. Wenn es das Schicksal wollte – und was das anging, hatte ich ein gutes Gefühl –, würde sein Blick irgendwann über die Reihen schweifen und an meinem Gesicht hängen bleiben. Vielleicht würde ich ein klitzekleines bisschen lächeln, so wie jemand lächelt, der genau weiß, wie der andere küsst, und Mathias würde sich über das Gefühl einer unerklärlichen Vertrautheit zwischen uns beiden wundern, aber natürlich nicht dagegen ankommen. Und dann war er da, der magische Moment. Die Geigen würden einsetzen, diesmal zur Abwechslung mit »She« von Charles Aznavur. (Wenn schon, denn schon!) Am Ende der Vorlesung würde er mich fragen, ob wir uns schon mal begegnet wären. Und ich würde sagen: »Nicht in diesem Leben.« Na ja, vielleicht würde mir auch spontan etwas Besseres einfallen. Im Notfall könnte ich einfach nur geheimnisvoll lächeln.

So weit der Plan.

Und zuerst funktionierte auch alles blendend. Ich fand ein Paar wunderschöne, schwarze Stiefel zu einem zwar nicht ganz so wunderschönen, aber für ein Paralleluniversum mit äußerst begrenzter Stiefelauswahl gerade noch akzeptablen Preis. Und zum Ausgleich machte ich in meinem Lieblingssecondhandladen ein enormes Schnäppchen mit einem Etuikleid in einem schmeichelnden Puderton, das meine wiedergewonnene Taille perfekt betonte. In einem wahren Kaufrausch und weil die nette Verkäuferin mir versicherte, ich könne ihr all meine lila Klamotten zum Weiterverkaufen bringen, erwarb ich sechs weitere Teile, von denen ich sicher war, dass ich sie auch im Jahr 2011 noch lieben würde, darunter einen klassischen Trenchcoat von Burberry (ehrlich, so einen suchte ich schon seit Jahren!) und eine ganz entzückende hellgraue Ansteckrose aus Filz.

Wenn ich die Folgen geahnt hätte, wäre ich Uhrmacher geworden.
Albert Einstein

Angetan mit den neuen Stiefeln, einem neuen Rock, einem neuen Pullover und der ganz entzückenden, hellgrauen Ansteckrose aus Filz fand ich mich überpünktlich im Hörsaal II im Hauptgebäude der Universität ein und setzte mich anmutig und erwartungsfroh in die fünfte Reihe. Nicht so weit vorne, dass Mathias mir direkt in den Ausschnitt würde schauen müssen, aber auch nicht so weit hinten, dass er mich am Ende in der Menge übersehen könnte.

Wobei … außer mir hatten bisher nur zwei Männer mit Anzug und Krawatte den Weg in den Hörsaal gefunden, sie saßen in der ersten Reihe, zwei weitere (ebenfalls mit Krawatten) standen vor der Tür und unterhielten sich. Alle hatten sie mich leicht irritiert gemustert. Es waren Semesterferien, und in den Fluren herrschte eine geradezu unheimliche Stille und Menschenleere.

Ich schaute, zunehmend nervös, auf die Uhr. Noch fünf Minuten. Was, wenn der Vortrag am Ende nur von einer Handvoll Zuhörer besucht wurde, allesamt in Anzug und Krawatte? Dann würde es doch vielleicht recht merkwürdig aussehen, wenn ich hier oben mit meiner entzückenden grauen Filzrose in der fünften Reihe thronte, oder? Es würde kein bisschen zufällig wirken, eher eigenartig bis verdächtig. Und was sollte ich tun, wenn mich jemand fragte, was ich bei einem Vortrag, veranstaltet vom Kölner Unternehmerbund mittelständischer Betriebe (oder so ähnlich), überhaupt zu suchen hatte, so ganz ohne Unternehmen und ohne Krawatte?

Oh mein Gott! Ich musste hier weg, und zwar schleunigst. Hastig griff ich nach meiner Tasche. Die beiden Männer in der ersten Reihe guckten wieder irritiert, als ich, wenig anmutig und auch nicht mehr wirklich froh, an ihnen vorbeipolterte. Ebenso die beiden, die vor der Tür standen. Ich musste mich sehr zusammenreißen, so gesittet wie möglich davonzuschlendern und nicht wie jemand loszurennen, der gerade den Overheadprojektor geklaut und unter seiner Jacke versteckt hatte.

Gerade als ich erleichtert um die Ecke biegen wollte, sah ich Mathias. Nur ein paar Meter entfernt. Ich blieb wie angewurzelt stehen, ich konnte auch gar nicht anders, weil sein Anblick meine Knie spontan in puddingähnliche Masse verwandelt hatte.

Was hatte er als Letztes zu mir gesagt? *Scheiße, bin ich verliebt!*

Ja, und ich erst.

Er hatte seine Laptoptasche unter den Arm geklemmt und einen ziemlich eiligen Schritt drauf (zu Recht, er war schon mindestens eine Minute zu spät), sein Blick war auf den Boden gerichtet, und er schaute erst hoch, als er genau auf meiner Höhe war.

Ich hielt die Luft an, als ich in die samtblauen Augen sah. Und damit verwandelte sich auch der Rest meines Körpers in Pudding. Das war er nun also, der magische Moment. Der unser Leben für immer verändern würde.

Aber die Geigen verpatzten ihren Einsatz.

Mathias' Blick streifte mich zwar, doch nur für den Bruchteil einer Sekunde. Und ungefähr so, wie man eine Säule anschaut, an der man vorbeigeht. Denn das tat er: einfach vorbeigehen, ohne das Tempo zu drosseln. Als ob er mich gar nicht wahrgenommen hätte. Komplett übersehen.

Ich und das Schicksal starrten ihm hinterher, wie er um die Ecke verschwand, und konnten es nicht fassen. Wobei das Schicksal natürlich nicht starrte – das konnte es ja gar nicht.

Es grinste stattdessen boshaft und tippte sich an den Hut, bevor es ebenfalls um die Ecke verschwand. Biest, elendiges.

Die Liebe ist so unproblematisch wie ein Fahrzeug.
Problematisch sind nur die Lenker,
die Fahrgäste und die Straße.
Franz Kafka

Okay. Kein Grund zur Panik.

Es war eben einfach nicht der richtige Zeitpunkt gewesen. Mathias war schließlich gar nicht der Typ für dieses Liebe-auf-den-ersten-Blick-Ding. Ich ja auch nicht. Das war mehr Lindas Fachgebiet. Und das von Felix. Und Hollywood.

Aber was, wenn Mathias und ich vom Schicksal gar nicht dazu bestimmt waren zusammenzukommen? Oder wenn es eben unser Schicksal war, uns erst im Jahr 2011 zu finden, ungefähr eine Minute bevor ich von einer U-Bahn überfahren wurde? Was, wenn uns im Leben nur dieser eine wunderbare Kuss vergönnt war? Das Schicksal war doch bekannt für derartige Spielchen …

Ich griff zu meinem Handy, um Eva zu fragen, ob sie an Schicksal glaube und daran, dass das Schicksal für alles nur einen einzigen richtigen Zeitpunkt vorgesehen habe, als mir schlagartig klar wurde, dass ich mit der Eva aus dem Jahr 2011 sprechen wollte und nicht mit der, die nächsten Monat erst heiraten würde.

Plötzlich fühlte ich mich entsetzlich einsam.

Auf dem Weg von der Uni nach Hause kaufte ich zwei Flaschen Rotwein anstelle von Abendessen. Alle Menschen, die ich liebte, waren fünf Jahre weit weg von hier, ich war ganz allein, gestrandet im Jahr 2006 … Und Mathias hatte mich einfach übersehen.

Das hier war nicht nur alles gar nicht echt, es war auch noch sinnlos. Und im Jahr 2011 lag ich zu allem Überfluss tot unter einer U-Bahn. Super Aussichten!

Erst als ich in meiner Wohnung angekommen war und ein Glas Rotwein getrunken hatte, ließ das Selbstmitleid ein wenig nach. Ich zog meine schönen neuen Stiefel aus und kuschelte mich aufs Sofa unter die Mohairdecke, die meine Mutter mir gehäkelt hatte (und die Felix irgendwann im Jahr 2009 so heiß gewaschen hatte, dass sie auf die Größe eines Topflappens zusammengeschrumpft war). Die Heizung gluckerte friedlich vor sich hin, der Rotwein begann seine Wirkung zu entfalten, und ich versuchte, positiv zu denken. Denn – so erklärte ich es jedenfalls den Leuten in meinen Seminaren immer – nur aus positiven Gedanken können kreative Lösungen geboren werden. Also gut, das war vielleicht ein klitzekleiner Rückschlag gewesen, vorhin, und ja, ich hatte Heimweh nach 2011, aber das hier war doch allemal besser, als tot zu sein. Und so schlimm war der Tag auch gar nicht gewesen: Ich hatte genau den Trenchcoat gefunden, den ich schon immer hatte haben wollen. Ich hatte Gabi die Stirn geboten und war einem Streit mit dem Reißwolf aus dem Weg gegangen. Ich hatte … wirklich, wirklich leckeren Rotwein. Vor allem das dritte Glas schmeckte vorzüglich. Allerdings erschwerte es auch ein wenig das Denken. Wo war ich gleich stehen geblieben? Ah ja. Bei all den positiven Dingen, die ich hatte. Zum Beispiel eine Taille. Und eine richtig tolle To-do-Liste zum Abhaken.

Okay, 1.1, der magische Moment, war für heute ausgeblieben, aber immerhin hatte ich Mathias überhaupt gefunden, und zwar hier in Köln, ganz in meiner Nähe. Nein, so schnell würde ich nicht aufgeben.

Die Menschen hier waren vielleicht noch nicht die, die sie in fünf Jahren sein würden, aber ich liebte sie schließlich trotzdem. Außerdem brauchten sie mich. Jawohl. Morgen würde ich als Erstes bei Evas Furcht einflößender zukünftiger Schwiegermutter anrufen und sie bitten, mir einen Teil der Hochzeitsplanung zu überlassen. Sie würde sich bestimmt heftig dagegen sträuben, aber ich würde gnadenlos sein. Ich war – und an dieser Stelle begannen meine Gedanken ein wenig zu lallen –, ich war schließlich nicht umsonst mit unschätzbarem Wissen aus der Zukunft gekommen. Ich war, äh, *Future Woman*. Und ich würde alle meine Lieben beschützen. Vielleicht sollte ich mir so ein hautenges, elastisches Kostüm schneidern, das ich unter meinen normalen Sachen tragen konnte, mit einem goldenen F auf der Brust ... Und mitten in diesem überaus positiven Gedanken schlief ich ein, und zwar ohne mich vorher abzuschminken, was dazu führte, dass meine Gedanken beim ersten Blick in den Spiegel am anderen Morgen nicht ganz so positiv waren.

Als ich – eine lange Dusche, zwei Aspirin und drei Tassen Kaffee später – im Büro ankam, war ich auch nicht mehr ganz so zuversichtlich, ob Future Woman wirklich in der Lage war, ihr Wissen die Zukunft betreffend nutzbringend einzusetzen. Bei Linda zum Beispiel.

»Uwe sagt, wir sind jetzt so weit.« Sie hatte gewartet, bis Gabi und der Reißwolf zu ihren Vormittagsterminen aufgebrochen waren, dann hatte sie sich vor Marlenes und meinem Schreibtisch aufgebaut.

Mir schwante Böses. Und richtig:

»Es wird Zeit für den Muttermundorgasmus, sagt Uwe.«

Marlene und ich tauschten einen kurzen Blick. Auch in ferner Zukunft waren wir immer noch, wenn Linda uns an ihrem esoterischen Sexualleben teilnehmen ließ, hin- und hergerissen zwischen neugieriger Faszination und dem Bedürfnis, die Finger in die Ohren zu stecken und laut »Lalalalala!« zu singen. In diesem Fall wusste ich leider schon, was kommen würde, denn an die Geschichte mit dem »Muttermundorgasmus« konnte ich mich genau erinnern.

»Die wenigsten Frauen erleben ihn, sagt Uwe«, erklärte Linda, exakt, wie sie es damals auch getan hatte. »Und die wenigsten Männer sind in der Lage, einer Frau einen zu verschaffen. Aber Uwe kennt sich damit aus. Genau genommen ist der Muttermundorgasmus seine *Erfindung*.« Sie beugte sich so weit über meinen Schreibtisch, dass der Anhänger ihrer Halskette in meiner Teetasse badete. »Im Wesentlichen geht es darum, sich als Frau völlig hingeben zu können, sich freizumachen von allen Ängsten und Traumata und dem Partner bedingungsloses Vertrauen entgegenzubringen.«

Und wie damals schon begann Linda einen verwirrenden Vortrag über Meridiane, Chakren und seelische Blockaden im weiblichen Enddarm (an der Stelle hatte ich in Gedanken längst die Finger in den Ohren und sang), der sich dann in den unverständlichen Weiten von Yin und Yang verlor. Marlenes Blick wurde leicht glasig.

Überall geht ein frühes Ahnen dem späteren Wissen voraus.
Alexander von Humboldt

Mir war klar, dass ich etwas tun musste, die Frage war nur, was? Soweit ich mich erinnerte, war es noch ein paar Wochen hin, bis Urin-Uwe aus heiterem Himmel mit seiner Ehefrau und den drei Kindern rausrücken und Linda das Herz brechen würde. Sie war absolut untröstlich gewesen, wochenlang hatte sie nicht gelächelt und wie ein verheultes Angorakaninchen ausgesehen. Der Mistkerl war aber auch besonders perfide vorgegangen: Per E-Mail hatte er ein Familienfoto geschickt und sich für die wirklich schöne Zeit bei Linda bedankt. Er wisse, hatte er geschrieben, er könne bei Linda mit Verständnis dafür rechnen, dass er sich nun wieder mehr seiner Familie widmen wolle. Er hatte auch den Zusatz nicht vergessen, dass sie durch das gemeinsam Erlebte für immer miteinander verbunden wären. Von der strahlenden, optimistischen, die ganze Welt umarmenden Linda war nur ein trauriges Häufchen Elend übrig geblieben, das die Schultern hängen ließ und eine so düstere Aura besaß, dass sogar Laien sie sehen konnten. So viel Kummer konnte ich doch auf keinen Fall noch einmal zulassen. Andererseits: Die Zeit bis zu dieser schmerzhaften Erkenntnis war Linda wirklich sehr, sehr glücklich gewesen. Was wog nun mehr? Und wer war ich, mich da einzumischen? Future Woman?

»Uwe sagt, die meisten Frauen fühlen sich von den Lebensumständen gezwungen, das Yang überzubetonen, weil …«

»Ich fürchte, Uwe hat dein Vertrauen nicht verdient«, platzte es aus mir heraus.

»Wie bitte?« Sie schaute mich entgeistert an.

Ich schaute genauso entgeistert zurück. Was tat ich denn da? Wer sagte mir, dass sie jetzt nicht genauso enttäuscht und traurig sein würde wie später? Dann hätte ich das Ganze nur beschleunigt und nicht abgemildert. Allerdings würde ich sie wenigstens nicht um die Erfahrung eines Muttermundorgasmus bringen, denn soweit ich mich erinnerte (und obwohl Uwe den ja selber erfunden hatte), war es dazu trotz Lindas Hingabe und ihres bedingungslosen Vertrauens nicht gekommen. »Ich … ich weiß auch nicht … Gerade hatte ich so eine Art … Eingebung …«, murmelte ich und versuchte, Marlenes plötzlich gar nicht mehr gläsernen Blick zu ignorieren.

»Eine Eingebung?«

Ich nickte. »Es war, als hätte jemand zu mir gesprochen. Aber nicht … mit einer Stimme …«, setzte ich hastig hinzu. Oje, das war wirklich … gar nicht so einfach. Vor allem, weil Marlene jetzt die Stirn runzelte.

Linda musterte mich aufmerksam. »So wie gestern, bei dem Kind von Tom Cruise?«, fragte sie mit leuchtenden Augen.

Und da begriff ich, dass ich Linda gar kein Märchen über meine vermeintlichen übersinnlichen Fähigkeiten auftischen musste. Sie war möglicherweise der einzige Mensch, dem ich die Wahrheit erzählen konnte, ohne für verrückt erklärt zu werden. Der einzige Mensch, der meine bescheuerte Geschichte glauben könnte.

Ich lächelte sie schief an. »Wie wäre es, wenn wir heute Mittag zusammen essen gehen würden, nur du und ich?«

Der Anfang des Heils ist die Kenntnis
des Fehlers.
Epikur

Die Zeit in meinem Paralleluniversum verging entschieden schneller als im richtigen Leben, zumindest kam es mir so vor. Zwischen Seminarvorbereitungen und beruflichen Telefonaten gelang es mir dennoch, diverse Punkte auf der To-do-Liste abzuhaken, auch was Punkt 2 – DIE HOCHZEIT – und dessen Unterpunkte anging, aber das Telefonat mit Evas Schwiegermutter stand noch aus. Es war schon fast Mittagessenszeit, als ich endlich dazu kam, ihre Nummer zu wählen.

Das Freizeichen ertönte.

Ohne hinzusehen, wusste ich, dass Marlene mich von ihrem Schreibtisch aus genau beobachtete, und zwar mit hochgezogenen Augenbrauen. Ich konnte es ihr nicht verübeln. Den ganzen Morgen hatte sie meine Telefonate mit angehört, und da sie ja nicht wusste, dass sie Future Woman vor sich hatte, mussten ihr meine Reaktionen mehr als merkwürdig vorgekommen sein.

Wie zum Beispiel vorhin, als Frau Tietgen angerufen hatte, die Personalreferentin des Chemiekonzerns, die von mir erwartete, dass ich in der nächsten Woche ihren Azubis etwas über Teamarbeit beibrachte. Ich hatte darauf bestanden, einen Azubi mit Namen Dennis Benke oder Henke (da war ich mir nicht mehr sicher, in den Folgejahren hatte er nur noch DER AZUBI geheißen) im Interesse aller vom Seminar auszuschließen. Obwohl die Geschichte sich prima eignete, wenn es auf einer Party um die zehn peinlichsten Erlebnisse im Job ging, wollte ich nämlich nicht noch einmal erleben, dass jemand mitten in meinem Vortrag anfing zu onanieren. Frau Tietgen war übrigens sofort bereit, meinen Wünschen nachzukommen, weil besagter Azubi sie immer »Frau Tittchen« nannte.

Während meiner Verhandlungen hatte Marlene das erste Mal eine Augenbraue hochgezogen.

»Dennis Benke, ein Name, den du dir merken solltest«, erklärte ich ihr, ehe sie auf die Idee kam nachzufragen. »Sollte er jemals auf einer deiner Teilnehmerlisten auftauchen – sofort Gegenmaßnahmen treffen. Zu seiner Entschuldigung lässt sich aber sagen, dass die bewusstseinsverändernden Substanzen, die er zu sich nimmt, aus dem eigenen Hause stammen.«

»Äh … *okay.*« Marlene beließ es dabei, aber man sah ihr an, dass sie sich kurzfristig fragte, ob meine bewusstseinsverändernden Substanzen nicht auch aus eigenem Haus stammten.

Dass ich Linda beim Mittagessen schonend über den wahren Familienstatus von Uwe in Kenntnis setzen wollte, unterstützte sie allerdings voll und ganz. Sie kam glücklicherweise nicht mehr dazu, sich zu erkundigen, woher ich meine Informationen hatte (»Na, weil ich aus der Zukunft komme!«), weil wir nur genau drei Minuten für ein Gespräch hatten (Linda war kurz auf dem Klo gewesen); die Idee an sich jedoch fand sie gut, Urin-Uwe war ihr auch ohne Ehefrau schon nicht sympathisch.

Nach einer kurzen Entspannungsphase schien sich Marlenes Verdacht, was meinen Drogenkonsum betraf, allerdings wieder zu verdichten, als ich nämlich mitten in ihrer seufzend vorgetragenen Aufzählung von Wochenendterminen, die Gabi ihr aufgehalst hatte, aufsprang und brüllte: »Du machst eine *NLP*-Fortbildung? Hast du die Unterlagen?«, um ihr die selbigen dann aus der Hand zu reißen, ungefähr so, wie ein sehr hungriger Löwe seinem Zoowärter das Fleisch entreißen würde. Denn ich hatte mich blitzartig erinnert, dass Marlene im Jahr 2011 gesagt hatte, sie kenne Mathias von ein paar NLP-Fortbildungen.

Und – *Bingo*! Vor Freude und Aufregung war ich rot angelaufen, als ich Mathias' Namen auf der Teilnehmerliste entdeckte. Beinahe hätte ich triumphierend die Faust in die Luft gereckt. Da hatte es doch eindeutig wieder seine Finger im Spiel – mein guter alter Kumpel, das Schicksal! Es war so viel besser, Mathias auf diesem Seminar in aller Ruhe kennenzulernen, als ihm noch mal »zufällig« irgendwo aufzulauern.

»Alles in Ordnung mit dir?«, fragte Marlene mich, und ich versicherte ihr ein wenig hysterisch, dass alles bestens sei, sofern sie mich bittebittebitte umgehend ebenfalls für das Seminar anmelden würde. Nur mit viel Mühe konnte ich den Zusatz »Es geht um Leben und Tod« unterdrücken.

»Aber das ist schon der zweite Teil der Fortbildung, und beim ersten hast du gesagt, dass NLP pseudowissenschaftlicher Quatsch zur Manipulation von Gesprächspartnern sei und …«

»Ich hab's mir eben anders überlegt«, rief ich schrill, und weil Marlene aussah, als würde ich ihr allmählich Angst einjagen (bei Drogen aus eigener Herstellung konnte ja leicht etwas schiefgehen), fügte ich etwas weniger leidenschaftlich hinzu: »NLP kann man immer gebrauchen, und die Grundlagen sind mir ja durchaus vertraut. Bitte frag, ob noch ein Platz frei ist. Wenn Gabi es nicht bezahlen will, übernehme ich die Kosten selber.«

Jedes Verhalten ist in irgendeinem Kontext sinnvoll.
NLP

Marlene, gutmütig, wie sie nun mal war, hatte mit dem Kursleiter telefoniert und mich – mit inzwischen bis an den Haaransatz hochgezogenen Augenbrauen – für die Fortbildung nachgemeldet, und seitdem grinste ich wie ein Honigkuchenpferd vor mich hin. Na also! Ging doch. In weniger als zwei Wochen würde ich Mathias wiedersehen, aber dieses Mal würde ich nicht passiv herumstehen und auf den magischen Moment warten, nein! Dieses Mal würde ich gründlicher vorgehen, mit mehr System.

NLP, eben. Narrensicherer Lebensplan. Nigelnagelneue Liebespaarung. Nachhaltiger …

»Mit wem telefonierst du denn jetzt schon wieder?«, flüsterte Marlene, während ich immer noch darauf wartete, dass Evas Schwiegermutter sich an ihr Telefon bequemte.

In meinem Hirn formte sich die überaus alberne Vorstellung, Marlene einen selbst komponierten Future-Woman-Jingle entgegenzuschmettern. »Keine Zeit«, hauchte ich stattdessen und deutete auf den Hörer, aus dem sich jetzt endlich die energische Stimme von Evas Schwiegermutter meldete.

Bald darauf war ich nicht undankbar, dass zielführendes Verhandlungstraining eines meiner Fachgebiete war. Denn wie erwartet war sie alles andere als erfreut, als ich ihr mitteilte, dass ich mich um das Catering und die Band kümmern würde.

»Da gibt es nichts zu kümmern, Fräulein Wedekind, das ist alles längst erledigt. Und in besten Händen!«, sagte sie in kriegerischem Tonfall. Sie hieß Friedlinde, aber ich hatte immer schon gefunden, dass der Name nicht zu ihr passte, auch wenn sie zugegebenermaßen sehr leckeren Kirschstreusel backen konnte und Eva niemals auf den Wecker fiel. Was allerdings an Eva und ihrem sonnigen Gemüt lag – ich würde wahnsinnig werden, wenn ich Friedlinde jeden Tag dreißigmal »Ja, wo ist denn der kleine Henri? Ja, wo isser denn?« brüllen hören müsste, Kirschstreusel hin, Kirschstreusel her.

»Glauben Sie mir, am Ende werden Sie mir dankbar sein, dass Sie nicht für gammlige Thunfischschnittchen, gefährliche Gräten im Steinbuttfilet und als Mousse au Chocolat etikettierte Paradiescreme verantwortlich gemacht werden können«, erwiderte ich freundlich, aber bestimmt. Wenn meine kommunikativen Strategien auch bei meiner Chefin regelmäßig an ihre Grenzen stießen, gegenüber einer Münsteraner Hausfrau mit energisch gestärkter Rüschenbluse würde ich mich doch wohl durchsetzen können. »Außerdem weiß ich aus zuverlässiger Quelle, dass es in der Band private Probleme gibt, was sich leider nachhaltig auf die Qualität der Darbietung auswirkt.« Und zwar dergestalt, dass die Sängerin gar nicht erst erscheint und der Keyboarder den Vokalpart mit übernimmt, aber nur in der Lage ist, abwechselnd sehr, sehr traurige und sehr, sehr wütende Lieder zu singen, während er sich zunehmend betrinkt – bekifft war er vorher schon –, um schließlich mit der TANTE in der Garderobe …

»Ich verstehe nicht, wieso Sie sich jetzt so plötzlich noch in alles einmischen wollen«, unterbrach Friedlinde meine Erinnerungen. Vor lauter Empörung holte sie vor jedem Konsonanten Luft, die sie dann zischend durch die Vorderzähne in die Silben presste.

»Aber nein«, sagte ich. *Erzeugen Sie ein Wir-Gefühl, aber lassen Sie keinen Zweifel daran, wer in der Angelegenheit die Entscheidungsgewalt hat.* »Es bleibt alles in Ihren Händen, bis auf das Catering und die Band. Sie machen das großartig mit dem Blumenschmuck und der Dekoration und all den liebevollen Kleinigkeiten und Überraschungen … Ah, aber vielleicht lassen Sie das mit den Tauben lieber.« (Es könnte nämlich sein, dass eine von denen – DIE TAUBE – tot vor die Füße des Blumenmädchens fällt, welches dann für den Rest des Tages hysterisch schluchzt und auf allen Hochzeitsbildern einen glitzernden Rotzzapfen unter der Nase hängen hat …) »Eva hat nämlich eine Vogelphobie, auch wenn sie es nicht zugibt.«

»Aber woher wissen Sie das mit den Tauben, das sollte doch eine Überraschung sein …«

»Nur geraten, meine Liebe. Wie gesagt, keine Tauben. Die Ballons reichen völlig. Die kleinen Mitgebsel im Tüllsäckchen sind übrigens eine ganz, ganz entzückende Idee.« *Loben Sie, wann immer es etwas zu loben gibt. Wertschätzung sorgt für eine konstruktive Basis.* »Und die wunderschöne Obstdeko …«

Ich ging mit dem Zeigefinger meine To-do-Liste ab. »Ah, aber Frau Luchsenbichler … die sollten wir besser auch weglassen«, murmelte ich, mehr zu mir selber als zu Friedlinde.

»Wie, weglassen?«, rief Friedlinde entsetzt. »Frau Luchsenbichler ist eine liebe Nachbarin.«

Nachbarin ja, lieb nein. Die Frau war eine Plage. Von ihr hatten Eva und Robert zwar recht günstig das entzückende Grundstück erworben, auf dem ihr entzückendes Einfamilienhaus stand, in welchem sie ihr entzückendes Bilderbuchleben lebten, aber nur jemand mit dem stoischen Charakter meiner Schwester konnte – eingekeilt zwischen Schwiegereltern und einer Frau Luchsenbichler – überhaupt ein so friedliches Dasein führen. Denn obwohl Frau Luchsenbichler das Grundstück verkauft hatte, dachte sie auch fünf Jahre später noch, es wäre eigentlich ihres. Weshalb sie auch häufig aus dem Nichts auf Evas Terrasse erschien und ihren Kopf ins Wohnzimmer steckte. Und sehr, sehr grantig wurde, als Robert und Eva einen Zaun zogen, über den sie mit ihren siebzig Jahren nicht mehr so ohne Weiteres klettern konnte. Leider konnte sie aber immer noch über den Zaun gucken und alles kommentieren, was sie sah. Im letzten Sommer (also von hier aus betrachtet in vier Jahren) hatte Henri mit zwei anderen Kleinkindern im Planschbecken gespielt, und da war es mit Frau Luchsenbichler durchgegangen. Sie dulde keine Nacktheit auf ihrem Grundstück, hatte sie gerufen, und zwar wegen der Bakterien und der Homosexualität. Womit sie sogar Roberts und Evas Engelsgeduld überstrapaziert hatte – aus dem Zaun waren Sichtschutzelemente geworden.

»Eine liebe Nachbarin, die mein Sohn schon von klein auf kennt«, wiederholte Friedlinde, diesmal ganz ohne Pressluft.

Richtig. Das hatte Frau Luchsenbichler auch auf DER HOCHZEIT in einer spontanen Rede den Gästen mitgeteilt. Während des Hauptgangs hatte sie überraschend das Mikro an sich gerissen und nicht mehr hergegeben, bis sie diverse Details aus Roberts Kindheit zum Besten gegeben hatte. Wir erfuhren unter anderem, dass der kleine Robert (»das Robbemännlein«) sich einmal in seine Lederhosen gemacht habe wegen der Dogge aus Nummer 35, was aber kein Wunder sei, denn Hunde gehörten ja verboten, weil die überall ihr großes Geschäft verrichteten, auch in Frau Luchsenbichlers Vorgarten. Aber das Robbemännlein, das wusste Frau Luchsenbichler schon ganz früh, würde nie einen unhygienischen Hund besitzen und auch sonst nicht zu diesen schlimmen Jungs gehören, die mit Drogen, Zigaretten, lauter Musik und Schminke herumexperimentierten und aus denen homosexuelle Taugenichtse und Grünenpolitiker werden würden. Obwohl, die langen Haare so um 1985 herum, die hatten Frau Luchsenbichler nicht gefallen. Gefallen hatte ihr allerdings die braun gelockte Claudia, von der sie, Gisela Luchsenbichler, ja sehr gehofft habe, dass Robert sie heiraten würde, weil die Claudia, das müsse sie nun doch mal sagen dürfen, von allen Mädchen, die er im Laufe der Jahre nach Hause gebracht hatte, einfach am besten zu ihm gepasst hatte, auch vom Charakter her. Und dass die Claudia ja Musik studiert und so schön auf der Querflöte gespielt hätte und dass sie, Gisela Luchsenbichler, immer ganz feuchte Augen bei diesem hübschen Motiv aus *Carmen* bekommen habe, wie ging es noch gleich? La la lalala lalala …

Das Ärgerliche am Ärger ist, dass man sich schadet, ohne anderen zu nützen.
Kurt Tucholsky

Wir – ganz besonders das arme Robbemännlein – hatten Frau Luchsenbichler nur schreckgelähmt angestarrt, unfähig, etwas zu tun. Zwar behauptete mein Vater später immer, er habe den Pfirsich, den er nach Frau Luchsenbichler werfen wollte, bereits in der Hand gehalten, aber beweisen konnte er das nicht, weil Frau Luchsenbichlers Gesang nicht durch einen Pfirsich unterbrochen wurde, sondern durch Roberts Onkel Anton, der drohte, an einer Gräte zu ersticken. Was nur im ersten Moment wie eine glückliche Fügung erschien.

»Ich kann Frau Luchsenbichler unmöglich wieder ausladen«, sagte Friedlinde, von meinem Schweigen offensichtlich verunsichert und nun fast ein bisschen weinerlich.

»Das verstehe ich doch«, sagte ich begütigend. »Wichtig ist erst mal, dass Sie der Band und der Catering-Firma absagen und die Tauben abbestellen. Und wegen der Sitzordnung melde ich mich dann noch einmal bei Ihnen. Ach ja, und der Einfachheit halber werde ich für Ihren Mann eine Liste mit allen Themen aufstellen, die er in seiner Rede lieber meiden sollte.«

»Sie wollen Heriberts Rede … zensieren?«

»Nur zur Sicherheit. Damit er nicht aus Versehen etwas sagt, das ihm hinterher leidtut. Wir wollen doch beide, dass diese Hochzeit uns allen in guter Erinnerung bleiben wird, nicht wahr?«

Friedlinde war von dem neuen Wir-Gefühl völlig überrumpelt. »Ja, natürlich«, sagte sie, und ich legte zufrieden auf. Das wäre erledigt. Und für Frau Luchsenbichler würde mir schon auch noch etwas einfallen, kein Problem.

Marlene hatte sich in der Zwischenzeit offenbar für die Offensivtaktik entschieden. Sie musterte mich aus zusammengekniffenen Augen. »Du bist irgendwie verändert, seit du aus dem Krankenhaus zurück bist!«

Ups. »Vielleicht ein wenig zielstrebiger«, gab ich zu. »Im Krankenhaus habe ich gelernt, dass man im Leben einfach keine Zeit zum Verschwenden hat.«

»Ja, da ist bestimmt was dran«, sagte Marlene, und dann

passierte etwas Erstaunliches. Sie stellte den bohrenden Blick ein und seufzte. »Wie viel Zeit allein dafür draufgeht, Entscheidungen zu treffen und zu grübeln ... Ich weiß immer noch nicht, ob ich Gabis Angebot annehmen soll.«

»Welches An ...?«, begann ich, aber dann fiel es mir wieder ein. Gabi hatte Marlene im Jahr 2006 tatsächlich das Angebot gemacht, als Partnerin in die Agentur einzusteigen. Was nicht etwa daran lag, dass Gabi in einem Moment unendlicher und für sie völlig untypischer Weisheit erkannt hätte, dass Marlene einen großen Teil der neuen Klienten akquirierte und bundesweit eine der gefragtesten Coachs für weibliche Führungskräfte war (na ja, bald werden würde). Weit gefehlt! Sie hatte einfach nur mitbekommen, dass Marlene ein ziemlich attraktives Jobangebot von der Konkurrenz bekommen hatte, und anstatt sie mit einer saftigen Gehaltserhöhung an die Firma zu binden, hatte sie sich ausgerechnet, dass sie billiger wegkäme, wenn Marlene mit in die Agentur einstieg.

Marlenes Vater hatte die Idee unterstützt und Marlene eine großzügige Summe als Voraberbe angeboten, um eine GmbH zu gründen. Allerdings hatte er – noch in diesem Jahr und pünktlich zu Weihnachten – das Angebot wieder zurückgezogen, als Marlene sich weigerte, ihre Beziehung zu Javier zu beenden.

Am Ende stand Marlene – beruflich gesehen jedenfalls – ohne alles da: ohne die Partnerschaft in der Agentur, denn das Risiko, einen Kredit aufzunehmen, war ihr zu groß erschienen. Und ohne den Job bei der Konkurrenz, denn der war in der Zwischenzeit längst besetzt. Geblieben war ihr lediglich die feixende Gabi, die den Großteil des Gewinns weiterhin in die eigene Tasche steckte.

»Ja, es ist immer schwer, die Vor- und Nachteile gegeneinander abzuwägen«, sagte ich vorsichtig, und Future Woman witterte einen neuen Punkt für ihre To-do-Liste.

»Im Prinzip ist es genau das, was ich tun möchte«, sagte

Marlene. »Andererseits … Ich wette, wenn wir Partner sind, verlangt Gabi von mir, dass ich wie sie Tag und Nacht arbeite. Und ich glaube nicht, dass sie versteht, dass ich das wegen Amelie gar nicht *kann* …«

Ja, genau das schmierte Gabi Marlene auch 2011 noch ständig aufs Butterbrot. Dass sie als alleinerziehende Mutter ja auch gar nicht in der Lage gewesen wäre, die Aufgaben einer Geschäftsführerin zu meistern, und froh sein solle, dass sie die Partnerschaft abgelehnt hatte.

»Es gibt sicher mehr als eine Möglichkeit, eine Agentur zu führen, als die der völligen Selbstaufgabe«, sagte ich. »Du wärst ganz bestimmt eine tolle Geschäftsführerin. Ich wäre sehr froh, dich als Chefin zu haben.«

Marlene lächelte. »Lieb, dass du das sagst. Mein Vater meint auch, ich solle die Gelegenheit beim Schopf packen. Ihm gefällt die Vorstellung, dass seine Tochter eine eigene Firma besitzt. Ehrlich, zum ersten Mal in meinem Leben habe ich das Gefühl, er ist wirklich stolz auf mich. Es ist noch nie vorgekommen, dass er mir Geld angeboten hat – schon gar nicht in diesen schwindelnden Höhen.«

Ich musste ein Zähneknirschen unterdrücken. Marlenes Vater war ein widerlicher alter Despot, und Marlene hatte ihr Leben lang um seine Anerkennung gerungen. Seit dem Brief, den sie Weihnachten 2006 von ihm erhalten hatte (beziehungsweise noch erhalten würde, von hier aus betrachtet), bestand keinerlei Kontakt mehr zu ihrem Vater, und ich konnte das gut verstehen, denn ich hatte den Brief gelesen. Solange seine Tochter mit Javier oder vielmehr »diesem drogensüchtigen Asylanten und ausländischen Heiratsschwindler« zusammen sei, dürfe sie keinen Fuß über die Schwelle ihres Elternhauses setzen, hatte dort gestanden, und von dem Erbe würde sie noch nicht einmal einen Cent des Pflichtteils sehen, dafür würde er persönlich sorgen.

»Die Entscheidungen selbst zu treffen, das würde mich auch reizen.« Marlene schaute träumerisch aus dem Fenster.

»Andererseits – du Seite an Seite mit der Blutgrä …«, ich räusperte mich, »ähem, mit Gabi, das stelle ich mir auch nicht gerade einfach vor.«

Ich war schon mittendrin in meinen Überlegungen. Oh ja, Future Woman würde sich dieser Sache annehmen müssen, auf jeden Fall. Und ich hatte sogar schon eine Idee. Eine ziemlich gewagte …

Marlene seufzte wieder. »Ja, da hast du recht. Und Frau Zähler-Reißdorf wäre bestimmt auch nicht gerade kooperativ.«

… Idee, aber das hier war ein Paralleluniversum, oder etwa nicht? Da konnte man ruhig mal riskieren, was man sich im wirklichen Leben nicht trauen würde. Während ich mir eifrig Notizen machte, sagte ich gedankenverloren: »Was Frau Zähler-Reißdorf betrifft – ich habe das Gefühl, dass ihre Tage in der Agentur gezählt sind.« Weil sie nämlich im Herbst mit Herrn Reißdorf nach Stuttgart umziehen und komplett in Vergessenheit geraten würde.

Manchmal muss man einfach ein Risiko eingehen – und seine Fehler unterwegs korrigieren.
Lee Lacocca

»Was kritzelst du denn da schon wieder?«, erkundigte sich Marlene.

Schnell faltete ich das Blatt zusammen. »Ach, nur eine To-do-Liste.« Ich lächelte sie an. »Es gibt ja so viel zu tun!«

Der Mensch hat dreierlei Wege, klug zu handeln: erstens durch Nachdenken; zweitens durch Nachahmen, das ist der leichteste; und drittens durch Erfahrung, das ist der bitterste.
Konfuzius

Die Auswahl an Bioprodukten ließ im Jahr 2006 zwar noch zu wünschen übrig, aber es gab Biohühnchen und genügend knackigen Lauch und Champignons für mein Jamie-Oliver-Gericht, von dem ich nicht wusste, ob er es zum jetzigen Zeitpunkt überhaupt schon erfunden hatte. Was aber auch keine Rolle spielte, denn ich kannte das Rezept auswendig. (Falls es Ihnen bekannt vorkommt, ich habe es auf Seite 51 schon mal gekocht.)

Wenn man »Leben noch einmal leben« in eine Suchmaschine eingibt, bekommt man erstaunlich viele Treffer, auch schon im Jahr 2006. Viele (meistens natürlich ältere oder im Sterben begriffene) Menschen hatten sich darüber schon Gedanken gemacht und weise Worte für die Nachwelt hinterlassen. Der Konsens war immer derselbe: Würde man sein Leben noch einmal leben dürfen, dann mit mehr Spaß und Liebe und weniger Angst davor, Fehler zu machen. Mehr Sonnenuntergänge und Kuscheln, weniger Hausputz und Diäten. Mehr »Wenn nicht jetzt, wann dann«, weniger »Räum deine Socken weg«, mehr »Ich liebe dich«, weniger Baucheinziehen, mehr »die Feste feiern, wie sie fallen« – das leuchtete mir alles ein! Weshalb ich für dieses Wochenende auch spontan Linda, Marlene, Amelie und Javier zum Abendessen eingeladen hatte. (Ich hätte auch noch mehr Leute ein-

Make something STRANGE every day.

geladen, aber tatsächlich war mein Freundeskreis zu dieser Zeit in Köln eher beschränkt.) Und weil das Leben zu schade für langweilige Abendessen war, würden wir auch zusammen Ostereier färben und »Nobody is perfect« spielen, hatte ich beschlossen. (Dafür hatte ich es nicht so mit Sonnenuntergängen.)

Im Spiegel über der Gemüsetheke erhaschte ich einen Blick auf mich und blieb stehen, um mich wohlwollend zu betrachten. Ich trug die Lieblingsjeans und ein enges T-Shirt, unter dem sich nicht die winzigste Speckrolle abzeichnete. Den neuen Trenchcoat trug ich lässig offen darüber, und ohne eingebildet klingen zu wollen: Ich sah super aus! Ich sollte mich unbedingt für einen Pilates-Kurs anmelden, um diesen Zustand so lange wie möglich zu erhalten.

Zufrieden vor mich hinsummend schob ich meinen Einkaufswagen weiter vorwärts. Zu sagen, dass ich mich bei meinem unfreiwilligen Besuch in der Vergangenheit allmählich entspannte, wäre zu viel gewesen (tatsächlich hatte ich jeden Abend beim Einschlafen große Angst, unter der U-Bahn im Jahr 2011 wieder zu erwachen, entspannend war das nicht!), aber ich begann doch, mich damit zu arrangieren. Die Aussicht, Mathias auf dem NLP-Seminar wiederzutreffen, hob meine Laune ebenso wie die Tatsache, dass ich hier und da aufgrund meiner Kenntnisse die Zukunft betreffend schon kleine Erfolge erzielt hatte.

Und dank Linda fühlte ich mich auch nicht mehr so allein. Na ja, ganz so konnte man das nicht sagen, aber zumindest hatte ich jemanden gefunden, mit dem ich zusammen über das Geschehene nachdenken konnte. Dass ich aus der Zukunft kam, hatte Linda nämlich keinen Augenblick angezweifelt, im Gegenteil, sie hatte sich meine ganze, verworrene Geschichte mit weit aufgerissenen Augen angehört, und an der Stelle, an der ich von der U-Bahn überfahren wurde, hatte sie zu weinen angefangen.

»Das ist ja entsetzlich, du Arme!«, hatte sie geflüstert und bei dem Versuch, mich tröstend zu umarmen, ihre Bionade umgekippt. »Du musst dich ganz grauenhaft fühlen! Aber du bist nicht allein! Ich habe einiges über Seelenwanderung gelesen ... Und ich glaube nicht, dass du tot bist. Im Gegenteil: Das Leben hat dir eine zweite Chance gegeben.«

Erleichtert hatte ich mich in ihre klebrige (und leicht nach Urin riechende) Umarmung sinken lassen und auch ein bisschen geheult – mehr aus Dankbarkeit als aus Selbstmitleid. »Ich liege also im Augenblick nicht irgendwo im Jahr 2011 in einer Leichenhalle herum?«

»Nein, sterben geht ganz anders«, beruhigte mich Linda. »Da wärst du nicht in der Zeit zurück in eine Parallelwelt versetzt worden, sondern hättest durch einen Tunnel wandern müssen, durch einen See von Tränen waten, die deinetwegen vergossen worden sind, an all den Tieren vorbei, die deinetwegen gestorben sind. Und sie hätten dich mit ihren traurigen Kuhaugen angeschaut, und dann wärst du ins Licht gegangen und im nächsten Leben als Vegetarierin wiedergeboren worden.«

Ein Freund ist ein Mensch,
vor dem man laut denken kann.
Ralph Waldo Emerson

»Es ist so lieb von dir, dass du mir glaubst und mich nicht für verrückt erklärst!«, schniefte ich.

»*Natürlich* glaube ich dir, Katilein«, sagte Linda, und für ein paar Sekunden fühlte ich mich in ihren Armen sicher und geborgen. Vielleicht war Linda doch viel weiser als wir alle, dachte ich. Bis sie hinzufügte: »Ich würde es auch sofort an deiner Aura erkennen, wenn du lügen würdest.«

Das war mein Stichwort gewesen, und ich musste mich leider wieder von ihr losmachen, meine Tränen abwischen und diese leidige Geschichte mit Uwe auf den Tisch packen. »Apropos Lüge ...«, hatte ich schweren Herzens begonnen.

Aber ich hätte es mir denken können: »Future Woman« hatte Linda mir sofort abgenommen (und wäre ich auf einem Einhorn hergeritten, hätte sie es hingebungsvoll gestreichelt), doch dass Uwe sie seit Wochen verarschte, wollte sie mir einfach nicht glauben. Dabei zog ich alle Register (ich hielt mich an Marlenes Leitfaden aus ihrem Seminarhit, den sie im Jahr 2009 entwickeln würde: »Wirkungsvoll bluffen«). Trotzdem – die Beweislage war so dürftig, dass ich es schon als Erfolg verbuchen konnte, wenigstens die Saat des Misstrauens gesät zu haben. Und Linda hatte mit den Eigenurinbehandlungen aufgehört – immerhin. Das nahm ich als gutes Zeichen.

»Entschuldigung, darf ich mal?« Ich steuerte meinen Einkaufswagen schwungvoll an einer gestressten Mutter mit einem riesigen Doppelkinderwagen vorbei, ehe die den Gang zwischen der Kühltheke mit den Milchprodukten und dem Frühstücksflockenregal entern und damit für Stunden blockieren konnte.

Schnell überschlug ich im Kopf, wie viel Sahne ich brauchte, wenn das Essen für sechs Personen, und nicht, wie im Rezept vorgegeben, für vier reichen sollte, und packte noch sechs Mousse au Chocolat als Nachtisch in meinen Wagen.

Marlene war ein bisschen verlegen gewesen, weil sich meine Einladung auch auf Javier erstreckt hatte. »Wir sind nicht *richtig* zusammen, weißt du?«, hatte sie gemurmelt, und: »Er ist auch viel zu jung für mich«, und ich hatte gesagt, dass ich mich trotzdem freuen würde, wenn er mitkäme. Und dass er gerne noch einen Freund mitbringen könne, für Linda. Wäre doch ziemlich cool, wenn Linda sich in den Schlagzeuger von Javiers Band verlieben und Uwe den Laufpass geben würde, bevor er ihr damit zuvorkam.

Ich warf einen prüfenden Blick in meinen Einkaufswagen, ob ich auch nichts vergessen hatte, und machte mich dann eilig auf zur Kasse. Auf dem Heimweg würde ich noch schnell bei dem Weingeschäft an der Ecke haltmachen, Weißwein gehörte zum einen laut Rezept reichlich in die Soße und außerdem dazu, wenn man denn die Feste feiern wollte, wie sie fielen.

Rummms!

Wie aufs Stichwort war ich mit einem Einkaufswagen zusammengestoßen, der plötzlich vor mir um die Ecke gebogen kam. Da ich deutlich mehr Schwung hatte, schob ich den anderen Wagen direkt gegen einen Turm aus Cornflakesschachteln, der erst heftig schwankte und dann raschelnd in sich zusammenbrach. Wie in einer Filmszene, nur dass man da vermutlich statt der Pappschachteln Gläser mit Apfelmus genommen hätte. Das wäre auf jeden Fall auch tontechnisch noch dramatischer rübergekommen, von den Scherben und dem glitschigen Apfelmus auf dem Boden ganz zu schweigen. Die Cornflakesschachteln blieben immerhin heil.

»Was zur Hölle …«, sagte der Fahrer des Einkaufswagens, und ich hatte schon den Mund aufgemacht, um mich zu entschuldigen – obwohl ich mir nicht sicher war, ob auch im Supermarkt die Rechts-vor-links-Regel galt – als ich erkannte, wen ich vor mir hatte.

Felix.

Mein Herz schlug plötzlich bis zum Hals. Verdammt! Dieser Supermarkt lag überhaupt nicht in seinem Revier. Das hinterlistige Schicksal musste ihn irgendwie hierhergelockt haben, damit er mir direkt vor den Einkaufswagen rennen konnte. Wenn er mich jetzt ansah, würde er sich wahrscheinlich in Sekundenbruchteilen in mich verlieben, wie es nun mal seine Art war – so hatte es das Schicksal, das tückische, vermutlich geplant. Und ausgerechnet heute, wo ich nicht mal einen Blümchenpyjama und fettige Haare vorzuweisen hatte, sondern großartig aussah. Raffiniert!

Aber nicht mit mir!

Während ich mich bückte und begann, die Cornflakesschachteln aufzuheben – Felix tat das Gleiche, und noch hatten sich unsere Blicke nicht gekreuzt –, überlegte ich fieberhaft, wie ich ihn maximal abschrecken konnte. Was konnte Felix nicht leiden, was fand er an Frauen abstoßend und abtörnend? Rasierte Augenbrauen, zum Beispiel, aber damit konnte ich auf die Schnelle nicht dienen. Süddeutsche Dialekte fand er ebenfalls unerotisch. Was noch? Los, streng dich an, Kati! Du kennst diesen Mann besser als dich selbst. Was kann er nicht leiden? Kratzige Wollpullover. Milchreis. Schlechte Tischmanieren. Das Wort »Schniedelwutz«. Xavier Naidoo und Rosenstolz. Leute mit Putzfimmel. Barbie-rosa Lipgloss. Schlechte Grammatik. Wenn man ihn »Schatzi« nannte. Zungenpiercings. Zitronat und Orangeat im Weihnachtsstollen …

Oh Gott, jetzt drehte er sich vollends zu mir um und sah mich an. Und er lächelte. Unter seinem vertrauten Blick fielen mir plötzlich all die Dinge ein, die er liebte. Spaziergänge an der See bei stürmischem Wetter. Marzipan. Die Ritter der Kokosnuss. Meine kalten Füße an seinen Waden – angeblich … Die Musik von Circlesquare und Arcade Fire und anderen Gruppen, die niemand kannte außer ihm selber. Katzen und Hunde – er streichelte immer alle, die wir unterwegs trafen … – Halt! So ging das nicht. Verzweifelt versuchte ich auszusehen wie jemand, der schlechte Tischmanieren und einen Putzfimmel hat. Aber Felix lächelte immer noch. »Vielen Dank für Ihre Hilfe«, sagte er.

Oh nein! Jetzt mussten härtere Geschütze aufgefahren werden.

Ich pfefferte eine Cornflakesschachtel auf den Haufen zu den anderen. »I denk goar net dra, Ihne zu helfe, Sie! Des woar nämlisch goanz kloar Ihre Schuld, des.« Scheiße, was sollte das denn für ein Dialekt sein? »Wie an Verrückter gerast sind

Sie, furschba!« Egal, es hörte sich jedenfalls scheußlich an. Felix guckte auch sehr irritiert. Wahrscheinlich überlegte er, aus welchem Land ich wohl eingewandert war.

Glücklicherweise erschien nun ein sehr junger Supermarktmitarbeiter, vermutlich der Azubi, der sich den blöden Cornflakesturm überhaupt erst ausgedacht hatte. »Ist nicht so schlimm. Ich mache das schon«, sagte er erstaunlich freundlich.

Rede einfach, rede langsam und sag nicht zu viel.
John Wayne

»Danke«, sagte ich vor lauter Erleichterung mit meiner normalen Stimme und beeilte mich hinzuzusetzen: »Aber doss Sie es wissen: Des woar dem seine Schuld.« Und dann schnappte ich mir den Einkaufswagen und rannte damit davon. Ha! Wenn ich da mal dem Schicksal kein Schnäppchen geschlagen hatte.

Aber zu früh gefreut. Felix kam hinter mir hergelaufen.

Ich legte noch einen Zahn zu. In meiner Manteltasche begann das Handy zu bimmeln. Auch das noch.

»Hey, warten Sie«, rief Felix.

Ja, war das denn zu fassen? Wollte er mich etwa *trotzdem* nach meiner Telefonnummer fragen?

»Diesä Wäg wird kein leischtä sein«, sang ich, als er mich eingeholt hatte, und fischte mein Handy aus der Tasche.

»Sie haben …«, begann Felix.

»Pscht! I muss telefonierä, sehä Sie das net?« Ich hielt mir das Telefon ans Ohr. »Joa, Linda, i hob leidä koi Zeit net, jetzt do. I muss zur Kosmetikerin, die Augenbrauen abrasieren lossän und dann g'schwind nach Haus und Milchreis für mein Schatzi kochän …« Ich sah Felix durchdringend an. *Hallo, die Dame ist nicht nur kolossal nicht dein Typ, sie ist auch noch gebunden, kapiert? Zieh Leine!*

»Kati? Es klingt, als hättest du eine heiße Kartoffel im Mund«, sagte Linda. »Na ja, ich wollte auch gar nicht beim

Kochen stören, ich wollte dir nur schnell sagen, dass du recht hattest.«

»Wos? Nein, du weischt doch, dass i Tiere ned leiden kann, nur als Sonntagsbraten und als Mantel! Solch Viehzeug bringt nur Dreck, Sakrament.« Ha! Jetzt sah Felix richtig angewidert aus. Allerdings machte er immer noch keinerlei Anstalten zu verschwinden, eher im Gegenteil. Er blieb hartnäckig stehen. Und jetzt griff er sogar nach meinem Einkaufswagen. Ich schlug ihm auf die Finger. »Was fällt Ihnen ein?«

»Ich war heute Nachmittag bei Uwe in der Praxis«, sagte Linda. »Ich dachte, ich könnte die Sprechstundenhilfe mal ein bisschen über ihn ausfragen ... und die war auch sehr auskunftsfreudig. Und weißt du was?«

»Dass er immer noch sauer isch, weil i doch mit dem Zungenpiercing an seinem Schniedelwutz hängen gebliebä bin«, sagte ich energisch. Das sollte doch wohl reichen, um Felix den Rest zu geben. Warum stand er nur immer noch da rum und glotzte mich an wie das siebente Weltwunder?

»Er ist seit elf Jahren verheiratet und hat drei Kinder!« Linda schniefte ein bisschen. »Das wusstest du ja schon. Aber wusstest du auch mit wem? Mit der Sprechstundenhilfe höchstpersönlich.«

»Ach Lindalein! Des tut mir ehrlich leid. I ruf di glei zurück, ja?«

»Wenn Sie mir jetzt bitte ...«, sagte Felix und machte wieder Anstalten, nach dem Einkaufswagen zu greifen. Irgendwas stimmte hier doch nicht!

»Das jüngste ist erst ein Jahr alt ...«, sagte Linda an meinem Ohr, und allmählich fühlte ich mich ein bisschen überfordert. »Es hat schlimme Neurodermitis, und all die homöopathischen Mittel helfen nichts ...«

»Felix? Ich such dich schon überall!« Eine Frauenhand legte sich von hinten auf Felix' Schulter.

Als ich erkannte, wem die Hand gehörte, entfuhr mir ein leises Quieken. Ähnlich wie das Geräusch, das DAS MEERSCHWEINCHEN von sich gegeben hatte, als es sein Leben aushauchte.

Lillian! DIE EX! Das heißt, jetzt wohl nicht mehr. Offenbar hatten Felix und sie ihre »Beziehungspause« beendet. Was auch erklärte, dass Felix in diesem Supermarkt einkaufte. Lillian wohnte hier nämlich direkt um die Ecke.

Tsss. Da fuhr man dem Mann *ein* Mal nicht das Fahrrad platt und schon rannte er mit fliegenden Fahnen zurück zu seiner Exfreundin.

Das war natürlich gut so. Also, rein praktisch gesehen konnte es sogar gar nicht besser sein. Ich meine, *wunderbar*, dass Felix ohne mich glücklich war. Allerdings … Gott! Musste es ausgerechnet Lillian sein?

Grimmig sah ich zu, wie sie Felix mit einer beiläufigen Geste die Haare glatt strich. »Kommst du?«, fragte sie.

»Würde ich ja, aber die Ver… die Frau hat unseren Einkaufswagen!«, sagte Felix.

»Ähm … oh.« Ich sah von Felix in den Einkaufswagen. »Richtig, das ist gar nicht meiner. Würde ich auch nie kaufen, eine ganze Palette Nussjoghurts. Und Erdbeeren aus Spanien … und einen … Osterhasen …« Einen goldenen mit Glöckchen. Genau so einen, wie Felix ihn mir an Ostern immer auf den Frühstücksteller stellte. Mit einem kleinen Zettel am Halsband.

Ich spürte Felix' Blicke auf mir und riss mich zusammen. »So an Hasen kann i mir auch jederzeit selber kaufn, wenn i möcht! Aber i möcht gar net«, sagte ich, sah ihn böse an und gab dem Einkaufswagen einen kleinen Schubs. »Da hoben's Ihren bleeden Kram!«

»Danke«, sagte Felix erleichtert.

»Komm, Schatz, wir müssen uns beeilen, das Blumengeschäft macht gleich zu.« Lillian legte im Weitergehen eine Hand auf Felix' Hintern. Oder jedenfalls nur ganz knapp darüber. Wahrscheinlich brauchten sie die Blumen für meine Exschwiegermutter, die Ostersonntag immer Rindsrouladen machte.

Plötzlich war ich stinkwütend auf das Schicksal. Das war jetzt schon das zweite Mal, dass es mich an der Nase herumgeführt hatte. Und dieses Mal hatte ich mich wirklich kolossal zum Narren gemacht – völlig umsonst. Um Felix musste ich mir definitiv keine Sorgen machen. Na ja, immerhin hatte ich jetzt ein für alle Mal einen magischen Moment zwischen uns verhindert. Ich lief nachträglich feuerrot an vor Scham, als ich daran dachte, was ich alles von mir gegeben hatte. Aber das sah Felix zum Glück nicht mehr. Er und Lillian waren längst um die Ecke gebogen.

»... und auch sonst nichts, was Uwe tut. Ich fürchte, er ist nicht nur ein mieser Ehebrecher und Lügner, er ist auch noch ein ganz mieser Heilpraktiker«, sagte Linda an meinem Ohr. »Jetzt kann ich es ja sagen: Das mit den Ohrenkerzen war ein voller Reinfall. Bist du noch da, Kati?«

Ich seufzte. »Jo, Schatzerl, hier bin i«, sagte ich.

Die eigentlichen Entdeckungsreisen bestehen
nicht im Kennenlernen neuer Landstriche,
sondern darin, etwas mit anderen Augen zu sehen.
Marcel Proust

Natürlich war Gabi nicht bereit, die Kosten für das NLP-Seminar zu übernehmen. Und dass ich einen ganzen Arbeitstag ausfallen würde, passte ihr auch nicht. Wie ich hielt sie nicht besonders viel von NLP. Ich meine, eine Methode, die unter anderem auf der Annahme fußte, jedes menschliche Verhalten, also auch Gabis oder das vom Reißwolf, sei grundsätzlich durch eine positive Absicht motiviert, konnte man doch nicht ernst nehmen, oder?

»Es reicht ja wohl, wenn einer aus dem Büro diese fragwürdige Fortbildung macht«, sagte Gabi und stellte sich wie üblich allen Argumenten gegenüber taub. Aber in dem Paralleluniversum war ich viel hartnäckiger als früher. Schließlich einigten wir uns unter viel Schnalzen und Augenrollen darauf, dass ich das Seminar selber bezahlen, aber dafür den Freitag nicht als Urlaubstag abgerechnet bekam.

Was meinem Konto allerdings nicht weiterhalf, denn das Ganze fand in einem 5-Sterne-Hotel in Düsseldorf statt. Marlene hatte mir versichert, dass *alle* Teilnehmer dort übernachteten, weil der Abend an der Bar immer das Schönste an der Veranstaltung sei. Und das kam mir ja durchaus auch gelegen, denn idealer hätten die Voraussetzungen für ein erstes Kennenlernen gar nicht sein können. Netterweise bot Marlene an, sich ein Doppelzimmer mit mir zu teilen. Aber zusammen mit dem Friseurbesuch und der Kosmetikbehandlung und der hübschen neuen Unterwäsche (nur für den Fall) waren meine Finanzmittel nun doch so weit ausgeschöpft, dass ich für den Rest des Monats keine Lebensmittel mehr einkaufen durfte.

Future Woman führte einen weit aufwendigeren Lebensstil als ihr bescheidenes früheres Ich. Ich war noch keine drei Wochen hier und schon pleite.

Aber davon mal abgesehen in bester Verfassung.

Auch weil Tom Cruise und Katie Holmes ihr Kind tatsächlich »Suri« genannt hatten. Linda überraschte das kein bisschen, während ich ein wenig, nun ja, erleichtert war. Ich meine, das hier war schließlich ein Paralleluniversum, und da hätten sie ihr Baby auch Calamity Jane nennen können. Oder schlicht Susi. Es hätte sogar ein Junge werden können. So aber konnte ich wenigstens sicher sein, dass das Paralleluniversum haargenau so funktionierte wie die Welt, aus der ich kam.

Im Gegensatz zu mir wollte sich Linda mit der Paralleluniversumstheorie nicht so recht anfreunden. »Dass du nicht tot bist, hatten wir ja schon geklärt, Kati. Aber du liegst auch nicht im Koma«, sagte sie. Dass wir uns im Büro befanden und somit alles andere als allein waren, hielt sie nicht davon ab, lauthals meinen neuen Status herauszuposaunen.

Es war Donnerstagnachmittag und Linda war erstaunlich gut drauf, wenn man bedachte, dass sie gerade mal eine Viertelstunde vorher mit Uwe Schluss gemacht hatte – per Mail.

»Sie ist nicht tot? Das hört Kati bestimmt gern«, sagte Marlene mit gerunzelter Stirn, während der Reißwolf die Augen verdrehte und »Herr, wirf Hirn vom Himmel« murmelte. Ich warf Linda einen »Halt-bloß-die-Klappe«-Blick zu, aber es half nichts.

»Hast du es Marlene etwa noch nicht gesagt?«, erkundigte sie sich erstaunt bei mir.

»Was gesagt?«, fragte Marlene.

Ich wurde nervös. Gott, wie hatte ich bloß so dumm sein können, Linda alles zu verraten?

»Kati ist wahrscheinlich aus einer anderen Dimension zu uns gekommen.« Linda strahlte in die Runde. »Aus einer zukünftigen Parallelwelt, sozusagen. Oder … na ja, was *genau* passiert ist, müssen wir noch herausfinden. Aber die Idee, dass Kati eigentlich gar nicht da ist und das hier alles nur eine Projektion … Also, ich muss sagen, je mehr ich darüber nachdenke, desto weniger gefällt mir das. Wenn das hier alles nur von Katis Unterbewusstsein geschaffen ist – was machen wir dann hier? Heute Nacht war mir ganz mulmig bei dem Gefühl, ich könnte gar nicht die echte Linda sein. Dann wärst du auch nicht die echte Marlene … Verstehst du?«

»Ähm. Ja. Klar. Jedes Wort«, sagte Marlene gedehnt und sah mich fragend an. Ich schüttelte den Kopf und deutete ein Schulterzucken an.

»Weißt du, Linda, nicht jeder verfügt über dein Verständnis für, ähm, Übernatürliches«, sagte ich und schämte mich ein bisschen. Die arme Linda – sie meinte es doch nur gut. Das vorösterliche (übrigens sehr lustige) Eierfärben-Spiele-Lauchhähnchen-Fest bei mir hatte sie ein bisschen von ihrem Liebeskummer abgelenkt, woran die Anwesenheit von Javiers Bandkollegen einen nicht ganz unwesentlichen Anteil gehabt hatte. Als schönen Nebeneffekt hatte ich ein Foto von den beiden schießen können, wobei mir die gezielte Frage nach Techniken des Eierausblasens einen perfekten Kussmund beschert hatte. Das Foto hatten wir vorhin an Lindas Schlussmach-Mail an Urin-Uwe angehängt, nur der Vollständigkeit halber, damit er verstand, mit wem sie zukünftig nach einem Muttermundorgasmus zu suchen gedachte. Obwohl es so wunderbar gepasst hätte, hatte Linda übrigens auf

Women are like tea bags, they don't know how strong they are until they get into hot water.
Eleanor Roosevelt

das Sätzchen »Verpiss dich!« heroisch verzichtet und sich stattdessen für die schöne gemeinsame Zeit bedankt.

Aber jetzt war das erledigt und Linda wieder mit dem Future-Woman-Phänomen beschäftigt. Zu sehr beschäftigt, wenn man nach Marlenes Blicken ging.

»Ich brauche einen Kaffee. Kommst du mit in die Küche?«, fragte ich und zog Linda, ohne ihre Antwort abzuwarten, nach nebenan. Dort packte ich sie an beiden Schultern, sah ihr tief in die Augen und sagte streng: »Jetzt hör mal, Linda! Dass ich aus der Zukunft komme, ist ein Geheimnis, das ich dir anvertraut habe – und wie alle Geheimnisse sollte es auch geheim bleiben! Ich meine, was wäre aus Superman oder Spiderman oder, äh, Tinkerbell geworden, wenn alle über sie Bescheid gewusst hätten? Wir verwirren die anderen nur damit. Also bitte rede nicht mehr darüber, wenn jemand dabei ist.«

Ich hatte wohl den richtigen Ton getroffen, denn Linda nickte verständig. »Du hast wahrscheinlich recht. Die meisten Leute sind gar nicht fähig, mit so einem Phänomen umzugehen. Und wenn, dann nur, um sich zu bereichern. Sie würden von dir wissen wollen, wer die Fußballweltmeisterschaft gewinnt oder ob es sich lohnt, VW-Aktien zu kaufen oder …«

Oh. Konnte man mit Fußballwetten reich werden? Ich hörte Linda gar nicht mehr zu. Wer, verflucht noch mal, hatte denn in diesem Jahr die Fußballweltmeisterschaft gewonnen? Frankreich? Oder Portugal? Spanien? Oder war das 2010 gewesen? Ich war wirklich ein hoffnungsloser Fall. Aber immerhin wusste ich noch, dass die WM 2006 bei allerbestem Wetter stattgefunden hatte. Die Niederlande und Argentinien waren es auf keinen Fall gewesen. Und Deutschland auch nicht. Die waren Dritter geworden. Gegen … puh … Schweden?

Linda goss mir eine Tasse Kaffee ein. »Das hat mir einfach keine Ruhe gelassen, das mit … du weißt schon … Tod, Jenseits, Parallelwelt … Also habe ich noch mal gründlicher recherchiert. Und es gibt unzählige Möglichkeiten als Ursache für deinen, ähm, Zustand. Du wärst nicht die Erste, der so etwas passiert.«

»Nicht?« Für eine Sekunde oder so keimte in mir die Hoffnung auf, dass es noch mehr von meiner Sorte gab: Menschen, die sich in der Zeit verirrt hatten und sich nun jeden Dienstag bei den »Anonymen Zeitreisenden« trafen und nützliche Tipps austauschten. Aber für eine Sekunde hatte ich auch vergessen, mit wem ich gerade sprach.

»Oh nein! So was passiert andauernd«, versicherte mir Linda. »Meistens, weil man vom Blitz getroffen wird. Oder eine ganz besondere Sternschnuppe sieht. Oder …«, hier wurde ihr Ton ganz feierlich, »wenn man einen magischen Glückskeks isst.«

»Aha. Und wo genau hast du das recherchiert?«

»Also, es gibt da diverse Quellen …«

»Welche?«

Linda guckte mich treuherzig an. »Na … Bücher und Filme halt! Du weißt schon. Wo Leute plötzlich ihre Körper tauschen oder wieder ein kleiner Junge sind oder statt hässlich schön oder … kennst du den Film *30 über Nacht*? Da ist so eine Art magisches Wunschglitzerpulver …«

»Ich verstehe«, unterbrach ich sie. »Aber ich denke, wir können alle diese Dinge ausschließen. Kein Blitz. Keine Sternschnuppe. Kein magisches Glitzerpu …«

»Warte, nicht so eilig! Hör mir doch erst mal zu. Es gibt noch die Möglichkeit, dass eine zauberkräftige oder sogar göttliche Person für diesen … Dimensionswechsel verantwortlich ist. Weil du etwas lernen sollst. Oder eine Aufgabe lösen musst.«

Ja, doch. Das hatte ich in Gedanken schon hundertmal hin und her gewälzt. Und dass ich nicht dazu geeignet war, die

Welt zu retten. Meine Aufgabe – so ich denn überhaupt eine hatte – war es, mit Mathias glücklich zu werden und zu verhindern, dass DIE HOCHZEIT in Versalien geschrieben werden musste. Und insgesamt ein besserer Mensch zu sein ... Indem ich zum Beispiel wegen Felix und LILLIAN keinerlei boshafte Gedanken hegte, im Gegenteil: Mein neues, verbessertes Ich wünschte den beiden aus tiefstem Herzen alles Glück dieser Erde ... Zumindest Felix. Und vorgestern erst hatte ich Frau Baronski im Krankenhaus besucht. Das hatte ich in meinem ersten Leben völlig versäumt, und sie hatte sich so gefreut! Und wenn ich bei Fußballwetten gewinnen würde, dann würde ich das Geld einem guten Zweck zuführen. Jedenfalls das meiste davon.

»Also – in den Tagen vor deinem, äh, Unfall, hattest du da eine merkwürdige Begegnung mit einer zauberkräftigen oder göttlichen Person?«

»Lindalein, es ist wirklich lieb von dir, dass du ...«

»Denk nach! Ein geheimnisvoller alter Mann. Eine weise Frau. Ein kleines Mädchen mit einem Glitzerhut? Weißt du, geistige Führer oder auch Dämonen – was wir natürlich nicht hoffen! – können jede gewünschte Form annehmen, um eine Botschaft zu überbringen.«

»Äh ...« Ich tat so, als würde ich nachdenken. »Nein.«

Ihre Stimme wurde ein wenig drängender. »Eine sprechende Statue, vielleicht? Eine Seifenblase? Eine Stimme aus dem Nichts? Oder *Jesus* ...?«

Ich wollte mit meinem Kaffee zur Tür gehen, aber sie versperrte mir den Weg.

»Manchmal ist es auch ein boshaft kichernder Asiate«, sagte sie hektisch.

Ich schüttelte den Kopf und schob sie sanft beiseite. »Da war niemand.« Obwohl ... den Obdachlosen erwähnte ich jetzt besser nicht, sonst würde Linda nur sagen, er sei Jesus oder ein böser Zauberer und »Die Welt ist dem Untergang geweiht« sei eine ernst zu nehmende Botschaft gewesen.

»Eine schielende Katze!«, rief Linda ziemlich schrill hinter mir her, und da fiel es mir wieder ein: Italien! 2006 waren die Italiener Fußballweltmeister geworden. Hupende Pizzabäcker-Autokonvois waren in der Stadt umhergefahren, und alle hatten rot-weiß-grüne Fahnen geschwenkt. Und bei unserem Italiener um die Ecke, dem mit dem dicken, schielenden Kater, hatte es Freibier für alle gegeben. Ha! Heute Abend würde ich mal in Ruhe recherchieren, wie das mit Fußballwetten so funktionierte. Denn ein bisschen mehr Geld konnte ja nun wirklich nicht schaden. Zumal ich da dieses wunderschöne Kleid im Schaufenster ... Ich meine, »Brot für die Welt« würde sich sicher sehr über eine Spende freuen.

Das Wesen der Dinge hat die Angewohnheit, sich zu verbergen.
Heraklit

Ich kehrte zu meinem Schreibtisch zurück. Marlene und der Reißwolf stritten mal wieder, aber ich hörte nicht hin, weil ich für einen Moment lang von den Bildern abgelenkt war, was man mit meinem neu gewonnenen Reichtum alles würde anstellen können (lachende Kinderaugen, die dankbar zu mir aufblickten, ein einsamer Strand in Bali ...).

Doch dann wurde es neben mir laut.

»Ich wüsste wirklich nicht, was Sie das angeht«, sagte Marlene scharf, und der Reißwolf erwiderte ölig: »Da haben Sie recht, es geht mich gar nichts an. Aber überall auf der Welt schauen die Leute weg, weil sie sich sagen, dass es sie nichts angeht. Die wenigsten haben die Zivilcourage, sich für Kinder einzusetzen. Mir ist klar, dass Sie das nicht positiv aufnehmen, aber mir tut Ihre kleine Tochter leid, das ist alles.«

Marlene zog es vor, keine Antwort zu geben, was mich erstaunte. Normalerweise war sie die Einzige von uns, die den Reißwolf zur Schnecke machen konnte.

»Ihnen tut *Amelie* leid?«, fragte Linda, die mir natürlich gefolgt war, verdattert.

Dass der kleine Teufelsbraten irgendjemandem leidtun konnte, verblüffte mich ebenfalls. Ich kannte kein Kind, das so zielstrebig, frech und selbstbewusst war wie Amelie. Und keins wurde mehr geliebt.

Marlene sah aus, als würde sie gleich platzen, hielt den Blick aber hartnäckig auf den Bildschirm geheftet.

»An der Schwelle zur Pubertät sind Kinder besonders sensibel und benötigen viel Halt«, fuhr der Reißwolf fort. »Das unstete Liebesleben der Mutter – das alles belastet Ihre Tochter nicht nur, es wirkt sich auch nachhaltig auf die Entwicklung aus, und zwar nicht im positiven Sinne. Und glauben Sie mir: ein Liebhaber, der ihr großer Bruder sein könnte und überdies aus einem völlig anderen Kulturkreis stammt …«

Männer mit Gitarren sind Männern mit Ohrenkerzen in jedem Fall haushoch überlegen.

»Ach, so ein Unsinn«, unterbrach ich sie. »Der Mann ist gerade mal zehn Jahre jünger als Marlene, und er ist viel reifer als so mancher Fünfunddreißigjährige hierzulande. Und er …«

»… und er singt wunderbar!«, löste Linda mich ab. Samstagabend bei mir in der Küche hatten Javier und sein Freund Emil nämlich zu ihren Gitarren gegriffen. Und es wunderte mich seither nicht mehr, dass Linda Urin-Uwe keine Träne hinterherweinte. »Seine Aura und Marlenes Aura schwingen in perfekter Harmonie …«

»… und überhaupt ist er das Beste, das Marlene und Amelie passieren konnte …«, sagte ich.

»Schon gut, ihr beiden.« Marlene hatte sich erhoben. Ihre Unterlippe bebte. »Diese Diskussion ist völlig überflüssig, weil …« An dieser Stelle wurde ihre Stimme ein wenig brüchig – »Javier und ich sind nicht mehr zusammen.«

»Was?« Linda und ich starrten sie fassungslos an. Ich versuchte mich krampfhaft zu erinnern, ob ich diese Situation schon einmal erlebt hatte, aber – nein! Das hätte ich doch nicht vergessen. Andererseits wusste ich noch, dass es insgesamt Monate gedauert hatte, bis Javier und Marlene wirklich und wahrhaftig und ganz offiziell zusammen waren. Nur hatte ich das Hin und Her damals nicht in vollem Ausmaß mitbekommen, einfach, weil wir noch nicht so eng miteinander befreundet gewesen waren. Und weil es zum Beispiel diesen wunderbaren Eierfärbe-Abend in meiner Küche gar nicht gegeben hatte.

»Ja. Ich muss eben … erwachsen und … und … verantwortungsbewusst …« Marlene waren die Tränen in die Augen geschossen. »Entschuldigt mich, ich muss mal zur Toilette.« Unter unseren entgeisterten Blicken ging sie zur Tür. Na ja, eigentlich ging sie nur die ersten fünf Schritte, danach rannte sie. Die Tür fiel mit einem ziemlich lauten Knall hinter ihr ins Schloss.

Frau Zähler-Reißdorf machte ein zufriedenes Gesicht. »Sie muss ja auch an die Agentur denken, vor allem, wenn sie als Geschäftsführerin mit einsteigen will. G & G hat ja auch einen Ruf zu verlieren …«

»Klappe!«, schnauzte ich. Die Frau machte es einem wirklich schwer, ein besserer Mensch zu sein. »Sie glauben ja gar nicht, wie sehr sich hier alle freuen werden, wenn Sie endlich nach Stuttgart ziehen. Können Sie das nicht einfach ein bisschen beschleunigen?«

Der Reißwolf glotzte verblüfft. »Woher wissen Sie denn …?«

»Tja«, sagte Linda an meiner Stelle und warf ihren Kopf in den Nacken. »Kati ist eben so eine Art Orakel von Delhi. Eine moderne Cassiopeia. Falls Sie sich in der griechischen Mythologie auskennen.«

Wenn wir es recht überdenken, so stecken
wir doch alle nackt in unseren Kleidern.
Heinrich Heine

»Kati ist die Abkürzung für Katharina, nehme ich an?«

»Nein, leider nicht.« Ich grinste schief. »Aber ich weiß nicht, ob wir uns schon gut genug für meinen richtigen Namen kennen, der ist nämlich geheim. Er ist meiner Mutter heute selber peinlich. Und mein Vater war sowieso von Anfang an dagegen.«

Mathias lachte, und ich unterdrückte mit Mühe einen schmachtenden Seufzer. Da saßen wir nun also wieder nebeneinander an einer Bar, und es war beinahe alles genauso wie neulich ... äh ... demnächst auf Gereons Party: das schummrige Licht, mein aufgeregtes Herzklopfen, mein Bedürfnis, etwas Kitschiges über die Farbe seiner Augen zu sagen, diese wunderbare, ungezwungene Vertrautheit zwischen uns ... Nur dass dieses Mal keine Jazzsängerin störte und ich zurückhaltend an einem Glas Weißwein nippte, während ich beim letzten Mal in der gleichen Zeitspanne mindestens vier Daiquiris weggespült hatte.

Aber ich hatte ja auch gar keinen Grund, mich zu betrinken. Denn dieses Mal war ich nicht verheiratet, und es gab niemanden, dem ich das Herz brechen konnte. Womit sich auch die Sache mit Pandoras Büchse erledigt hatte. Ärgerlich war nur, dass ich trotzdem so etwas wie ein schlechtes Gewissen verspürte. Es hörte erst auf, als ich mir energisch ins Gedächtnis rief, dass Felix mich a) für eine durchgeknallte

Sprachgestörte hielt und b) vermutlich gerade mit Lillian Händchen hielt.

»Ich glaube, ich muss vor Neugierde sterben, wenn ich diesen Namen nicht erfahre«, sagte Mathias. »Ich könnte im Gegenzug erzählen, wie es war, als ich das erste Mal gemerkt habe, dass ich gegen Erdnüsse allergisch bin. Das ist nämlich auch ein Geheimnis.«

Das ich bereits kannte. Aber das konnte ich ihm ja schlecht sagen. »Na gut – das klingt nach einem fairen Deal«, sagte ich. »Also, der Taufname ist *Katokwe*.«

»Katokwe?«, wiederholte Mathias ungläubig. »Und das hat das Standesamt erlaubt?«

Ich nickte. »Bis zur Grundschulzeit war ich überall nur als die kleine Kartoffel Wedekind bekannt.«

Mathias lachte. »Wie sind deine Eltern denn darauf gekommen?«

»Das ist afrikanisch und bedeutet angeblich ›Das Glück ist mit mir‹. Meine Mutter war in den Siebzigerjahren sehr fasziniert von Afrika, unser Haus hing voller gruseliger afrikanischer Masken, und sie trug sogar zeitweise einen Turban. Das fanden die Nachbarn und die Verwandten ja noch angenehm exotisch, aber bei meinem Namen hörte der Spaß auf. Irgendwann war meine Mutter es leid, allen Leuten den Namen zu buchstabieren, also wurde ich nur noch Kati gerufen.«

You can always tell what kind of a person a man really thinks you are by the earrings he gives you.
Audrey Hepburn

Mathias grinste. »Das Glück ist mit mir«, wiederholte er und berührte dabei wie zufällig meine Hand. »Der Name würde gut zu diesem Abend hier passen. Es ist wirklich schön, dass wir uns kennengelernt haben.«

Oh mein Gott! Die Investition in dieses Seminar hatte sich ja so was von gelohnt. Dafür würde ich sogar noch zwei Monate hungern. Und die anderen kleinen Opfer, die ich dafür hatte bringen müssen, waren schon wieder vergessen.

Na ja, *fast* vergessen.

Ich war noch keine Viertelstunde im Raum gewesen, schon hatten sich sämtliche Vorurteile bestätigt, die ich über NLP-Seminare hatte.

Erstens: Der Kursleiter sah aus, als würde er außer NLP noch Tantra-Workshops und »Klopfen Sie sich frei«-Seminare unterrichten, wahlweise hier in Deutschland oder auch auf La Gomera. Er trug sein weißes Hemd bis zu den Brusthaaren aufgeknöpft, lächelte milde und hieß Jürgen Wuck.

Zweitens: Der Grundlagenkurs hatte den anderen Teilnehmern keinerlei Vorteile mir gegenüber verschafft, außer dass sie exzessiv mit Begrifflichkeiten wie »Pacing«, »Leading«, »Ankern«, »Reframing« und »Rapport« um sich warfen, aber die hatte ich allesamt bei Wikipedia nachgelesen und musste mir deshalb nicht unterlegen vorkommen.

Drittens: Um für die kommenden praktischen Übungen unsere fünf Sinne zu schärfen, mussten wir uns im Kreis aufstellen, die Augen schließen und gemeinsam atmen. Eine gute Gelegenheit für mich, Mathias endlich in aller Ruhe anzustarren. Bis jetzt hatte ich mich nicht so recht getraut, aus lauter Angst, ihn verzückt anzulächeln und damit zu verschrecken. Mein Puls raste auch so schon wie verrückt (und die verdammten Schmetterlinge, die ich eigentlich nicht mehr erwähnen wollte, flippten in meinem Magen völlig aus), einfach nur, weil Mathias sich im selben Raum befand wie ich.

Auch seine fünf Jahre jüngere Version sah unglaublich, unwahrscheinlich, unfassbar gut aus. Sogar wenn er mit geschlossenen Augen dämliche Atemübungen machte, als befänden wir uns in einer Hebammensprechstunde, war er mit Abstand der umwerfendste Mann, den ich jemals getroffen hatte.

»Danach werden wir uns in Kleingruppen an den Tischen

zusammenfinden und mit Übungen zur Selbstreflexion beginnen, um anschließend paarweise anhand von Gesprächssituationen aus dem alltäglichen Bereich Problemlösungen mithilfe der erlernten Methoden zu erarbeiten«, sagte Jürgen Wuck mit einer Stimme, genauso milde wie sein Lächeln.

Kleingruppen! Paarweise! Ha! Das war meine Chance.

»Und nun noch einmal tief durch die Nase bis in das Zwerchfell einatmen und die Luft langsam durch den Mund wieder hinausströmen lassen …«

Möglichst lautlos schlich ich mich von meinem Platz und schob mich in die Lücke zwischen Mathias und einer Frau in türkisfarbener Bluse, auf deren Namensschildchen »Sonja« stand. Na ja, eigentlich war da keine richtige Lücke, aber als Sonja ihre Augen öffnete und mich genau einen Zentimeter neben sich stehen sah, machte sie vor Schreck einen Schritt zurück, und – voilà – schon hatte ich genügend Platz. Marlene warf mir von der gegenüberliegenden Seite einen verdutzten Blick zu, aber sonst schien sich keiner zu wundern. Wäre mir auch egal gewesen, Hauptsache, ich war mit Mathias in einer Kleingruppe.

Und was soll ich sagen? Kurz darauf saß ich ihm am Tisch gegenüber. Sonja und Jürgen Wuck höchstpersönlich vervollständigten unsere Kleingruppe, wobei klar war, dass Jürgen es offensichtlich auf Sonja abgesehen hatte, schließlich hatte er sie vorhin schon beim Atmen unterstützt, indem er eine Hand auf ihr, na sagen wir mal wohlwollend, Zwerchfell gelegt hatte.

Mathias warf einen raschen Blick auf mein Namensschildchen und lächelte mir flüchtig zu. Ich gab mir große Mühe, genauso flüchtig zurückzulächeln, anstatt ihn anzustrahlen wie ein außer Kontrolle geratener Christbaum. Ich war aber nicht sicher, ob es mir hundertprozentig gelang.

Jürgen Wuck wollte, dass wir uns im Sinne der Selbstreflexion gegenseitig unsere individuellen Ängste anvertrauten (die Begründung dafür verstand ich nicht, schon gar nicht, was das Wort »olfaktorisch« darin verloren hatte), und ich war sofort entschlossen, die Geschichte von DEM EICHHÖRNCHEN zu erzählen. Im Jahr 2011 hatte ich damit Mathias schon einmal zum Lachen gebracht. Eifrig setzte ich mich gerader hin und wartete auf meinen Einsatz.

Jürgen machte den Anfang. Er hatte Angst vor … Trommelwirbel! … nee, eigentlich gar nichts mehr. Aber früher, als er noch weniger erleuchtet und mehr so wie wir gewesen war (das sagte er nicht wortwörtlich, aber es schwang eindeutig zwischen den Zeilen mit), da hatte er Angst vor dem Sterben gehabt. Also nicht vor dem Tod, nur vor dem Prozess des Sterbens als solchem.

Uiii.

Ich fing einen Blick von Mathias auf und meinte darin zu erkennen, dass er Jürgen genauso scheiße fand wie ich. Umso mehr würde ihn meine EICHHÖRNCHEN-Geschichte erheitern.

Aber erst mal war Sonja dran. Und sie hatte am meisten Angst davor, von ihren Mitmenschen missverstanden zu werden. Weshalb sie auch dieses Seminar besuchte. (Jürgen fand das super und tätschelte ihre Hand.)

Und jetzt Mathias. Ich war sicher, dass er über seine Klaustrophobie sprechen würde und darüber, wie seine Schwester ihn als kleiner Junge in den Schrank gesperrt hatte, aber stattdessen sagte er: »Weihnachtsmänner. Mit falschem Bart und ausgestopftem Bauch.«

Wie bitte?

»Als kleiner Junge hatte ich ein traumatisches Erlebnis mit so einem Kaufhausweihnachtsmann – und seitdem bekomme ich ein ganz mulmiges Gefühl im Magen, wenn ich einen von denen sehe«, fuhr Mathias ernsthaft fort. »Und Herzrasen. Ich kann nichts dagegen tun.«

Jürgen und Sonja nickten betroffen, und Mathias' Mundwinkel zuckten ganz leicht.

Meine auch. »Was genau hat der Kaufhausweihnachtsmann denn getan?«, erkundigte ich mich angelegentlich.

»Darauf musst du nicht antworten, Mathias, wenn es dir zu intim wird«, sagte Jürgen schnell. Weiß der Himmel, was er dachte.

»Sagen wir einfach, er hat sich nicht rollenkonform verhalten«, erwiderte Mathias und schenkte mir eins seiner unwiderstehlichen Lächeln. Das erste Mal in dieser seltsamen Parallelwelt.

Ich lächelte glücklich zurück.

»Merkt ihr was?«, fragte Jürgen begeistert. »Genau *das* ist neurolinguistisches Programmieren. Durch diese intimen Dinge, die wir uns hier anvertrauen, also gewissermaßen die introspektive Betrachtung jedes Einzelnen, lösen sich unsere gegenseitigen Vorbehalte automatisch auf.«

Ja, das hätte er wohl gerne. Mit jedem Wort, das er von sich gab, wurden meine Vorbehalte Jürgen Wuck gegenüber nur noch schlimmer. Ich war mittlerweile bereit, jede beliebige Summe darauf zu wetten, dass er in seiner Schulzeit Würgen Juck genannt worden war.

Jetzt nickte Würgen mir aufmunternd zu. Ich war an der Reihe. Und ich disponierte kurz entschlossen um.

»Also, ich habe immer Panikattacken in Aufzügen«, sagte ich. »Ich kann überhaupt keine engen Räume ertragen, seit meine Schwester mich als Kind mal in unserem Kleiderschrank eingesperrt hat.« Wie erwartet sah Mathias eindeutig überrascht aus. Was mich wiederum mit Erleichterung erfüllte, weil ich kurzfristig befürchtet hatte, er könne mir gegenüber die Schrankgeschichte genauso erfunden haben wie jetzt die Weihnachtsmann-Story.

Ich überlegte, wie ich mich wohl fühlen würde, wenn jemand einfach meine EICHHÖRNCHEN-Geschichte klauen und als seine ausgeben würde. Andererseits war die natürlich viel spezieller – in einen Schrank hingegen wurde ja eigentlich jeder im Laufe seines Lebens mal gesperrt. Oder wenigstens jeder Zweite. Ich bat Eva in Gedanken um Entschuldigung, bevor ich leise fortfuhr: »Sie ist zum Spielen rausgegangen und hat mich schlichtweg vergessen. Meine Eltern dachten, ich sei bei den Nachbarn, weshalb ich erst nach einem halben Tag wieder befreit wurde.«

So. Damit konnte er nun anfangen, was er wollte. Im besten Fall würde er denken, eine Seelenverwandte gefunden zu haben, eine Schrankschwester im Geiste, sozusagen.

Der Rest des Seminartags verging wie im Flug. Um es nicht direkt zu übertreiben, hatte ich mich Mathias nicht auch noch als Partner für alle kommenden Übungen aufgedrängt. Marlene war ohnehin die Einzige, mit der man Rollenspiele zum Thema Verhandlungen mit dem Chef realistisch nachspielen konnte, denn von den anderen konnte sich niemand vorstellen, wie die Blutgräfin wirklich war. Es machte aber großen Spaß, zur Abwechslung mal in Gabis Haut zu schlüpfen und alle Manipulationsversuche (»Es geht bei NLP nicht um Manipulation, es geht um emotionalen Kontakt!«, wiederholte Jürgen Wuck gebetsmühlenartig, aber davon wurde es auch nicht wahrer) an sich abprallen zu lassen. Wie im echten Leben gewann immer der, der Gabi spielte, und schließlich musste selbst Jürgen Wuck zugeben, dass es Menschen gibt, bei denen die Methoden von NLP an gewisse Grenzen stoßen.

Wer den Feind umarmt, macht ihn bewegungsunfähig.
Nepalesisches Sprichwort

Während der ganzen Zeit merkte ich, dass Mathias immer wieder mal zu mir hinübersah, und manchmal, wenn unsere Blicke sich trafen, riskierte ich ein winziges Lächeln, und dann lächelte er zurück.

Mein Plan schien voll und ganz aufzugehen.

Mathias hatte sich von ganz allein den Platz neben mir an der Bar ausgesucht (den ich allerdings wie zufällig frei gehalten hatte, indem ich meine Jacke dort ablegte). Und er war auch derjenige gewesen, der schon in den ersten Minuten unauffällig, geschickt und zielstrebig (NLP?) die persönlichen Eckdaten abgeklärt hatte, Alter, Beziehungsstatus, Wohnsitz, Job … Meine Antworten schienen ihm alle sehr zu gefallen. (Wobei mich die Frage nach meiner letzten Beziehung ein wenig ins Schwimmen gebracht hatte … der Mann vor Felix war schon ziemlich in Vergessenheit geraten.)

Und inzwischen konnte ich ihm ganz unverhohlen in die Augen schauen, denn er tat auch nichts anderes. (Ich meine, er schaute natürlich in meine Augen.)

Und alles, alles fühlte sich so richtig an.

Man konnte toll mit ihm lästern und rumalbern (wir glaubten beide, dass Jürgen Wuck sich in Vollmondnächten mit Gleichgesinnten zum meditativen Trommeln traf), aber er besaß auch die Fähigkeit, genau zur richtigen Zeit den Mund zu halten und mich einfach nur anzulächeln, als wäre ich etwas ganz besonders Kostbares.

Ich wusste, das hier war es, Komatraum hin, Komatraum her. Das hier war unser Moment – der von Mathias und mir. Magisch! Und dazu brauchte ich diesmal noch nicht einmal Geigen. Für einen Augenblick war ich mit meinem launischen Freund, dem Schicksal, wieder versöhnt. Es meinte es wohl doch gut mit …

»Hicks«, machte Marlene und ließ sich auf den Barhocker neben mir plumpsen. Bis jetzt hatte sie mit ein paar anderen in einer Sofagruppe gesessen, von der ab und an Begriffe wie »Submodalitäten« und »autonome Augenbewegungen« zu uns hinübergewabert waren. »Ich hab da diesen Drink entdeckt, den ich euch wirklich nur empfehlen kann. Negroni.

Fünf Stück in dreißig Minuten, und man ist ein neuer Mensch.«

Na toll. So viel zu dem magischen Augenblick.

Ich warf Mathias einen bedauernden Blick zu, bevor ich meine Hand (über die er gerade wie zufällig gestreichelt hatte) wegzog und stattdessen Marlenes Hand tätschelte.

»Nee, ehrlich. Das Zeug ist toll. Schon nach dem ersten Drink war mein Bedürfnis, jemanden mit bloßen Händen zu erwürgen, völlig verschwunden.« Marlene hickste noch einmal. »Der zweite hat mich echt zum Lachen gebracht, obwohl es weiß Gott gar nichts zu lachen gibt. Und der dritte … na ja, das Leben ist zwar vollkommen trostlos, aber dieses wattige Gefühl im Kopf hat was. Schade nur, dass mir so übel ist. Vielleicht hätte ich doch zwischendurch mal was essen sollen. Einen Rollmops oder so.« Ihr Handy kündigte eine ankommende SMS an, und sie starrte auf das Display. »Jetzt warte ich darauf, dass mein Gehirn endlich das Denken einstellt. Und dass das Scheißherz nicht mehr so wehtut.«

Und dann fing sie übergangslos an zu weinen. Sie legte ihre Arme auf den Tisch, bettete ihren Kopf hinein und schluchzte bitterlich. Es war schrecklich, sie so zu sehen. Und für einen Augenblick bekam ich es mit der Angst zu tun. Was, wenn Marlene und Javier in diesem Paralleluniversum nicht zusammenkommen würden? Was, wenn es sogar ich selbst war, die durch irgendeine Handlung in die Kausalitätskette der Ereignisse eingegriffen und damit verhindert hatte, dass die beiden miteinander glücklich wurden? Ich hatte schließlich alle »Zurück-in-die-Zukunft«-Filme angeschaut und »Die Frau des Zeitreisenden« gelesen und diese schreckliche Kurzgeschichte von Ray Bradbury, wo der Tod eines einzigen Schmetterlings in der Vergangenheit die Welt verändert hatte … Aber dann sagte ich mir, dass es beim letzten Mal sicher genauso gewesen war wie jetzt, nur dass ich eben von dem ganzen Drama und Marlenes Kummer viel weniger mitbekommen hatte.

Mathias blickte mich fragend an. »Liebeskummer?«, flüsterte er.

Ich nickte.

Er verzog mitleidig das Gesicht und beugte sich zu Marlene hinüber. »Ich weiß, das hilft dir jetzt nicht viel, aber … spätestens in drei Monaten ist dir klar, dass der Typ dich überhaupt nicht verdient hat«, sagte er. Mir flüsterte er zu: »Jedenfalls ist das bei meiner Schwester immer so.«

Marlene hob ihren Kopf und stierte Mathias mit blutunterlaufenen Augen an. »Niemals«, sagte sie. »Es ist genau umgekehrt. Ich bin es, die ihn nicht verdient hat. Javier ist der großzügigste und liebevollste Mensch auf der Welt. Schön, zärtlich, klug, begabt … Und er schreibt so süße SMS, obwohl ich ihm gesagt habe, dass ich sie gar nicht lese … hier! Er hat sogar gedichtet.« Sie fuchtelte mit ihrem Handy in der Luft herum. »*Mein Herz kommt zu dir, hält's nicht aus mehr bei mir. Legt sich dir auf die Brust, wie ein Stein, sinkt hinein, zu dem deinen hinein* … das ist ziemlich gut für jemanden, der erst seit vier Jahren Deutsch lernt, oder?«

»Das ist von Christian Morgenstern, jedenfalls beinahe …«, sagte Mathias, verstummte aber, als er meinen Ellenbogen in den Rippen spürte.

»Wunderschön. Zerreißt einem das Herz«, sagte ich. »Warum hattest du gleich noch mal mit diesem schönen, liebevollen, klugen und begabten Mann Schluss gemacht?«

Marlene schniefte. »Weil einer von uns ja vernünftig sein muss. Weil ich viel zu alt für ihn bin. Weil ich ein Kind habe. Weil … Ich glaube, ich muss mich übergeben.« Tatsächlich sah sie ein wenig grün im Gesicht aus. Offenbar war sie im Jahr 2006 noch nicht so trinkfest wie später – da pflegte sie uns alle unter den Tisch zu trinken und anschließend auf demselben zu tanzen. »Könnt ihr machen, dass das mit dem Drehen aufhört?«

Bevor sie vom Barhocker kippen konnte, hakte ich sie energisch unter. Mathias übernahm wortlos die andere Seite, und gemeinsam zogen wir Marlene aus der Bar, quer durch das Foyer bis zu den Damentoiletten. Marlene schaffte es nicht mehr bis in eine der Kabinen, sie erbrach sich mit einem gruseligen Geräusch direkt in das Waschbecken, ein sehr elegantes Teil aus poliertem Marmor.

Leider muss ich sagen, dass es mir ausgesprochen schwerfällt, jemandem beim Erbrechen zuzusehen, ohne selber einen Brechreiz zu verspüren. Eigentlich reicht es schon, die Würgelaute zu hören, von dem Geruch ganz zu schweigen. Und so war es Mathias, der Marlene geistesgegenwärtig die roten Locken aus dem Gesicht hielt, während ich mich darauf beschränkte, flach durch den Mund zu atmen und ihr den Rücken zu tätscheln.

»Machst du so was öfter?«, erkundigte ich mich würgend.

»Ständig«, erwiderte er und grinste mich über Marlenes Kopf hinweg an. »Eigentlich wollte ich dich fragen, ob du noch eine Kleinigkeit mit mir essen gehen willst, aber du siehst gerade so aus, als wäre dir nicht danach.«

Ich grinste ihn schwach an und versuchte, nicht ins Waschbecken zu sehen. Mannomann, das hier war an Romantik wirklich nicht mehr zu überbieten.

»Jetzt würde ich gern irgendwo in Ruhe sterben, bitte«, sagte Marlene, als ihr Magen nichts mehr hergab und sie literweise kaltes Wasser über ihr Gesicht hatte laufen lassen.

Ich sah Mathias an. »Ich bringe sie nach oben ins Bett. Vielleicht …« Ich verstummte. *Und vielleicht bist du so nett und wartest auf mich, bis ich wiederkomme. Ich ziehe mich nur schnell um, putze mir die Zähne und schminke mich noch mal neu …*

Marlene hielt sich krampfhaft am Waschbecken fest.

»Vielleicht helfe ich dir besser«, sagte Mathias, und sein Lächeln war so zauberhaft, dass ich mich ganz bestimmt auf der Stelle unsterblich in ihn verliebt hätte, wenn ich es nicht längst schon gewesen wäre.

Gemeinsam lotsten wir Marlene zu den Fahrstühlen, ungeachtet ihrer Bitte, sie auf der Damentoilette sterben zu lassen.

»Ich denke, du hast Angst vorm Aufzugfahren«, sagte Mathias zu mir.

»Ja, stimmt.« Jetzt fiel es mir wieder ein. Ich litt ja unter erfundener Klaustrophobie. »Aber man darf sich von seinen Ängsten nicht bestimmen lassen …« Zumal nicht, wenn das Zimmer im verdammten fünften Stock liegt.

»Ihr könnt mich einfach irgendwo ablegen«, murmelte Marlene. Sie hielt ihre Augen geschlossen und hing mittlerweile so schwer wie ein nasser Sack zwischen uns. Wir hievten sie mit Mühe in den Aufzug und lehnten sie dort in eine Ecke. Kurz bevor die Tür sich schloss, schob sich noch ein älteres Paar in die Kabine. Jetzt war es doch recht eng in dem kleinen Aufzug, und die Frau hatte dasselbe schreckliche Parfüm aufgetragen, das die DIE TANTE immer benutzte und das sofort wieder meinen Würgereiz reaktivierte. Wenn ich mich – außer vor Eichhörnchen und anderen Nagern – vor etwas fürchtete, dann war es *Opium* von Yves Saint-Laurent.

Ich hielt die Luft an.

»Soll ich dir mal was sagen?«, flüsterte Mathias nahe an meinem Ohr, als sich der Aufzug in Bewegung setzte. »Ich habe auch ein bisschen Angst in kleinen Räumen.«

»Ach«, flüsterte ich erstickt zurück. Marlene war offenbar im Stehen eingeschlafen, denn sie gab ein leises Schnarchgeräusch von sich.

»Weil – ich wette, das glaubst du mir jetzt nicht – aber meine Schwester hat mich als Kind auch mal im Schrank eingesperrt. Weshalb ich eigentlich immer die Treppe nehme …«

Und genau als Mathias das sagte, gab es einen Ruck, und der Fahrstuhl blieb stehen. Mir blieb nichts anderes übrig, als wieder zu atmen.

»Was war das denn jetzt?«, fragte die Opiumfrau, und Marlene schreckte aus ihrem Sekundenschlaf und öffnete ein Auge.

»Wo bin ich?«, fragte sie.

»Zwischen dem dritten und dem vierten Stock«, sagte der Mann der Opiumfrau und drückte wie wild auf den Knöpfen herum.

Marlene schloss das Auge wieder. »Mir ist schlecht«, murmelte sie.

»Wir sollten auf jeden Fall … Drücken Sie *bitte* den Alarmknopf«, sagte Mathias. Seine Stimme klang ein wenig belegt, und als ich ihn ansah, bemerkte ich, wie sich seine Pupillen unnatürlich vergrößerten. Der Arme! Da wagte er es, einmal mit einem Aufzug zu fahren, und dann blieb der auch gleich stecken.

Unter anderen Umständen – also ohne Mathias' Klaustrophobie, die Leute, die penetrante Opiumduftnote und Marlene, die jeden Moment wieder zu kotzen anfangen konnte – hätte es durchaus romantisch sein können, mit Mathias in einem Aufzug wie diesem festzustecken, mit seinen goldverspiegelten Wänden und dem weichen Licht.

Aber so war es der reinste Albtraum.

»Du musst keine Angst haben«, sagte Mathias zu mir, und seine Stimme klang noch ein wenig heiserer. »Hier kommt genug Sauerstoff rein … Und überhaupt kann gar nichts passieren … Aber wenn du möchtest, halte ich deine Hand.«

»Oh bitte«, sagte ich und legte meine Hand in seine. Ich hatte den Eindruck, sie zitterte ein wenig. Als Nächstes würden sich sicher Schweißperlen auf seiner Stirn bilden, und dann würde er beginnen zu hyperventilieren. Und dann würde

Marlene aufwachen und sich erneut übergeben, und die Opiumfrau würde hysterisch schreien und das Parfüm aus ihrer Handtasche ziehen, um damit den Geruch nach Erbrochenem zu übersprühen, und dann würde ich ausrasten und den Spazierstock aus der Hand ihres Gatten reißen und damit wild um mich schlagen …

Und dann tat ich es einfach. Weil ich in dieser Parallelwelt so viel mutiger war als im echten Leben, legte ich meine freie Hand in Mathias' Nacken, zog ihn vorsichtig näher und küsste ihn auf den Mund. Zuerst nur ganz vorsichtig, aber als er sich nicht wehrte, wurde ich ein wenig nachdrücklicher, und nach ein paar Sekunden der Verblüffung küsste er zurück. So, als wären wir ganz allein in diesem Aufzug. Ach, und da war er wieder, der Moment, und genauso magisch, wie ich mir das vorgestellt hatte. Ich wusste ja schon, dass Mathias unglaublich toll küssen konnte, aber es riss mich dennoch wieder beinahe von den Füßen.

Bis es einen Ruck gab und die Opiumfrau »Er geht wieder!« sagte. Und: »Gott sei Dank!«

Gott sei Dank? Nein, vermutlich hatten wir das wieder mal dem Schicksal zu verdanken, dem alten Spaßverderber!

Mit einem leisen Pling öffneten sich die Aufzugstüren.

Ich löste mich von Mathias. »Wir sind da«, sagte ich und packte Marlene, die wie eine überdimensionale, bleiche Käthe-Kruse-Puppe in der Ecke kauerte, am Oberarm.

»Was?« Er sah mich verdutzt an, wie jemand, der aus dem Tiefschlaf erwacht. Ich drückte ihm Marlenes anderen Arm in die Hand, und wir schleiften sie bis zu unserem Zimmer, wo wir sie mit vereinten Kräften auf das Bett legten.

»Ich schäme mich so«, sagte Marlene zu Mathias. »Ich hab vergessen, wie du heißt, aber ich ahne jetzt schon, dass ich dir morgen nicht in die Augen sehen kann. Scheiße, würdest du bitte gehen, bevor ich dir auf die Schuhe kotze?«

»Keine Sorge, ich hab das morgen alles wieder vergessen«, sagte Mathias und grinste, während ich mich hektisch im Raum umsah, der für die eine Nacht, in der wir hier schliefen, doch ein bisschen … chaotisch wirkte. Unauffällig versuchte ich mich zwischen Mathias und den Sessel zu schieben, über den ich vorhin meinen BH geworfen hatte.

»Geh weg!«, sagte Marlene, und zwar so barsch, dass Mathias gar nichts anderes übrig blieb, als zur Tür zu gehen. Ich folgte ihm.

»Vielen Dank, du warst eine riesengroße Hilfe«, sagte ich draußen auf dem Flur. »Und ich würde liebend gern noch ein bisschen Zeit mit dir verbringen, aber … Ich fürchte, ich kann Marlene nicht allein lassen.«

»Nein, das kannst du auf keinen Fall«, sagte Mathias und seufzte sehr tief. »Wenn du irgendwas brauchst, ich wohne in Zimmer 412 …« Er sah mich unschlüssig an, dann streckte er seine Hand aus und streichelte meine Wange. »Hör mal, ich weiß, das klingt jetzt vielleicht ein bisschen, ähm, wo wir uns doch gerade erst kennengelernt haben, aber das Dumme ist, ich … Also, morgen Nachmittag fahre ich gleich von hier zum Flughafen. Und dann bin ich für vier Wochen weg. Und gerade habe ich das Gefühl, dass das eine sehr lange Zeit ist.«

Ja, danke auch, liebes Schicksal. Ich wusste doch gleich, dass du für unseren romantischen Kennenlernabend noch mehr auf Lager hast als eine kleine Alkoholvergiftung. Von wegen, perfektes Timing! Das Timing war eine Katastrophe. In vier Wochen würde er mich vermutlich längst wieder vergessen haben, und dann musste ich noch mal ganz von vorne anfangen … Es sei denn, ich würde jetzt mit auf sein Zimmer gehen und irgendwas kolossal Unvergessliches mit ihm anstellen … Aber gerade als ich darüber nachdachte, wie das genau aussehen könnte, stöhnte Marlene hinter mir ganz erbärmlich.

»Wohin fliegst du denn?«, fragte ich mit einem tapferen Lächeln. Vier Wochen! Welcher Arbeitnehmer in einer Führungsposition konnte sich denn heutzutage überhaupt so lange Urlaub nehmen?

»Ich besuche Freunde in Chile«, sagte er unglücklich. »Und vorher helfe ich meiner Schwester beim Umzug nach New York. Sie hat einen wirklich guten Job beim Goethe-Institut ergattert.«

Ja, wie schön für seine Schwester. Und wie schön für ihn, dass er Freunde und Verwandte an so aufregenden Orten der Erde besaß und nicht nur in Münster-Gremmendorf, wie gewisse andere Leute. Wahrscheinlich würde er dutzendweise hübsche, intelligente New Yorkerinnen und Chileninnen treffen und bei seiner Rückkehr den Zettel mit meiner Telefonnummer – »Kati wer?« – achtlos ins Altpapier werfen. Jetzt schaffte ich es nicht mal mehr, tapfer zu lächeln.

Er fing wieder an, meine Wange zu streicheln. »Sag mal – vorhin im Fahrstuhl …«

»Ja, das war … ein Trick von meinem Therapeuten«, improvisierte ich. »Wenn die Angst kommt, soll man sich ganz schnell mit irgendetwas ablenken.«

Mathias zog eine Augenbraue hoch. »Das hat funktioniert. Danke.«

Ich lächelte. »Gern geschehen. Und was meinst du, was ich erst getan hätte, wenn auch noch ein verkleideter Weihnachtsmann im Aufzug gewesen wäre …«

Da weiteten sich seine Pupillen noch einmal, wie vorhin im Fahrstuhl, und ganz bestimmt hätte er mich geküsst, wenn in diesem Augenblick Marlene nicht wieder zu würgen angefangen hätte.

Das Vergleichen ist das Ende des Glücks und
der Anfang der Unzufriedenheit.
Søren Kierkegaard

New York und Chile waren sehr weit weg, und vier Wochen waren sehr lang.

Eine Erkenntnis, die leider auch für das Paralleluniversum galt. Aber vermutlich sollte ich dankbar sein, dass Mathias mich weder gleich im Flugzeug vergessen noch meine Handynummer in einem New Yorker Gulli versenkt hatte.

Stattdessen gab er alle zwei oder drei Tage ein Lebenszeichen von sich, zwar nicht so innig oder verliebt, wie ich es mir gewünscht hätte, aber entschieden besser als nichts. Ich bemühte mich, meine Antworten ähnlich kurz und lapidar zu halten, obwohl ich ihm nur zu gern ellenlange, sehnsüchtige Mails geschickt hätte. Mit Gedichten und Herzen. Aber das musste warten.

Und so tauschten wir uns eben über Kartoffeln aus.

Hey Kati, esse gerade Folienkartoffeln mit Creamcheese und musste natürlich an dich denken. Liebe Grüße aus New York, Mathias.

Lieber Mathias, freut mich, dass du beim Anblick einer Kartoffel mit Käsecreme an mich denken musst. Hoffe, dir werden unterwegs noch viele Kartoffeln begegnen. Liebe Grüße, Kati.

Oder über Fahrstühle.

Liebe Kati! Die Aussicht vom Empire State Building ist großartig. Aber im Aufzug habe ich dich doch sehr vermisst.

Hi Mathias, wusstest du, dass man auch die Treppe nehmen

kann? 1576 Stufen, der Rekord liegt bei 9 Minuten, 33 Sekunden. Alles Liebe, Kati.

Die Zeit zwischen zwei SMS oder Mails vertrieb ich mir mit Warten auf weitere SMS oder Mails, den Planungen für DIE HOCHZEIT (irgendetwas hatte ich noch vergessen, das wusste ich genau …) und damit, ein besserer Mensch zu werden. Was alles gar nicht so einfach war, vor allem Letzteres nicht.

Immerhin schienen meine Versuche zu fruchten, Marlene wieder mit Javier zusammenzubringen. Ganz sicher war ich mir natürlich nicht, ob das auf meine vernünftigen und psychologisch ausgesprochen weisen Worte zurückzuführen war oder ob die Anziehungskraft zwischen den beiden nicht auch ohne mich stark genug war. In dem anderen 2006 hatte es ja auch ohne mein Zutun geklappt. Jedenfalls waren sie nun wieder zusammen und Marlene glücklich. Wenigstens eine von uns.

Linda hatte sich in ihrem Trennungsschmerz von Urin-Uwe zwar kurzzeitig von Javiers Bandkollegen Emil ablenken lassen, aber Hals über Kopf in eine neue Beziehung hatte sie sich doch nicht stürzen wollen. Obwohl Emil gar nicht abgeneigt schien, als Lückenbüßer in die Bresche zu springen.

»Weißt du, das, was du über die Linda aus dem Jahr 2011 erzählt hast, bereitet mir wirklich Kummer«, sagte Linda zu mir. »Dass ich in fünf Jahren immer noch auf der Suche nach dem Richtigen sein werde und mich jedes Mal von Neuem auf die falschen Typen einlasse! Habe ich denn gar nichts gelernt?«

»Ähm«, sagte ich, um Zeit zu gewinnen. »Wahrscheinlich schon. Aber es gibt eben so viele verschiedene Arten von falschen Typen, dass man diesbezüglich wohl niemals auslernt.«

»Ach Quatsch«, sagte Linda. »Es muss doch an mir liegen, wenn ich mich ständig auf Männer einlasse, die mir nicht guttun. Aber glücklicherweise bist du ja aus der Zukunft gekommen, um mich wachzurütteln. Und deshalb wird ab jetzt alles anders.« Sie strahlte mich an. »Ich werde mich wieder mehr auf meine eigenen Werte besinnen und meine Energie in meine berufliche Fortbildung stecken, anstatt sie mit Männern zu verschwenden, die mich gar nicht verdient haben. Sieh mal, ich bin erst einunddreißig, und eigentlich wollte ich nicht als Gabis Assistentin alt werden.«

Das klang prinzipiell schon mal gut. Bis sie hinzufügte: »Und deshalb habe ich bei der Bank einen Kredit aufgenommen, um meine Ausbildung zur schamanischen Heilerin zu finanzieren.«

»Ach Linda«, stöhnte ich. Jetzt war ich auch noch dafür verantwortlich, dass sie sich finanziell ruinierte und wahrscheinlich ganz bald mit einem Schamanen in einer Jurte leben würde. Future Woman war eine Versagerin auf der ganzen Linie.

Zu allem Überfluss lief ich vier Tage nach dem NLP-Seminar Felix und Lillian noch einmal über den Weg. Oder sie mir, wie man's nimmt. Sie kamen mir Hand in Hand auf der Straße entgegen, und ich sprang geistesgegenwärtig in einen Hauseingang, damit sie mich nicht sahen. Dort tat ich so, als studierte ich die Namen auf den Klingelschildern, aber dann, wie ferngesteuert, drehte ich meinen Kopf. Ich *musste* die beiden einfach anstarren.

Glücklicherweise bemerkten sie mich gar nicht. Und dabei starrte ich wirklich intensiv. Lillian erzählte irgendwas von der Arbeit »... und dann habe ich gesagt, stellen Sie sich vor, Dr. Hubertus, ich habe auch Medizin studiert ...«, und Felix lachte darüber. Was für ein hübsches Paar, versuchte die neue, verbesserte Kati zu denken, aber mein altes Ich ließ das nicht zu. Es grummelte: »Oh bitte, Felix! Muss es denn wirklich ausgerechnet Lillian sein?«

»Hauptsache, er ist glücklich«, versuchte es die neue, verbesserte Kati noch einmal. »Guck, er sieht auch richtig gut aus.«

Ja, das stimmte. Felix sah gut aus. Allerdings auch irgendwie anders. Ich brauchte nur den Bruchteil einer Sekunde, um zu erkennen, woran das lag. Seine Augenbrauen! Sie waren nicht länger zerstrubbelt und wirr, sondern männlich gestutzt zurechtgestylt. Wie die von Florian, wahrscheinlich vom selben Visagisten. Nur mit Mühe konnte ich den MEERSCHWEINCHENtodesquieker* unterdrücken, der mir entweichen wollte. Stattdessen leierte eine alberne Kinderstimme in meiner Handtasche: »Du hast eine SMS bekommen! Du hast eine SMS bekommen!« Amelie hatte nämlich neue Klingeltöne auf mein Handy geladen. Gestern mitten im Seminar »Bewerbungstraining für Akademiker« hatte es »Theo, wir fahr'n nach Lodz« gesungen, und da hatte ich dann auch gleich anschaulich Regel 25 demonstrieren können: *Während des Bewerbungsgesprächs auf jeden Fall das Handy ausgeschaltet lassen.*

* Und für alle, die sich schon die ganze Zeit fragen, was es eigentlich mit DEM MEERSCHWEINCHEN auf sich hat: Hier kommt die Geschichte. Aber ich warne Sie: Sie ist sehr traurig, und sie könnte ein schlechtes Licht auf mich werfen. (Weshalb ich auch erst jetzt damit herausrücke.) Ich war zwar erst fünf Jahre alt, und manche meinen, Onkel Eberhard sei der eigentliche Schuldige gewesen, aber ich nehme die ganze Schuld auf mich. DAS MEERSCHWEINCHEN hieß Max, und ich hatte es verbotenerweise auf Omas Geburtstagsfeier eingeschmuggelt, damals, am schwärzesten Tag meiner Kindheit. Zuerst hatte Max sich köstlich amüsiert, er hatte Karottenkuchen gemümmelt und zwischen den Sofakissen Verstecken gespielt. Bis aus dem Nichts der Hintern von Onkel Eberhard auftauchte und seinem Leben ein jähes Ende bereitete ... Onkel Eberhard ist seitdem übrigens traumatisiert, Sie sollten mal sehen, wie gründlich er alle Sitzmöbel abtastet, bevor er sich darauf niederlässt.

Felix und Lillian, die schon fast vorbeigegangen waren, schauten aufgrund des Geschreis zu mir hin, aber ehe ich »Sakrament, was glotzen'S denn so?« sagen konnte, hatten sie auch schon wieder weggeschaut und waren weitergeschlendert, immer noch Hand in Hand. Offenbar hatten sie die sprachgestörte Supermarkt-Irre von neulich nicht wiedererkannt.

Ich sah ihnen hinterher und murmelte: »I wünsch euch noch a scheen's Leben. Wenigstens einem von euch.«

Wie gesagt, es war gar nicht so einfach, ein besserer Mensch zu sein. Auch bei Frau Baronski reichte es offensichtlich nicht, nur ab und zu mit Blumen vorbeizuschauen. Die alte Dame sollte vom Krankenhaus direkt in ein Altersheim umziehen, und im Prinzip hatte sie dagegen auch gar nichts einzuwenden. Wäre nicht ihr Kater Muschi gewesen. Er konnte nicht mit ins Altersheim, und bei der Nachbarin, die ihn bis jetzt jeden Tag gefüttert hatte, konnte er auch nicht bleiben.

»Und wenn er ins Tierheim muss, weine ich«, sagte Frau Baronski und sah mich flehend an. »Das hat der Muschi nicht verdient.«

Ich wollte auf keinen Fall, dass sie weinte, also versprach ich ihr, ein neues Zuhause für Muschi zu finden. Was mir – nicht zuletzt dank der manipulativen Techniken, die ich im NLP-Seminar gelernt hatte – auch gelang. Man sollte nicht glauben, wie viele Menschen nur darauf warten, ein gutes Werk tun zu dürfen, man muss es ihnen nur richtig verkaufen. Zwei Tage später brachte ich Muschi zu meinen Eltern nach Münster, wo er überglücklich empfangen und umgehend auf den Namen »Baba Nbanene« umgetauft wurde. Das sei afrikanisch, sagte meine Mutter, und es hieß »Großväterchen Mutig«. Muschi

Wer sich zu wichtig für kleinere Arbeiten hält, ist meistens zu klein für wichtige Arbeiten.
Jacques Tati

störte das nicht weiter, er rollte sich schnurrend auf dem Lieblingssessel meines Vaters zusammen, und ich machte ein Foto von ihm und meinen stolzen Eltern, damit Frau Baronski sah, dass es Muschi gut ging. (Und das mit dem Namen würde ich ihr einfach nicht erzählen.).

Ich blieb ein ganzes Wochenende in Münster – zum einen, weil meine Haushaltskasse immer noch leer war und ich dringend mal wieder etwas Ordentliches essen musste, zum anderen, weil sich die Sache mit dem Caterer für DIE HOCHZEIT nicht aus der Ferne hatte regeln lassen. Offensichtlich heirateten am gleichen Wochenende noch zwei Millionen andere Paare in der Region, und nicht alle Restaurants reagierten positiv auf meinen Wunsch, ihre Mousse au Chocolat (wahlweise das Tiramisù) persönlich kosten zu wollen. Als ich schon fast aufgeben wollte, fand ich einen entzückenden Italiener, dessen Restaurant erst vor drei Wochen eröffnet hatte, weshalb er für das Hochzeitswochenende noch Kapazitäten freihatte. Die Probehäppchen, die er mir servierte, waren himmlisch und reichten zusammen mit dem, was ich bei meinen Eltern bekam, um mich für den Rest der Woche satt zu machen.

Ich hatte auch eine Verabredung mit Friedlinde, um mit ihr die Sitzordnung neu auszutüfteln, und bei der Gelegenheit konnte ich vorher noch nebenan Evas und Roberts frisch gegossene Erdgeschossdecke besichtigen.

Als wir auf der Baustelle herumkletterten und Eva mir erklärte, wo sie welche Möbel hinzustellen gedachte, verdunkelte sich urplötzlich das zukünftige Wohnzimmer, und eine quakende Stimme sprach aus dem Fensterloch: »Ich sah mich leider gezwungen, einen der Bauarbeiter wegen unzüchtigen Verhaltens abzumahnen.«

Und da fiel mir schlagartig wieder ein, was ich die ganze Zeit vergessen hatte: Frau Luchsenbichler.

Eva seufzte. »Hat er etwa … aber dafür gibt es doch das Dixi-Klo.«

»Ach, nein, nicht was Sie wieder denken«, sagte Frau Luchsenbichler. Ihre Stimme war in etwa so angenehm wie das Geräusch, das frische Kreide auf einer Tafel macht. In meinem Inneren fochten die neue, menschenfreundliche Kati und mein altes Ich einen Kampf aus. Die neue, menschenfreundliche Kati wollte mir einreden, dass Frau Luchsenbichler eine einsame alte Frau sei und es ihr das Herz bräche, wenn man sie von der Hochzeit ausschloss. Die alte Kati erwägte, am Hochzeitstag einfach die Türen und Fenster von Frau Luchsenbichlers Haus zu vernageln.

»Dieser Mann … so ein kräftiger Kümmeltürke, der die anderen immer rumkommandiert – er kratzt sich völlig ungeniert an seinem *Gemächt*!« Frau Luchsenbichler machte eine kleine, dramaturgische Pause, in der die neue, menschenfreundliche Kati der alten zähneknirschend recht gab. Vielleicht war Frau Luchsenbichler einsam, ja, nur war sie eben trotzdem eine rassistische alte Vettel.

»Aber jetzt hat er Baustellenverbot. Wir sind Ausländern gegenüber ja viel zu tolerant.«

Eva riss ihre Augen weit auf. »Der … Polier hat Baustellen- …?«

Frau Luchsenbichler nickte zufrieden. »Ich hab diesem Sozialschmarotzer gesagt, wenn er noch mal versucht, das Grundstück zu betreten, hat er eine Anzeige wegen Hausfriedensbruch am Hals. Mein Motto ist ja immer, leben und leben lassen, aber das ist eine deutsche Straße, und hier herrscht noch Zucht und Ordnung. Man muss ja auch an die Schulkinder denken, die hier vorbeikommen.«

Wenn sie jetzt rücklings in die Baugrube fiel, so ganz aus Versehen, würde die Hochzeit ohne sie stattfinden müssen …

»Aber, Frau Luchsenbichler, Sie können doch nicht einfach …«, begann Eva, aber Frau Luchsenbichler fiel ihr ins Wort.

»Nein, Frau Wedekind, Sie brauchen mir nicht zu danken, ich weiß ja, das arme Robbemännlein kann sich um so etwas gerade nicht kümmern, wo er beruflich immer so eingespannt ist und auch schon genug mit der Hochzeit zu tun hat, und die Claudia, die hätte …«

Jetzt reichte es.

»Apropos Hochzeit«, sagte ich, ohne groß nachzudenken. »Da hat es einen schrecklichen Irrtum gegeben. Stellen Sie sich vor, wir haben einundvierzig Gäste zu viel eingeladen.«

Eva starrte mich entgeistert an. Frau Luchsenbichler ebenfalls.

»Das ist passiert, weil uns Friedlinde aus Versehen die Gästeliste für den siebzigsten Geburtstag von Robbemännleins Vater gegeben hat. Und darauf standen lauter Leute, die gar nicht zur Hochzeit kommen sollten. Der Männergesangsverein, zum Beispiel. Und Sie.«

»Ich?«, röchelte Frau Luchsenbichler.

»Das Gute ist, dass wir es noch rechtzeitig gemerkt haben«, sagte ich. »Denn so viele Leute passen ja gar nicht in den Saal! Eine Katastrophe. Sicher haben Sie sich schon gewundert, dass Sie eine Einladung erhalten haben. Wahrscheinlich haben Sie gedacht, die laden wohl auch jeden Hinz und Kunz ein.«

»Aber …«

Das Handy in meiner Tasche schrie: »Du hast eine SMS bekommen! Du hast eine SMS bekommen!« Mittlerweile hatte ich die nervende Kinderstimme lieben gelernt. Wie ein pawlowscher Hund reagierte ich auf das Geräusch, nur nicht mit vermehrtem Speichelfluss, sondern mit breitem Grinsen. In New York dürfte es jetzt Morgen sein. »Wie gesagt, zerreißen Sie die Einladung in kleine Stücke und freuen Sie sich auf einen schönen freien Samstag!«, sagte ich fröhlich und hakte mich bei meiner völlig verdatterten Schwester ein. »Komm, Eva, wir müssen zu deiner Schwiegermutter, sie wartet sicher schon. Wiedersehen, Frau Luchsenbichler, und seien Sie vorsichtig! Nicht dass Sie noch in den Graben fallen.«

»Spinnst du?«, zischte Eva, als wir auf der Straße waren und ich mein Handy herauskramte. »Jetzt wird sie uns das Leben zur Hölle machen.«

Hallo Kati Kartoffel, musste gerade wieder mal an dich denken. Die Eichhörnchen im Central Park würden dir sicher gefallen. Liebe Grüße, Mathias.

Ich strahlte Eva glücklich an. »Glaub mir, das wird sie so oder so tun!«, sagte ich. »Aber wenigstens hast du jetzt auf der Hochzeit deine Ruhe. Ach, und Eva … das schulterfreie, kurze Kleid ist zwar der Hammer, aber ich finde, du solltest dich doch lieber für das hochgeschlossene mit den Spitzenärmeln entscheiden. Meinst du, das geht noch? Ich habe da nämlich einen Meteorologen kennengelernt, der sagt, an deinem Hochzeitstag wird es arschkalt und verdammt regnerisch. Er kommt da an ganz geheime Daten, die von völlig … äh … geheimen, modernen Geräten stammen. Und … weißt du, ich hab einfach Angst, dass du auf deiner eigenen Hochzeit frierst und auf allen Bildern eine Gänsehaut hast, die man auch noch vom Weltraum aus sehen könnte.«

»Oh! Okay«, sagte Eva, wie immer ohne sich mit misstrauischen Rückfragen aufzuhalten. »Es ist noch nicht zu spät. Heimlich habe ich sowieso mit dem Hochgeschlossenen geliebäugelt. Es hat so was Grace-Kelly-Mäßiges, findest du nicht?« Sie lächelte mich von der Seite an. »Meteorologe, hm? Bringst du ihn mit zur Hochzeit?«

Ich schüttelte bedauernd den Kopf. »Nein. Ich komme allein.«

Was bedeutete, dass ich im Nähzimmer meiner Mutter

(vorher mein Kinderzimmer) unter gruseligen afrikanischen Masken und Schrumpfköpfen übernachten musste. Und dass Onkel Eberhard und alle anderen Verwandten mitleidig meinen Oberarm tätscheln, mich »altes Mädchen« nennen und diese typischen Sprüche von sich geben würden, die erst aufhörten, wenn man auf Beerdigungen anfing, das Gleiche zu sagen: »Nach Adam Riese müsstest du eigentlich die Nächste sein.«

Sage nicht alles, was du weißt,
aber wisse immer, was du sagst.
Matthias Claudius

Hey, Kati! Kein Netz in der Atacama-Wüste. Auch keine Kartoffeln. Denke trotzdem an dich. Liebe Grüße, Mathias.

Chile schien noch weiter weg zu sein als New York, jedenfalls trudelten von dort seltener SMS ein, und in den Wartezeiten zwischen zwei Lebenszeichen war ich versucht, mir eine kleine Depression zuzulegen. Dabei konnte ich hier und da durchaus beachtliche Erfolge erzielen, die eigentlich gute Laune hätten verursachen sollen. Indem ich zum Beispiel Javiers Band für Evas Hochzeit engagierte. Es war mir schon fast peinlich, wie sehr die Jungs sich freuten. Sie lagen preislich völlig im Budget, obwohl wir die Anreise von Köln einrechnen mussten, und was noch viel besser war: Sie hatten nichts dagegen, bei Onkel Eberhard und Tante Erika im Hobbykeller zu übernachten. (Nach der Hochzeit würde ich ihnen sagen, dass sie sich künftig nicht mehr so unter Wert verkaufen durften!)

Außerdem half ich Frau Baronski bei ihrem Umzug ins Altersheim und hängte gerahmte Bilder von Baba Nbanene formarly known as Muschi über ihrem Bett auf. Wobei das auch nicht unbedingt meine Stimmung hob. Dabei hätte ich mir ruhig eine Scheibe von Frau Baronskis Haltung abschneiden können. Mit Nonchalance und ohne jede Sentimentalität hatte sich die alte Dame vom Großteil ihres Besitzes verabschiedet, nur der Lieblingssessel war mit umgezogen. »In dem will ich nämlich mal sterben«, vertraute sie mir an. Während sie selber tapfer und geradezu heiter ihren ersten Abend im neuen Zuhause bei einem Gläschen Rotwein ausklingen ließ (ich brauchte zwei), musste ich ein bisschen weinen, als ich sie schließlich verließ. Es war einfach nicht gut, im Alter so allein zu sein. Sie hätte liebende Kinder um sich haben müssen und Enkel und Urenkel und – Muschi. Ein Zuhause eben. Aber es hatte nicht mal einen Herrn Baronski in ihrem Leben gegeben. Der Mann, den sie beinahe geheiratet hätte, war im Krieg gefallen. Das war alles sehr, sehr traurig und verlangte nach mehr Rotwein.

An diesem Abend fertigte ich eine neue To-do-Liste, die ich ungläubig anstarrte, als ich sie am nächsten Morgen fand.

1. Mit Mathias wunderschöne, blauäugige Kinder zeugen.
   1.1 Lotta (Zweitname Erika, nach den Samtvorhängen)
   1.2 Lilli (Zweitname Astoria, weil sie im Waldorf Astoria gezeugt wird. Wahlweise Verbania, falls wir sie lieber am Lago Maggiore zeugen.)
   1.3 Luis (Zweitname Felix, wenn er verstrubbelte Augenbrauen hat und ein bisschen schusselig ist)
2. zusätzlich Kinder adoptieren
   2.1 mindestens drei
   2.2 am besten aus Afrika wegen Mama
3. eine ordentliche Altersversorgung abschließen

Ich glaube, ich muss nicht extra erwähnen, dass ich die Liste in sehr kleine Fetzchen riss.

Obwohl ich am Monatsersten mein Gehalt überwiesen bekommen hatte, war mein Konto Mitte Mai schon wieder bei null, und dabei hatte ich mir nicht mal ein neues Kleid für Evas Hochzeit gekauft, ich würde das puderfarbene anziehen, das ich im Secondhandladen gefunden hatte. Allerdings hatte ich ein Paar hübsche Schuhe dazu im Auge, weshalb ich in der Bank um einen größeren Dispokredit bat. Aber den wollte man mir nicht einräumen, was ich sehr kleinlich fand, wo ich doch demnächst viel Geld mit Fußballwetten zu gewinnen gedachte. Der Bankberater war ein pickliger Junge, vermutlich noch minderjährig, und er prüfte mein Ansinnen, indem er fünf Minuten lang auf den Bildschirm seines Computers starrte und dann den Kopf schüttelte. »Tut mir leid, aber wie es aussieht, sind Ihre Ausgaben derzeit höher als Ihre Einnahmen.«

If you can dream it you can do it.
Walt Disney

Tja, du Schnellmerker. Vielleicht ist ja auch genau das der Grund für mein Ansinnen??? Und war es nicht ein wenig ungerecht, mir meine harmlose Bitte zu verweigern, aber Linda sang- und klanglos einen Kredit für eine Ausbildung als schamanische Heilerin zu gewähren? Aber es half ja nichts, dann würde ich eben keine neuen Schuhe auf der Hochzeit tragen. Würde ja ohnehin niemand auf meine Füße gucken. Trotzdem – auch dieser Umstand trug nicht gerade zu einer besseren Stimmung bei. Und last but not least zeigte sich auch das Wetter sehr wenig maienhaft und schlug nicht nur mir aufs Gemüt.

An dem Montag in der Woche vor Evas Hochzeit war ich fast wieder so weit, in alte Verhaltensweisen zurückzufallen und mich mit Frau Zähler-Reißdorf anzulegen, deren Nerven offenbar ebenfalls (Wechseljahresbeschwerden? Wetterfühligkeit?) blank zu liegen schienen. Den ganzen Tag schon nörgelte sie herum. Dabei wagte sie es nie, jemanden persönlich anzusprechen, sondern richtete ihre Vorwürfe quasi an alle, die sich angesprochen fühlten. Dummerweise fühlte ich mich angesprochen.

»Wenn hier jemand die Seminare alphabetisch und nicht nach Datum geordnet hätte, dann müsste ich das jetzt nicht mühsam neu zusammenpimmeln«, sagte sie jetzt, und aus irgendeinem Grund (na gut, vermutlich, weil ich die Seminare nach Datum sortiert hatte, das war ja auch viel sinnvoller) machte mich das fuchsteufelswild.

»Das Wort zusammenpimmeln gibt es nicht«, wollte ich gerade sagen, aber ich kam nur bis »zu«, als mein Handy »Du hast eine SMS bekommen! Du hast eine SMS bekommen!« quakte. (Für mich mittlerweile das bittersüßeste Geräusch der Welt!) Also warf ich dem Reißwolf nur einen unfreundlichen Blick zu und sprintete zu meinem Schreibtisch. Mathias!

Ich htte dich sf2r gern wiedergese3n du bist so sß und du kü7st toll ich bin

Huch! Was war das denn plötzlich? Seit wann hatte er Probleme mit der Rechtschreibung? Und warum brach er mitten im Satz ab? Betrunken konnte er nicht sein, in Chile war es gerade mal früher Morgen. Oh Gott, vielleicht hatte er gemerkt, dass er der falschen Person schrieb, und die Worte waren gar nicht für mich gedacht. Ich starrte minutenlang auf das Display, in der Hoffnung, es würde noch eine zweite SMS hinterherkommen, aber es passierte nichts.

Nach einer halben Stunde hielt ich es nicht mehr aus und simste zurück: *Hey, Mathias! Alles in Ordnung?*

Seine Antwort kam ein paar Minuten später. *War ein Erdbeben und ich dachte, mein letztes Stündlein hätte geschlagen. Hab mir vor Angst beinahe in die Hosen gepinkelt. Die anderen haben mich ausgelacht, anscheinend gehören Erdstöße hier an der Küste beinahe zum Alltag.*

Oh. Oh, wie *nett*! Augenblicklich war meine schlechte Laune verschwunden. In seinem vermeintlich letzten Stündlein hatte Mathias mir gesimst. Mir! Es war ganz klar, dass ich ihm etwas bedeutete. Sonst hätte er seiner Mutter geschrieben. Oder einfach nur gebetet.

Dann bekam ich es mit der Angst zu tun. Wann war noch

gleich dieses entsetzliche Erdbeben in Chile gewesen? Doch nicht etwa in 2006?

Ich finde dich auch sf2r sß, schrieb ich zurück. *Komm nach Hause, in Chile ist es zu gefährlich.*

Daraufhin schickte er einen Smiley.

Und dann hörte ich vier Tage nichts von ihm.

Am fünften Tag – dem Freitag vor der Hochzeit – war meine Stimmung daher erneut an einem nie gekannten Tiefpunkt angelangt. Im Internet hatte ich nichts über akute Erdbeben in Chile gefunden, aber das tröstete mich wenig. Ich meine – ein Smiley war doch keine Antwort! Damit konnte man jemanden nicht vier Tage lang kaltstellen. Fünf, mit heute. Draußen regnete es, wie seit Wochen, und Gabi hatte Marlene und mir die Auswertung der Teilnehmerfragebögen des gesamten Monats aufs Auge gedrückt, eine sehr stupide Arbeit. Wir hatten den Stapel schwesterlich untereinander aufgeteilt, und ich hatte einen Deal mit mir selber abgeschlossen: Für jede fertige Kursstatistik durfte ich ein privates Telefonat führen. (Natürlich nur, wenn Gabi nicht gerade im Raum war.)

Schon in der ersten Kursliste stolperte ich über einen bekannten Namen. Gereon *Stirb langsam* Westermann, Felix' bester Freund.

»Hey, Marlene, wusstest du, dass dein Exmann an dem Seminar *Wirtschaftliche Grundlagen des Praxismanagements* teilgenommen hat?«

»Ja«, sagte Marlene. »Ich war heilfroh, dass ich das nicht übernommen habe, bestimmt hätte er mich fertiggemacht, der blöde Besserwisser. Von wegen, was verstehst du schon von Selbstständigkeit, du kriegst ja nicht mal deine eigene Steuererklärung auf die Reihe.«

»Gabi hat er auch keine Bestnoten gegeben«, stellte ich schadenfroh fest. »Obwohl sie die Fragebögen extra personalisiert hat, weil sie glaubt, dass die Leute sich nur trauen zu meckern, wenn sie anonym sind.«

2006 war das Jahr, in dem die Blutgräfin Ärzte als Zielgruppe entdeckt hatte und im großen Stil in Sachen Gesundheitsmarketing und Praxismanagement einstieg. Die Aussicht auf Klienten wie die Apotheker- und Ärztebank und namhafte Pharmakonzerne sowie Veranstaltungen in 5-Sterne-Wellnessressorts mit Golfplatz ließ sie sehr großzügig darüber hinwegschauen, dass sich niemand von uns, am wenigsten sie selber, auf diesem Gebiet auskannte. Aber hier zeigte sich wieder einmal, dass sich Erfolg auch mit Selbstbewusstsein und Dreistigkeit erzielen ließ.

»Ist doch völlig egal, ob es sich um eine Arztpraxis handelt oder um ein Blumengeschäft – Tabellenkalkulationen sind Tabellenkalkulationen, Marketing ist Marketing«, wiederholte Gabi gebetsmühlenartig, wenn sie uns zwang, aus dem Nichts Programme für ärztliches Qualitätsmanagement zu entwerfen oder eine Kursreihe zum Thema »Gestalten und Präsentieren medizinischer Vorträge mit Powerpoint«. Die besten Veranstaltungen – also die in den schönsten Hotels – pflegte sie selber zu übernehmen, was aber nicht hieß, dass sie auch die Vorarbeit selber machen wollte. Immerhin konnten wir sie davon überzeugen, von Fortbildungen wie »Klinische Endokrinologie« oder »Impfprävention« Abstand zu nehmen, obwohl sie behauptete, auch das unterrichten zu können, mit der richtigen Mischung aus guter Vorbereitung und Bluff.

Beim nächsten Fragebogen stutzte ich schon wieder über einen Namen. Lillian Berghaus. Tsss. Was hatte LILLIAN denn in einem Seminar über die wirtschaftlichen Grundlagen von Arztpraxenmanagement verloren? Als Anästhesistin würde sie sich ja wohl kaum selbstständig machen wollen. (Obwohl – vielleicht wäre das noch eine Marktlücke: *Wollen Sie mal abschalten? Dann lassen Sie sich von uns einfach ein paar Stündchen in Narkose legen – garantiert ohne chirurgischen Eingriff …*) Aber vielleicht hatte sie auch einfach nur Lust auf drei Tage im Luxushotel gehabt, und die Krankenhausverwaltung hatte die Fortbildung genehmigt, ohne genauer hinzuschauen … Neugierig geworden schlenderte ich zu Linda hinüber und bat sie, die betreffenden Kursdaten für mich aufzurufen. Wie ich vermutet hatte: Das Seminar hatte in einem sehr eleganten Hotel im Spreewald stattgefunden, mit Vollverpflegung und einem Wellnesspaket, das man für nur schlappe hundertzwanzig Euro zusätzlich buchen hatte können. Und wenn man wollte, gab es Zimmer mit einer Sauna … und guck mal an, genau so eins hatte Lillian auch gehabt …

»Im nächsten Leben werde ich auch Arzt«, sagte Linda.

… und zwar nicht allein. Sie hatte sich das verdammte Zimmer mit Dr. Gereon Westermann geteilt.

»Aua!«, sagte Linda. Ich hatte ihr, ohne es zu merken, meine Hand in die Schulter gekrallt.

Das war doch wohl … Das Seminar hatte noch im April stattgefunden, und zwar *bevor* ich Lillian und Felix Händchen haltend auf der Straße getroffen hatte.

Diese Schlampe! Diese widerliche, gemeine, verlogene … wie konnte sie Felix das antun? Und Gereon? Was für ein Arschloch! Er war ja noch viel, viel bösartiger, als ich gedacht hatte! Seinen besten Freund mit der Freundin zu hintergehen. Oh … das war wirklich …

»Kati? Alles in Ordnung? Du bist schneebleich im Gesicht«, sagte Linda, aber ich hörte sie kaum.

»Stirb langsam«, knirschte ich. Aus irgendeinem Grund raste mein Puls. Wahrscheinlich vor Wut. Der arme, arme Felix! Das hatte er nicht verdient. Und ich konnte auf keinen Fall zulassen, dass Lillian und Gereon weiter so auf seinen Gefühlen herumtrampelten. Ich würde …

»Du hast eine SMS bekommen! Du hast eine SMS bekommen!«, plärrte mein Handy, und für einen Moment waren Felix und seine betrügerischen, falschen Freunde vergessen.

Aber es war nur Hochzeitsplanerin Friedlinde, die schrieb: *Die Band muss um spätestens 15 Uhr zum Soundcheck da sein, bitte weitergeben.*

Ach, die gute Friedlinde. Sie war fast so etwas wie eine Freundin geworden, inzwischen, wir waren ein tolles Team … Ach Unsinn, ich will Ihnen nichts vormachen: Die Frau hasste mich, schon allein wegen der Luchsenbichler-Lüge. Und weil sie so gern Tauben hätte fliegen lassen. Aber egal! Als Hochzeitsplanerin war sie wirklich brauchbar. Und unsere Sitzordnung war wasserdicht ausgeklügelt. Cousin Bertram saß nun nicht mehr gegenüber von Roberts gut aussehendem Arbeitskollegen und würde sich auch nicht von Frau Luchsenbichlers schwulenfeindlichen Äußerungen provoziert fühlen, weswegen er sein Outing hoffentlich verschieben würde. Für den Fall, dass nicht, würde ich ihn im Auge behalten und im Zweifel mit einem Pfirsich niederstrecken.

Gerade als ich Friedlinde eine Antwort schicken wollte, spielte das Handy »Theo, wir fahr'n nach Lodz« (es war mir bisher noch nicht gelungen, die Klingeltöne wieder zu löschen), und ich sah Mathias' Namen im Display. Oh mein Gott! Er hatte bisher noch nie angerufen! Ich würde seine Stimme hören.

»Haarrrgrooo!« Vor lauter Aufregung verunglückte mein »Hallo« ein wenig.

»Kati? Bist du das?«, sagte Mathias. Ich hatte beinahe vergessen, wie sexy er klang. »Wie schön, dich zu hören!«

Ich räusperte mich. »Und dich erst. Du klingst gar nicht so weit weg.«

»Bin ich auch nicht. Ich bin wieder in Köln.«

»Oh. Wie …« *absolut wundervoll!* Aber hatte er nicht gesagt, er würde vier Wochen bleiben? »... schön. Seit wann bist du denn wieder da?«

»Seit zehn Minuten«, sagte Mathias, und da begann mein ganzer Körper vor Glück zu kribbeln. »Können wir uns sehen?«

»Heute noch?« Wie gut, dass er nicht vor mir stand, ich grinste nämlich wie ein bekifftes Honigkuchenpferd.

»Ja, heute und morgen auch, wenn es geht. Und übermorgen.« Im Hintergrund waren Lautsprecherdurchsagen zu hören. Er war offensichtlich wirklich noch am Flughafen.

»Weißt du ... Ich würde dich liebend gern treffen«, begann ich. »*Gleichzeitig* heiratet morgen meine große Schwester. In Münster.«

»Oh«, sagte Mathias. »Das ist ja wieder mal mieses Timing. Da fliege ich extra früher zurück ...«

»Möchtest du mitkommen?«, brach es aus mir heraus. »Ich meine, es ist eine ziemlich eigenartige Familie, und ich weiß noch nicht, wie ich DIE TANTE davon abbringen soll, in der Kirche das Ave Maria zu singen, und außerdem kann es sein, dass ich mich insgesamt nicht von meiner besten Seite zeigen werde, weil ich gewissermaßen dafür verantwortlich bin, dass alles gut läuft, und wenn Cousin Bertram sich im entscheidenden Moment duckt, was ich ihm durchaus zutraue, treffe ich ihn vielleicht nicht mit dem Pfirsich, in Ballsportarten war ich schon in der Schule eine absolute Niete und ich habe auch keinewirklichschickenSchuheund ...«

»Ja«, sagte Mathias. »Ja, ich will.« Ich konnte hören, dass er lächelte. »Ich will gerne mitkommen zur Hochzeit deiner Schwester.«

Am Grab der meisten Menschen trauert,
tief verschleiert, ihr ungelebtes Leben.
Georg Jellinek

In der Nacht hatte ich einen Albtraum. Eva und Robert standen vorne am Altar, während DIE TANTE die Kirchenfenster mit einer grauenhaften A-capella-Version von »Ave Maria« zum Klirren brachte. Ich bewarf sie verzweifelt mit Pfirsichen, und als ich damit nicht traf, versuchte ich es mit Gesangbüchern, aber auch die landeten ganz woanders, und schließlich nahm ich alles, was ich in die Finger kriegen konnte. Nur um irgendwann zu merken, dass DIE TANTE überhaupt nicht grässlich sang, sondern wunderschön. Und alle starrten mich entsetzt an, Mathias, meine Eltern, Eva, Robert und Friedlinde. Die Kirche war zudem voller Menschen, die dort eigentlich gar nicht hingehörten: mein ehemaliger Deutschlehrer, zum Beispiel, außerdem Gabi, Linda, Bengt, Marlene, Amelie, Felix, Lillian, Florian, Gereon, meine Schwiegereltern, sogar Frau Baronski und Schwester Sabine. Felix und Lillian hielten Händchen und hatten beide ihre Augenbrauen abrasiert. Das sah total bescheuert aus, aber trotzdem musterte mich Lillian verächtlich von oben bis unten. Und da merkte ich, dass ich gar nicht das puderfarbene Kleid trug, sondern ein weißes Totenhemd. Vor dem Altar stand auch nicht länger Eva mit Robert, sondern ein einsamer Sarg. Niemand starrte mich mehr an, es war plötzlich so, als sei ich unsichtbar. DIE TANTE sang immer noch das Ave Maria (inzwischen war sie passenderweise bei der Zeile »in hora mortis nostrae« angekommen und holte zu einem Tonartwechsel aus, der da gar nichts zu suchen hatte), aber ich konnte nichts mehr auf sie werfen. Ich konnte mich überhaupt nicht mehr bewegen, nicht mal mehr mit einer Wimper zucken. Ganz und gar gelähmt schwebte ich langsam Richtung Kirchendecke, an der Orgelempore vorbei, auf der plötzlich der Obdachlose aus der U-Bahn stand und mir zuwinkte. Und dann wurde alles um mich herum dunkel, und ich wusste, dass ich nun in dem Sarg vor dem Altar lag …

Keuchend strampelte ich mir die Bettdecke vom Leib und setzte mich auf. Bestimmt wollte der Traum mir etwas sagen, das wollen Träume doch immer. Und die Botschaft hier war eindeutig, da gab es gar nichts zu missdeuten: Ich war tot.

Ich starrte in die Morgendämmerung und versuchte, meinen rasenden Puls zu beruhigen. Wie konnte ich tot sein, wenn ich mich doch so lebendig fühlte? Und wie war es möglich, dass mein eigentliches Leben irgendwo weit da draußen unter einer U-Bahn geendet hatte, wenn sich das hier so echt anfühlte? (Mittlerweile übrigens manchmal realer als das richtige Leben.)

Vermutlich wollte der Traum mir mitteilen, dass meine Zeit abgelaufen war, dass das vom Schicksal geborgte zweite Leben nun ein Ende hatte, jetzt, wo ich bekommen hatte, was ich wollte – oder vielmehr *wen* ich wollte.

Obwohl – noch hatte ich ihn ja gar nicht bekommen. Unser Wiedersehen gestern Abend in einem kleinen gemütlichen Restaurant in der Südstadt hatte ganz und gar im Zeichen des Jetlags gestanden. Mathias hatte trotz achtzehn Stunden Flug unglaublich gut ausgesehen (die dunklen Augenringe betonten seine Augenfarbe), und er hatte mich innig umarmt und wirklich nett angelächelt, aber schon bei der Vorspeise waren ihm beinahe die Augen zugefallen.

»Na, toll«, sagte er und versuchte, sich mit Klapsen auf die Wange wach zu halten. »Ich hab mich so auf dich gefreut, und jetzt sitze ich hier vor dir wie ein Zombie. Selbst meine Zunge ist irgendwie müde.«

»Ein sehr süßer Zombie, aber«, sagte ich. Nicht ganz uneigennützig hatte ich dann allerdings entschieden, das Dinner einfach abzubrechen und Mathias nach Hause ins Bett zu schicken. Sonst würde er womöglich morgen auf der Hochzeit mit dem Kopf in die Suppe kippen, und das konnte ich weiß Gott nicht auch noch gebrauchen.

Abgesehen davon wäre es schön, wenn er nach der Hochzeit noch über ein bisschen Restenergie verfügte, denn ich hatte uns ein Doppelzimmer im Hotel gebucht (ich würde mit Master-Card bezahlen, dann fiel es nicht sofort auf), das allerletzte Zimmer in ganz Münster, wenn man dem Rezeptionisten Glauben schenken konnte. Im Gästebett meiner Eltern wäre zwar genug Platz für uns beide gewesen, aber ich wollte unsere erste gemeinsame Nacht nicht unter den Blicken eines Schrumpfkopfes verbringen, abgesehen davon, dass die Schnarcher meiner Eltern – sie pflegten alle beide des Nachts ganze Wälder abzusägen – nicht gerade zu einer romantischen Stimmung beitragen würden.

Jedenfalls war ich recht früh im Bett gewesen, zu früh vielleicht, denn so hatte ich Zeit gehabt, allerlei finstere Gedanken zu hegen, vor allem, was Felix, Lillian und Gereon anging, und das hatte vermutlich direkt zu diesem Albtraum geführt.

Bestimmt hatten auch die rasierten Augenbrauen etwas zu bedeuten, aber so gut kannte ich mich mit Traumsymbolik nicht aus.

Am Abend hatte ich noch bei Eva angerufen, vorgeblich um zu hören, ob sie schon aufgeregt sei (»Ein bisschen«, sagte sie), aber in Wirklichkeit, um sie etwas sehr Wichtiges zu fragen. »Angenommen, du würdest erfahren, dass jemand von seiner Freundin betrogen wird, und zwar mit seinem allerbesten Freund – würdest du ihm das sagen?«

»Bist du mit dem Jemand befreundet? Oder verwandt?«, hatte Eva zurückgefragt.

»Ähm … gewissermaßen beides.« Oder genau genommen nichts von beidem.

»Dann musst du es ihm sagen! Bevor er es von alleine erfährt.«

»Aber … vielleicht würde er es niemals erfahren … und einfach glücklich und zufrieden weiterleben?«

»Während seine Freundin ihn mit seinem besten Freund betrügt?«

»Vielleicht war es nur eine einmalige Sache?«

»Warum machst du hinter jeden Satz ein Fragezeichen? Ehrlich, Kati, so was kann man einem Freund nicht vorenthalten, auch nicht, um ihn zu schonen.«

Schon klar, dass sie recht hatte. Wie immer. Andererseits … war Felix ja gar nicht mein Freund. Jedenfalls nicht in diesem Leben. Und ich fand Menschen, die sich ungefragt in die Angelegenheiten anderer Leute einmischten, grauenhaft. Mal abgesehen davon, dass ich gar nicht wusste, wie ich das Felix beibringen sollte (»Sakrament, Ihrä Freindin, ja, die is a scheen's Früchtchen, die!«), konnte es ja durchaus auch sein, dass es alles irgendwie sein Gutes hatte. Nach dem Lerngeschenkprinzip von Linda, von wegen, alles im Leben hat einen höheren Sinn und dient einem tieferen Zweck und … ach, Bullshit. Verfluchtes Gedankenkarussell! Kein Wunder, dass ich Kopfschmerzen hatte. Und die konnte ich heute nun wirklich nicht gebrauchen. Ich musste strahlend schön aussehen (schließlich war das mein erstes richtiges Date mit Mathias) und voll konzentriert sein. Also Schluss mit der Grübelei und Traumdeuterei.

Ich warf eine Kopfschmerztablette ein, legte mir zwei Augenkompressen auf, zählte von zwanzig rückwärts und schlief tatsächlich wieder ein.

Acht Stunden später saß ich neben Mathias in der Kirchenbank und heulte. Aber nur vor Rührung. Weil Eva und Robert da vorne am Altar so wunderschön und jung aussahen und weil der Pfarrer so berührende und weise Worte fand. Hatte er die beim letzten Mal auch gesagt? Ich konnte mich gar nicht erinnern – wahrscheinlich weil all die Katastrophen des Tages in meinem Gedächtnis so viel präsenter waren. Meine Kopfschmerzen waren verschwunden, und die düsteren Gedankenwolken hatten sich verzogen. Dafür goss es draußen wie aus Eimern, aber darauf hatte ich die Familie ja vorbereitet. Das trübe Wetter erhöhte die romantische Wirkung der vielen Kerzen, mit denen die Kirche ausgeleuchtet war, beträchtlich, und der Blumenschmuck sah fantastisch aus.

Als meine Schwester mit leiser Stimme »Ja, ich will« sagte und Robert ihr den Ring auf den Finger schob, musste ich laut schluchzen. Gott, war das schön! Warum hatten Felix und ich eigentlich nicht kirchlich geheiratet? Das hier war doch viel romantischer als auf dem Standesamt, mit einem Beamten, der auf Kölsch schlechte Rabbi-Witze erzählte. Ich hätte sicher auch hübsch ausgesehen in so einem weißen Kleid und Felix in einem schicken Anzug.

Würde er jetzt Lillian heiraten? Ich konnte mir lebhaft vorstellen, wie sie die Sache anging. Vermutlich würde sie eine von diesen gruseligen Hochzeitsplanerinnen engagieren, tausend wichtige Leute einladen (von denen die eine Hälfte einen Adelstitel, die andere Hälfte einen Doktortitel besaß, wahlweise gekauft oder angeboren), ein Schloss mieten und ein Streichorchester oder *Take That* engagieren, und Felix würde vor Langeweile sterben, was ein Glück wäre, weil er dann nicht mitbekommen würde, dass sie ihn noch in der Hochzeitsnacht mit Gereon betrog …

Ich schluchzte noch ein bisschen lauter, und Mathias tastete nach meiner Hand. Unter Tränen lächelte ich ihn an.

Was tat ich hier eigentlich? Dass Mathias hier neben mir saß, war doch das Allerbeste an dieser Hochzeit! Und ich blöde Kuh hatte nichts Besseres zu tun, als diesen Traum damit zu ruinieren, dass ich über Lillian und Felix nachgrübelte? Ab jetzt würde ich mich auf das Positive konzentrieren und die absurden Überlegungen mitsamt meinen Tränen einfach beiseitewischen. Das hier würde das schönste und romantischste Wochenende meines Lebens werden. Meiner beiden Leben.

Schon die Fahrt von Köln nach Münster hatte nichts zu wünschen übrig gelassen. Mathias war seinen Jetlag offenbar los, er hatte kein einziges Mal gegähnt, er war fröhlich und aufmerksam gewesen und hatte nicht mal mit der Wimper gezuckt, als ich mich beiläufig bei ihm erkundigte, ob er zufällig die Traumsymbolik von rasierten Augenbrauen kennen würde. (Kannte er nicht.) Auch sonst hatten wir uns blendend unterhalten, und als wir Münster immer näher kamen und ich immer aufgeregter wurde, hatte er mir angeboten, meine Hand zu halten. Ich hatte das leider, leider ablehnen müssen – es war mir klüger erschienen, angesichts der Tatsache, dass er die geschätzten hundert PS, die sein Auto mehr als meins hatte, durchaus zu nutzen wusste. (Dafür machte das Auto keine komischen Geräusche, wenn man über achtzig Stundenkilometer fuhr.)

Die Orgel setzte wieder ein, und DIE TANTE auf meiner anderen Seite schniefte laut. Ich reichte ihr ein Taschentuch. Mir war klar, dass sie nicht vor Rührung weinte, sondern meinetwegen. Es war mir auch wirklich nicht leichtgefallen, sie vorhin beiseitezunehmen und ein paar ernste Worte mit ihr zu sprechen. Aber immer noch besser, als mit Pfirsichen oder faulen Eiern meine Mandarina-Duck-Handtasche zu ruinieren.

»Aber ich wollte sie damit überraschen«, hatte DIE TANTE gesagt. Sie hatte ein rotes Tuch in ihre tiefschwarz gefärbten Locken gebunden und war auch sonst als Carmen verkleidet, ganz in Schwarz und Rot. Eigentlich fehlten nur die Kastagnetten. Na ja, und vielleicht hätte die echte Carmen keine Netzstrümpfe getragen. Und nicht so knalligen Lippenstift. Es war mehr eine Go-go-Version von Carmen. »Genauer gesagt ist es sogar mein Hochzeitsgeschenk für die beiden. Ich habe sonst keins.«

Wissen wir, alter Geizkragen.

»Im Prinzip eine nette Idee«, sagte ich. *Aber nur, wenn du singen könntest.* »*Gleichzeitig* hat Friedlinde einen Flötisten und eine Gitarristin von der Musikhochschule engagiert.«

»Das macht doch nichts«, sagte DIE TANTE, und ihre schwarzrote Polyesterbluse sprühte winzige kleine Blitze nach mir. »Es dauert ja nur fünf Minuten.«

Glaub mir, fünf Minuten sind sehr lang, wenn man dir beim Singen zuhört.

Ich seufzte. »Ich weiß, du meinst es nur gut, *gleichzeitig* denke ich, das Musizieren sollten wir doch lieber denen überlassen, die etwas davon verstehen.«

Sag die Wahrheit, aber sag sie auf nette Weise.
Emily Dickinson

Jetzt wurde DIE TANTE giftig. »Dann bist *du* wirklich die Letzte, die da mitzureden hat! Ich habe eine jahrelange Gesangsausbildung genossen, und überhaupt, was spielst du dich hier so auf, Miss Wichtig?«

Okay, dann eben nicht auf die nette Weise. Ich rief mir ganz kurz in Erinnerung, was DIE TANTE* schon alles getan hatte und noch tun würde und dass sie mich immer »Mops-

* Die Liste ihrer angeblich auf eine angeborene Nymphomanie, meines Erachtens aber auf reine Boshaftigkeit zurückzuführenden Affären mit den Männern ihrer weiblichen Verwandten war sehr lang, Onkel Eberhard stand ebenso darauf wie der erste feste Freund meiner Cousine Daniela.

gesicht« genannt hatte, als ich klein war, dann sagte ich mit einer Stimme, die mir selber einen Schauer den Rücken hinabjagte: »Wie dem auch sei: Du wirst nicht singen! Wenn du es trotzdem versuchst, werde ich dir dein Leben zur Hölle machen. Vergiss nicht, ich weiß, wie alt du wirklich bist. Und wer Tante Erikas Handcreme gegen Enthaarungscreme ausgetauscht hat. Haben wir uns verstanden?«

Und siehe da – es wirkte. DIE TANTE schien tatsächlich Angst vor mir zu haben. Sicherheitshalber setzte ich mich neben sie, aber der Gottesdienst ging ohne den leisesten Hauch eines »Ave Maria« über die Bühne. Es war einfach perfekt!

Als wir die Kirche verließen, hätte ich gleich wieder weinen können, diesmal vor Erleichterung. Gut, DIE TANTE würde mich dafür bis ans Ende ihres Lebens hassen, aber das störte mich wenig.

Der Regen war so nett, für die Hochzeitsfotos auf den Kirchenstufen eine halbe Stunde auszusetzen (ausnahmsweise mal nicht mein Verdienst), und es bestand die berechtigte Hoffnung, dass wir dieses Mal deutlich entspannter aussehen würden. Immerhin musste sich Eva in ihrem hochgeschlossenen Kleid nicht zu Tode frieren (hatte ich schon erwähnt, wie unwahrscheinlich jung und glücklich sie und Robert aussahen?), niemand bekam Vogelkacke auf den Anzug, und das Blumenmädchen erlitt auch keine hysterischen Heulkrämpfe, weil sich diesmal keine Tauben auf die Hochzeitsgesellschaft stürzten, als seien sie von Hitchcocks *Vögel* inspiriert. Nur Friedlinde guckte ein bisschen sauertöpfisch, aber dafür strahlte ich umso mehr. Und Mathias hielt meine Hand.

Danach begann es wieder zu regnen, und alle beeilten sich, zu ihren Autos zu gelangen. Dieses Mal hatte ich natürlich einen Schirm dabei.

Auf der Fahrt hatte ich Mathias, so gut es ging, auf die Verwandten vorbereitet, und er hatte behauptet, seine eigenen seien kein Stück besser. (Was ich nicht glauben konnte und ihm auch wirklich nicht wünschte. Nein, das wünschte ich nicht mal meinem schlimmsten Feind.) Natürlich wurde er neugierig von allen beäugt und mit Fragen bedacht (»Können Sie denn auch für die kleine Kati sorgen?«, fragte meine Oma), und Onkel Eberhard erwischte uns auf dem Parkplatz, kniff mich in den Arm und grölte: »Gut gemacht, altes Mädchen, dein Fang fährt einen wirklich teuren Schlitten.« Aber das nahm Mathias recht gelassen. Er zuckte auch nicht zurück, als Onkel Eberhard hinzufügte: »Hab mir doch allmählich Sorgen gemacht, dass du keinen mehr abkriegst! Nach Adam Riese müsstest du die Nächste vor dem Altar sein!« Oder als DIE TANTE im Vorbeigehen seinen Hintern tätschelte, ihr Haar in den Nacken warf und ihm zuzwinkerte. (Mir zischte sie zu: »Du wirst schon sehen, was du davon hast, Mopsgesicht!«)

Erst als meine Mutter ihn mit den Worten »Ach, Sie sind der Meteorologe!« begrüßte, herzlich umarmte und in sein Ohr flüsterte: »Vielen, vielen Dank für die geheimen Wetterdaten, wir werden selbstverständlich nichts verraten«, sah er vorübergehend verwirrt aus. Ich hätte das Missverständnis gerne aufgeklärt, aber in diesem Augenblick fiel mir siedend heiß ein, dass ich die Sache mit der …

»Wusch!«, machte es, und alle kreischten auf.

… Pfütze direkt vor uns vergessen hatte, in die Roberts Onkel Anton seinen Mercedes jetzt mit viel zu viel Schwung steuerte. Wie damals schon war das Kleid meiner Mutter mit Hunderten von Schlammspritzern verziert, Onkel Eberhard sah aus wie ein Streuselkuchen im Anzug, mein Trenchcoat war ruiniert, ich hatte einen dicken, braunen Punkt auf der Stirn – und die TANTE?

Die bekam völlig unpassend einen Lachanfall.

Das Glück ist im Grunde nichts anderes
als der mutige Wille zu leben, indem man
die Bedingungen dieses Lebens annimmt.
Maurice Barres

»Hilfe! Er erstickt!«, schrie jemand mit schriller Stimme, und für einen Moment war ich vor Schreck wie gelähmt. Roberts Onkel Anton lief erst rot und dann lila an.

Oh mein Gott! Ich hatte es vermasselt. Das Schicksal hatte wieder zugeschlagen. Dabei war ich ganz sicher gewesen, es überlistet zu haben, weil diesmal gar kein Fisch auf der Speisekarte stand.

Ich hätte gleich misstrauisch werden müssen, wo doch bisher alles so wunderbar glatt gelaufen war. Okay, von der Sache mit der Pfütze mal abgesehen. Aber so schlimm war das nicht, meine Mutter und Onkel Eberhard hatten es ja nicht weit bis nach Hause, um sich umzuziehen, und mein Kleid war zum Glück verschont geblieben, weil der Trenchcoat den Matsch perfekt abgefangen hatte.

Die Stimmung war bestens, die neue Sitzordnung perfekt, das Essen köstlich, die Musik ein Traum, die Dekoration ein Augenschmaus ... und Mathias neben mir war von allem etwas. Er unterhielt sich nett mit den anderen Gästen, und zwischendurch schauten wir einander verliebt in die Augen. Nie allzu lange, denn ich musste immer mal wieder zu Cousin Bertram hinübersehen (alles ruhig) und auch DIE TANTE stets im Auge behalten (Sie trank ein Pils nach dem anderen und dachte, sie hätte jeden Moment wahnsinnig einen in der Krone. Aber was sie nicht wusste: Sie trank alkoholfreies Pils!

Genial, oder?). Eva und Robert strahlten um die Wette vor Glück, und immer wenn ich sie ansah, war ich äußerst zufrieden mit mir. Genau so sollte es sein.

Die gemeinschaftliche Rede der beiden Trauzeugen – Evas beste Freundin Anke und Roberts alter Freund Ercan – war witzig und berührend, nur dass dieses Mal Frau Luchsenbichler nicht in eine feierliche Redepause hineinsagen konnte: »Nicht zu fassen, wie groß der Türkenbengel geworden ist!«, und sich niemand fremdschämen musste. Die Hochzeitstorte war ein Gedicht, und in einer regenfreien Viertelstunde hatten wir die Ballons fliegen lassen, und der Fotograf hatte noch ein paar wundervolle Schnappschüsse schießen können.

Als Evas Schwiegervater sich vorhin erhoben hatte, um seine Powerpoint-gestützte Rede zu halten, hatte ich mich nahezu entspannt zurückgelehnt. Meine Anweisungen diesbezüglich waren idiotensicher gewesen: Maximal zehn Minuten (beim letzten Mal hatte sich mein Vater nach einer Dreiviertelstunde rausgeschlichen und den Hauptsicherungsschalter umgelegt), das Thema Jagd war tabu (beim Anblick des Fotos, das Robert beim Ausweiden von Bambis Vater zeigte – »Roberts erster Bock, ein Blattschuss, und der Junge war erst vierzehn! Ich war so stolz!« –, war nicht wenigen Gästen die Vorspeise wieder hochgekommen, und Eva hatte ernsthaft daran gezweifelt, ob Robert wirklich der Mann war, für den sie ihn bisher gehalten hatte), ebenso die Themen Alpinismus (chinesische Tröpfchenfolter war gestern, heute gestanden die Leute schon nach einer Viertelstunde alles, nur damit endlich die Fotofolter aufhörte, die sich vor allem auf Robert in Lederhosen neben einem Gipfelkreuz konzentrierte), Angeln (siehe Jagd, nur ungleich schlimmer, weil Fischgedärme noch ekeliger als Bambigedärme waren) sowie Lokalpolitik (der Schwiegervater kandidierte für den Stadtrat, und zwischendrin war es mit ihm durchgegangen, und der Vortrag war zu einer Art

Wahlkampfrede zugunsten der neuen Umgehungsstraße ausgeartet). Ich hatte Friedlinde zwar nicht so plump bedroht wie DIE TANTE, aber ihr Ehemann hielt sich trotzdem an meine Vorschriften. Klar, die Rede war nicht gerade ein Feuerwerk der Unterhaltung, aber sie war okay. Und sogar ein bisschen rührend, jedenfalls für mich. Bei dem Bild von Robert als Baby, nackig auf einem Bärenfell liegend, kamen mir die Tränen, weil er Klein-Henri so ähnlich sah.

Und genau da passierte es: Onkel Anton verschluckte sich und drohte zu ersticken. Letztes Mal war es eine Gräte gewesen, die er mitten in Frau Luchsenbichlers Rede quer in den Hals bekommen hatte. Damals hatte Felix als Einziger die Nerven behalten und ihn gerettet. (Das halbe Steinbuttfilet war im Schoß meiner Oma gelandet. Und obwohl ich schon ein Stück weit in Felix verliebt gewesen war, war ich es danach noch mehr gewesen.)

Aber dieses Mal war Felix nicht da. Und das war allein meine Schuld. Wenn Onkel Anton heute das Zeitliche segnete, hatte ich ihn auf dem Gewissen, und die Hochzeit würde ein jähes Ende finden. Ehe ich diesen Gedanken ganz zu Ende gedacht hatte, war ich schon zu Onkel Antons Platz gestürzt. Er stand gekrümmt vor seinem Teller, hielt sich mit beiden Händen am Tisch fest und war mittlerweile blau angelaufen. Seine Gattin stand neben ihm, klopfte ihm hilflos auf dem Rücken herum und sagte nutzlose Dinge wie: »Anton! Nu atme doch endlich wieder!« Ich schubste sie zur Seite, umfasste seinen Bauch mit beiden Armen und rammte ihm, so fest ich konnte, meine verschränkten Hände in den Leib. Es gab ein komisches Geräusch, dann schoss ein Bröckchen quer über den Tisch in den Ausschnitt meiner Oma. Eine glasierte Walnuss, wie sich später herausstellte. Offenbar war das Schicksal nicht pingelig, wenn es um die Wahl der Gegenstände ging, an denen man ersticken sollte. Onkel Anton rang nach Luft, und ich sank halb ohnmächtig vor Erleichterung in den Stuhl der Gattin.

Das war knapp gewesen.

Alle klatschten Beifall. Ich war die Heldin des Abends. Und sehr dankbar, dass ich das Heimlich-Manöver im Internet so gründlich studiert hatte (nur für alle Fälle).

Als ich zu Mathias zurückkam, grinste er mich an. »Wow! Ich hätte nicht gedacht, dass ich dich noch süßer finden könnte. Aber das war wirklich beeindruckend …« Er beugte sich vor und küsste mich. »Danke, dass ich mitkommen durfte. Das ist ein wirklich tolles erstes Date.«

Oh ja, das war es! Ein tolles erstes Date und eine tolle Hochzeit. Die Großbuchstaben waren ein für alle Mal vergessen. Aus der Geschichte getilgt, sozusagen.

Und es wurde noch besser.

Um Viertel vor zehn war Cousin Bertram trotz engmaschiger Überwachung meinerseits plötzlich verschwunden, aber ich fand ihn nach kurzem Suchen auf der Terrasse, wo er gedankenverloren an einem Alufolienpäckchen herumnestelte und tief seufzte. Jetzt tat er mir leid. Es ging mir ja gar nicht darum, sein Outing grundsätzlich zu verhindern, ich wollte nur nicht, dass er die Hochzeit ruinierte, indem er sich das Mikro schnappte und schrie: »Familie! Spießer! Heuchler! Hört, was ich euch zu sagen habe, ihr heterosexuellen Arschgesichter!«

Dem Denken sind keine Grenzen gesetzt. Man kann denken, wohin und soweit man will.
Ernst Jandl

»Alles in Ordnung mit dir?«, erkundigte ich mich.

»Ja«, sagte Bertram und seufzte noch einmal. »Nein. Eigentlich nicht. Weißt du, ich hatte mir für heute was vorgenommen, aber ich fürchte, ich schaff's schon wieder nicht. Ich meine, ich will ihnen ja auch nicht den Abend verderben.«

Ich legte vorsichtig eine Hand auf seinen Arm. »Ach Bertram! Du bist einunddreißig Jahre alt – wie lange willst du denn noch damit warten, deinen Eltern zu erzählen, was sie längst wissen?«

Bertram starrte mich verdutzt an. »Was?«

»Na ja – dass du schwul bist, das denken sie sich schon seit Jahren. Sie trauen sich nur nicht, dich darauf anzusprechen … Wirklich, es würde helfen, wenn du den ersten Schritt machst. Du wirst sehen, sie können damit viel besser umgehen, als du glaubst.« Ich lächelte ihn ermutigend an. »Und weißt du was? Ich wette mit dir um tausend Euro: Wenn du in ein oder zwei Jahren Pet…, äh, den Mann deines Lebens kennenlernst, werden sie ihn garantiert in ihr Herz schließen.« *Ja, nicht nur das, sie werden ihn sogar viel lieber mögen als dich, den Peter, wir alle werden das, und du wirst vor Eifersucht ganz fuchsig werden, garstiger kleiner Bertram.*

Bertram glotzte immer noch verwundert. »Dass ich … seit wann weißt du das denn über mich?«

Na, seit du das bei Evas Hochzeit herausposaunt hast. Aber eigentlich hätte ich es schon ahnen müssen, als du mit mir Zungenküsse geübt hast. »Seit etwa fünf Jahren«, sagte ich ehrlich.

»Echt?« Bertram schüttelte den Kopf. »Und ich dachte, jeder hier würde aus allen Wolken fallen vor Überraschung.« Er zeigte auf das Päckchen in seiner Hand. »Ich hatte mir extra Verstärkung mitgebracht …«

»Aus Alufolie?«

»Quatsch. Das ist ein Hasch-Brownie. Aus einem Coffeeshop in Amsterdam. Damit wollte ich mir Mut anessen.«

Ich nahm ihm das Päckchen aus der Hand. »Das brauchst du gar nicht, Bertram. Geh einfach rein und such dir ein ruhiges Eckchen, wo du mit deinen Eltern sprechen kannst.« *Und bleib ja dem Mikrofon fern.*

Und was soll ich sagen? Zehn Minuten später sah ich, wie Bertram und seine Eltern sich umarmten, und mir wurde ganz warm ums Herz, als er mir zulächelte. Ich war sehr stolz auf mich. *Und wieder hat Future Woman eine Familie glücklich gemacht und einen Eklat verhindert* … Passend dazu spielte die Band »Somewhere over the rainbow«.

Eva und Robert glitten eng umschlungen an mir vorbei, mein Vater tanzte mit Friedlinde, meine Mutter mit Onkel Anton, DIE TANTE mit sich allein. Ihr war die Carmen-Bluse halb über die Schulter gerutscht, und sie bewegte sich verführerisch, um Emils (oder Javiers) Aufmerksamkeit auf sich zu ziehen (wessen von beiden, war ihr egal). Und nach wie vor war sie stocknüchtern, zu nüchtern, um sich noch mehr danebenzubenehmen.

»Javier und seine Jungs sind so großartig«, schrieb ich um Mitternacht Marlene in einer SMS. »Alle weiblichen Gäste sowie Cousin Bertram sind in sie verknallt und tanzen argentinischen Tango. Und ich bin der glücklichste Mensch auf der Welt!«

Das war ich wirklich.

Na ja, jedenfalls wäre ich es gewesen, wenn es mir endlich gelungen wäre, diese ärgerliche Sache mit Felix, Lillian und Gereon auszublenden. Ich musste immer wieder daran denken, obwohl ich mir doch in der Kirche fest vorgenommen hatte, mich ganz auf Mathias zu konzentrieren.

The Times They Are A-Changin'
Bob Dylan

Aber selbst hier auf der Tanzfläche, in Mathias' Armen gelang es mir nicht, nicht mal jetzt, als er mich herumwirbelte und küsste. Ehrlich gesagt, *gerade* jetzt gelang es mir nicht. Vielleicht küsste Felix ja auch in genau diesem Augenblick Lillians verräterische Lippen. Während sie an Gereon dachte und heimlich Vergleiche schloss. Armer, armer Felix, auf Gedeih und Verderb diesen beiden hinterhältigen Menschen ausgeliefert, die seine Gutmütigkeit schamlos ausnutzten und …

»Alles in Ordnung?«, fragte Mathias.

»Ja. Ja, alles bestens! Ich bin nur ein bisschen erschöpft«, sagte ich und überließ ihn meiner Schwester für einen Tanz, während ich zurück zu unserem Tisch schlenderte. Was war nur mit mir los? Da war ich nun endlich mit dem perfektesten Mann unter der Sonne zusammen – unglaublich gut aussehend, sexy, witzig, charmant – und anstatt es einfach nur zu genießen, zerbrach ich mir den Kopf über die Probleme anderer Leute! Vermutlich war nur der Hunger schuld. Ich hätte dringend einen Mitternachtssnack gebrauchen können, aber das Buffet war absolut leergefressen. Das letzte Stück Hochzeitstorte samt dem kleinen Marzipanmarienkäfer darauf hatte sich Onkel Eberhard einverleibt.

Ich war nicht die Einzige, die nach etwas Essbarem Ausschau hielt. Als ich an meinen Platz zurückkehrte, entdeckte ich das kleine Blumenmädchen – die Tochter von Evas zweitbester Freundin Frederike, übrigens –, das gerade dabei war, das Alupäckchen auszuwickeln, das ich von Cousin Bertram konfisziert hatte.

Augenblicklich kam Leben in mich. »Haaaaalt!«, rief ich, als die Kleine den Brownie (oder DEN BROWNIE, wie er fortan heißen sollte) schon zum Mund führte. Und dann war ich bei ihr, packte das Handgelenk und schüttelte den verführerisch nach Schokolade duftenden Kuchen auf die Tischplatte zurück. Puh, gerade noch rechtzeitig.

Das Blumenmädchen sah mich mit riesengroßen Augen an. Ihre Unterlippe bebte.

»Das ist meiner!«, sagte ich heftig.

»Aber ...« Wieder griff sie danach. »Ich hatte noch keinen Nachtisch, und das ist Schokoladenkuchen, und den mag ich am liebsten.« Und, schwupps, schob sie ihn sich erneut in den Mund.

»Neiiiin!« Dieses Mal gab ich ihr einen Klaps auf die Finger, und natürlich fing sie an zu weinen. Das hätte ich an ihrer Stelle vermutlich auch getan. Ich erinnerte mich mit Schrecken, wie sie sich damals auf DER HOCHZEIT wegen der Taube in die Niagara-Fälle verwandelt hatte, und ich versuchte verzweifelt, sie abzulenken. »In meiner Manteltasche habe ich noch Hustenbonbons, die schmecken viel besser als dieser blöden Brownie«, sagte ich, aber ihr Heulen wurde nur lauter und rief die Mutter auf den Plan. Auch Friedlinde eilte vom Nachbartisch herbei. Und überhaupt schienen plötzlich alle zu uns herüberzustarren. Und da tat ich etwas ausgesprochen Blödes: Ich schnappte mir den Haschkuchen, stopfte ihn mir blitzschnell in den Mund und knüllte das Alupapier zu einer kleinen Kugel zusammen. Als die Mutter und Friedlinde bei uns ankamen, war von dem Corpus delicti nichts mehr zu sehen. Während ich kaute und schluckte (Verdammt lecker, das Ding, sehr schokoladig, vielleicht war ja gar kein Hasch darin?), wischte ich mir die Krümel von den Lippen und flitschte die Alukugel unauffällig unter den Tisch.

»Die Frau wollte mir nichts abgeben«, schrie das Blumenmädchen und zeigte mit dem Finger auf mich. »Und sie hat mich geschlagen!«

Kleine Petze. Vielleicht hätte ich ihr den Brownie einfach überlassen sollen … Friedlinde sah jedenfalls so aus, als würde sie dem Kind glauben.

Ich setzte meine allerschönste Unschuldsmiene auf. »Oh, oh, da ist aber einer sehr müde und hat schon Halluzinationen«, sagte ich. »Ich glaube, die kleine Maus hat meine Kopfschmerztablette mit einem Bonbon verwechselt.«

»Es waren keine Bonbons, es war Schokoladenkuchen, und *ich* hab ihn gefunden«, jaulte die kleine Heulboje. »Und dann hat *sie* ihn sich einfach in den Mund gestopft.«

Ja, genau! Um dich vor ungesunden bewusstseinsverändernden Substanzen zu schützen, du undankbares, kleines Biest. Oh Gott!

Jetzt erst wurde mir klar, was ich getan hatte! War ich denn vollkommen verrückt geworden? Obwohl ich mich weiterhin um ein nachsichtiges Lächeln bemühte, bekam ich Panik.

Ich hatte absolut null Erfahrung mit so etwas. Ein einziges Mal hatte ich an einem Joint gezogen, und da hatte ich einen grässlichen Hustenanfall bekommen und sonst gar nichts. Hektisch sah ich mich nach Cousin Bertram um. Wie lange würde es dauern, bis es zu wirken anfing? Und hatte ich vielleicht gerade eine Überdosis zu mir genommen? Würde ich etwa gleich nach dem Mikro schnappen und »Familie! Spießer! Heterosexuelle Arschgesichter! Hört, was Future Woman euch zu sagen hat!« brüllen? Was würde Mathias von mir denken?

»Entschuldigt mich, ich muss mal dringend auf die Toilette.« Das nachsichtige Lächeln ins Gesicht getackert, schob ich mich an Friedlinde vorbei und verließ eilig den Saal. Wie es aussah, war der schöne Teil des Abends vorüber. Jedenfalls für mich.

Lieber, lieber Felix,
wenn du eine Farbe wärst, dann wärst du braun. Ein gemütliches, schokoladiges, zuverlässiges, liebevolles Braun. Und manchmal auch ein Gelb, ein warmes, sonniges, fröhliches. Wenn du am Strand für fremde Hunde Stöckchen wirfst, zum Beispiel. Ich selber bin ein leuchtendes Orange. Hat mich überrascht, ehrlich, ich dachte, ich wär eher so ein gedecktes Blaugrau. Oder Flaschengrün.
Unglaublich, diese Farben! Ich wünschte, du könntest sie sehen. Sie sind überall! Wunderschön. Alles ist wunderschön. Um mich herum wachsen lauter bunte Gedanken, und wenn ich will, kann ich sie pflücken wie Blumen.

»Haben Sie Briefmarken, junges, pickliges, aber sehr hübsches Mädchen?«, fragte ich das junge, picklige, aber sehr hübsche Mädchen an der Rezeption. Wäre sie eine Farbe, dann ein zartes Türkis …

Sie starrte mich an. »Postkarte oder Brief?«

»Brief«, sagte ich und beugte mich vertrauensvoll vor. »Wissen Sie, vorhin hatte ich den besten Sex meines Lebens. Ich kenne jetzt das Geheimnis. Es ist so … *einfach*! Jeder sollte es kennen. Wenn Sie wollen, erzähle ich es Ihnen, wenn ich wiederkomme.« Ich drehte eine übermütige Pirouette. »Aber erst mal muss ich den Brief einwerfen, an meinen Mann. Können Sie die Briefmarke bitte mit auf die Rechnung setzen? Und noch eine Flasche Wasser, ja? Ich habe alles Wasser aus der Minibar leer getrunken. Weil der Mund so trocken ist. Vielen Dank! Bis gleich! Ich hab Sie li-hieb!«

Ich würde niemanden Sex, Drogen oder Irrsinn empfehlen, aber für mich hat's immer gut funktioniert.
Hunter S. Thompson

Ich hatte überhaupt alles und jeden lieb. Die ganze Welt hatte ich lieb. Die glänzenden Marmorfliesen des Foyers. Die lustige Drehtür. Die herrliche, frische Luft. Das geheimnisvolle

Licht der Morgendämmerung. Den nassen Asphalt unter den nackten Füßen. Den Sprühregen, der mir ins Gesicht fiel. Und den entzückenden, gelben Briefkasten! Den hatte ich auch lieb. Er schluckte den Brief an Felix mit einem leisen Klacken, und ich musste lachen, weil es so witzig aussah, wie die gelbe Klappe hin- und herschwang. Dann hüpfte ich auf dem Bürgersteig zurück zum Hotel und summte und kicherte dabei vor mich hin. Na ja, genau genommen summte und kicherte ich gar nicht selber: Ich wurde gesummt und gekichert. Es war herrlich.

Da hatte ich so alt werden müssen, um erleuchtet zu werden. Von einem Brownie, den es in unserem Nachbarland für schlappe 3,50 Euro legal zu erwerben gab. Das hätte man doch längst mal haben können!

Wenn man mit 40 noch nicht drogensüchtig ist, wird man es auch nicht mehr.
Sting

Ich trat mit Schwung durch die Drehtür, und weil es so schön war, drehte ich gleich zwei Runden. Und noch eine! Karussell!!! Hach! Das Leben war so, *so* wunderbar. Ein großartiges, funkelndes Mysterium, ein funktionierendes Geflecht aus unzähligen Möglichkeiten, das gerade wie ein offenes Buch vor mir lag. Es war nur schwer, nach den einzelnen Gedanken zu greifen, sie bogen sich wie regenbogenfarbene Weizenhalme in einem Feld unterm Wind, und manchmal bekam man einen ganz anderen zu fassen als den, nach dem man ursprünglich gegriffen hatte. Aber das machte nichts, die Hauptbotschaft hatte ich ja verstanden: Alles war gut, solange man liebte. Und zwar nicht nur alles und jeden, sondern vor allem sich selber! Jawohl. Es war so einfach wie genial.

Leider war das junge, pickelige, hübsche Mädchen nicht an seinem Platz, um in das Geheimnis eingeweiht zu werden, also nahm ich meine Flasche Wasser vom Tresen und ging zurück ins Zimmer, wo Mathias tief und fest schlief und aussah wie ein Engel. Wenn er eine Farbe wäre, dann ein klares, königliches

Kobaltblau. Ein unbeschreiblich schönes Blau. Oh, wie sehr, sehr ich ihn liebte! Glücklich kichernd schlüpfte ich neben ihm unter die Decke und schloss meine Augen.

Wenn ich jetzt sterben müsste, dann wäre das zwar ziemlich schade, aber völlig okay. Das Leben war absolut vollkommen. Bis auf dieses doofe trockene Gefühl im Mund. Aber sonst! Alles, alles war gut. Sogar die Sache mit Felix hatte ich geregelt. Jetzt lag es bei ihm zu entscheiden, was er mit den Informationen anfing.

Es ist vier Uhr morgens, und ich bin hellwach, weil ich Cousin Bertrams Outing-Brownie gegessen habe. Ich hab versucht, ihn auf dem Klo wieder auszukotzen, aber es ging nicht. Weiß nicht, wie Leute es schaffen, sich den Finger so tief in den Hals zu stecken.

Ich war am Boden zerstört gewesen. Mein schönes, romantisches Wochenende – mit einem unbedachten Happs hatte ich es ruiniert.

»Wir müssen hier weg!«, hatte ich zu Mathias gesagt, nachdem das mit dem Erbrechen nicht geklappt hatte. Die Panik in meiner Stimme hatte ich nicht unterdrücken können, und ich war den Tränen nahe, als ich ihn von der Tanzfläche zog. »Ich habe aus Versehen einen Haschbrownie gegessen, und der kann jeden Augenblick anfangen zu wirken. Bertram sagt, er wirkt bei jedem anders, und ein halber hätte auch gereicht. Ich habe keine Ahnung, was das mit mir machen wird, aber vielleicht bekomme ich paranoide Anfälle und sehe überall Eichhörnchen!«

Auch wenn Mathias nicht sofort verstand, wie man aus Versehen einen Haschbrownie essen konnte, erwies er sich als äußerst hilfreich. Wir verabschiedeten uns völlig ordnungsgemäß, und er schob das etwas verfrühte Aufbrechen elegant auf seinen Jetlag. Ich hatte ein schlechtes Gewissen, die Party vor ihrem

Ende zu verlassen, zumal DIE TANTE noch blieb, aber wenn ich nicht ging, war es am Ende noch ich selber, die diese Hochzeit ruinierte, und das durfte auf gar keinen Fall passieren.

Auf der Fahrt zum Hotel versuchte Mathias, mich zu beruhigen. »Die meisten Menschen werden einfach nur relaxt und ein bisschen müde von Marihuana. Im besten Fall kicherst du die ganze Zeit vor dich hin, im schlimmsten wirst du melancholisch. Aber das macht nichts, ich bin ja bei dir.«

Ich war untröstlich. »So hatte ich mir das eigentlich nicht vorgestellt«, jammerte ich, aber Mathias lachte nur.

Das Hotelzimmer war nicht unhübsch, vor allem wenn man bedachte, dass es das letzte in der ganzen Region gewesen war und mit meiner Kreditkarte schreckliche Dinge angestellt hatte. Als die Wirkung des Brownies einsetzte, war ich gerade im eleganten Marmorbad dabei, mir die Zähne zu putzen und mich umzuziehen. Zuerst gab es nur ein paar visuelle Effekte: Der Spiegel sah plötzlich aus wie das Tor zu einer anderen Welt, und die Halogenstrahler begannen zu tanzen. Und dann – flash! – weitete sich der Horizont, und das Universum flutete mein Bewusstsein und schaltete Synapsen in meinem Gehirn frei, die bis dahin noch nie benutzt worden waren.

Dafür wurden jede Menge andere lahmgelegt. Zum Beispiel die Fähigkeit, auch nur einen einzigen Gedanken für mich zu behalten. Ich musste alles, was mir durch den Kopf ging, laut aussprechen. Aufgeregt riss ich die Badezimmertür auf. »Der Obdachlose war nicht Jesus«, rief ich Mathias entgegen. »Denn wenn er Jesus gewesen wäre, hätte er den Menschen keine Angst gemacht mit seinem Gerede vom Ende der Welt! Angst ist so kontraproduktiv. Angst macht unser Leben kaputt. Ich habe immer Angst vor allem gehabt. Zum Beispiel davor, nicht liebenswert genug zu sein, nicht gut, nicht hübsch, nicht klug genug. Vierundzwanzig Stunden am Tag Angst! Das muss man sich mal vorstellen. Dabei bin ich absolut liebenswert. Und gut und hübsch und klug genug!« Ich folgte Mathias' Blick und schaute an meinem Körper hinab. Ich trug nur noch einen Slip, aber das machte überhaupt nichts, denn ich war wunderschön! Von Kopf bis Fuß wunderschön und begehrenswert. Zum ersten Mal in meinem Leben stand ich nackt vor einem Menschen und zog dabei nicht den Bauch ein. Selbst wenn ich einen gehabt hätte, hätte ich das nicht getan. »Wir sind *alle* gut genug! Oder wir könnten es sein, wenn wir endlich aufhören würden, Angst zu haben. Ist das nicht unglaublich?«

Mathias nickte und kam mir einen Schritt entgegen, um mich in die Arme zu nehmen. »Ja, wirklich unglaublich«, murmelte er in mein Haar.

»Du riechst so gut! Weißt du eigentlich, wie viele Schmetterlinge in meinem Bauch leben, seit ich dich kenne?«, fragte ich. »Und dass ich dir schon seit Wochen sagen will, dass du die schönsten Augen der Welt hast, wie klare Bergseen oder Saphire und Opale oder Meeresbuchten in der Karibik *und* Tante Erikas Samtvorhänge? Hab mich nur nie getraut, weil es so kitschig klingt und ich Angst hatte, dich zu verschrecken und mich zu blamieren, das ist überhaupt immer und überall meine größte Angst: Dass ich auf andere Menschen nicht positiv wirken könnte, dabei ist das doch vollkommen gleichgültig, weil die Leute ohnehin denken, was sie wollen, aber für diese Erkenntnis musste ich erst einen Brownie essen, und jetzt kann ich nicht aufhören zu reden, das ist ein bisschen blöd, es stört mich selber, aber guck, wenn ich den Mund zumache, dann muss ich ihn sofort wieder öffnen und einen neuen Gedanken rauslassen …«

Mathias tat das einzig Richtige, um mich zum Schweigen zu bringen: Er küsste mich. Und er hörte die nächste Stunde nicht damit auf. Und wenn er es zwischendurch doch tat, sagte ich lauter Dinge, die ihm zu gefallen schienen.

Huch! Das Papier hat schon dreimal die Farbe gewechselt. Ich muss ein bisschen damit haushalten, es gibt hier nur drei Blätter, und ich habe dir so viel zu sagen, Felix! Hör auf, ein zuverlässiges, hilfsbereites Kastanienbraun zu sein. Deine Eltern haben mehr als genug Geld, um einen Handwerker für die Reparaturen im Ferienhaus zu bezahlen. Und die Wehwehchen ihrer Golfklubfreunde werden schon von anderen Ärzten behandelt. Du hast genug mit deinen eigenen Patienten zu tun. Um die du dich so wunderbar kümmerst. Und du solltest eine Frau haben, die dich so liebt, wie du bist. Kastanienbraun und mitsamt deiner verstrubbelten Augenbrauen. Ehrlich! Wie konntest du die nur zupfen lassen? Sie sind so niedlich! Schieß Lillian auf den Mond. Sie hat dich mit Gereon betrogen, und den solltest du ebenfalls auf den Mond schießen. Er ist so ein Arschloch, hey, und wenn ich das JETZT sage, wo ich doch gerade alles und jeden liebe, dann ist er wirklich eins. Lass dich auf keinen Fall von ihm und Florian überreden, dich an dem Segelboot zu beteiligen. Du hast überhaupt nichts davon, nicht mal einen Steuervorteil! Aber rate mal, wer seine kostbaren Urlaubstage opfert und die Reparaturen an dem Ding vornimmt? Nee, im Ernst, Felix! Lillian ist nicht die Richtige für dich. Du brauchst eine Frau, mit der du sonnengelb werden kannst! Du bist wunderbar! Du bist der absolut wunderbarste Mensch, den ich kenne. Deshalb hast du nur das Beste verdient! Du solltest am Strand für deinen eigenen Hund Stöckchen werfen. Und eine Katze auf dem Schoß haben. Und du solltest Kinder bekommen. Du wärst ein großartiger Vater, und jetzt muss ich weinen. Ist aber nicht schlimm, ich weine und lache immer abwechselnd. Ich liebe dich, Felix, und ich wünsche mir so sehr, dass du glücklich wirst. Und sonnengelb. Für immer und ewig dein Eselchen.

Niemand kann für die Handlung
eines anderen garantieren.
Spock

»Komm schon, Kati, jetzt guck doch nicht so bedröppelt. Es gibt absolut keinen Grund, sich zu schämen!« Mathias versuchte, mein Kinn anzuheben, aber ich schaffte es nicht, ihm in die Augen zu sehen.

»Bitte nimm beide Hände ans Lenkrad«, sagte ich leise. Wie auf der Hinfahrt gab Mathias erschreckend viel Gas. Es hätte nicht viel gefehlt, und wir wären über die Autobahn geflogen.

»Ach, Kati! Heute Nacht hast du so weise Dinge gesagt, von wegen, dass man sich das Leben nur schwer macht vor lauter Sorgen darüber, was andere von einem denken könnten.«

Oh Gott, und das war wahrhaftig nicht das Einzige, das ich gesagt hatte. Leider konnte ich mich noch an jedes meiner Worte erinnern, auch an die, die ich nicht gesagt hatte, sondern gestöhnt. Ich vergrub mein Gesicht in den Händen.

»Hör auf damit!«, sagte Mathias. »Du warst absolut entzückend heute Nacht! Und sehr, sehr sexy. Ehrlich! Wir hatten doch viel Spaß mit deinem unfreiwillig erleuchteten Ich! Und wenn du möchtest, esse ich das nächste Mal auch so einen Brownie, und dann sehen wir, was passiert.« Er kicherte. »Vielleicht gründen wir zusammen einen Ashram und verteilen Farben und Weisheiten an unsere wunder-wunderschönen Jünger, die wir wie Blumen aus dem Gedankenmeer pflücken werden …«

»Sei still«, sagte ich, musste aber auch ein bisschen kichern. Na gut, vielleicht war das alles wirklich nicht so schlimm gewesen. Schließlich waren nur Mathias und das arme pickelige Mädchen an der Rezeption Zeuge meines psychodelischen Trips geworden. Und Felix … – aber erst, wenn er den Brief bekam. Und da heute Sonntag war und der Briefkasten erst morgen früh geleert wurde, würde der Brief nicht vor Dienstag bei ihm landen. Ich hatte gar nicht erst versucht, ihn wieder aus dem Briefkasten herauszubekommen, dass das nicht ging, wusste ich aus leidiger Erfahrung.*

»Diese Woche bin ich leider total verplant, aber würdest du am Wochenende mit mir auf eine Party gehen?«, fragte Mathias.

Ich nickte. Irgendwie würde ich den Brief schon abfangen, bevor Felix ihn zu Gesicht bekam …

»Auf dem Flughafen habe ich einen alten Schulfreund getroffen, den ich seit dem Abitur nicht mehr gesehen habe.« Mathias lachte. »Er ist Gynäkologe geworden, ausgerechnet. Aber das scheint sich finanziell zu lohnen. Er feiert am Wochenende die Einweihungsparty von seinem Penthouse, der Angeber. Ich gehe aber nur hin, wenn du mitkommst.«

Bei »alter Schulfreund« war ich hochgeschreckt, bei »Gynäkologe« heftig zusammengezuckt und bei »Einweihungsparty« und »Penthouse« hatte ich mich kerzengerade aufgerichtet. Auf dieser Party war ich schon einmal gewesen und hatte feststellen müssen, dass Felix' bester Freund mein Frauenarzt war.

* Als Fünfzehnjährige hatte ich mal zum Spaß einen Liebesbrief an meinen Deutschlehrer geschrieben, den meine Freundin Inga dann, ebenfalls aus Spaß, in den Briefkasten geworfen hatte … Und damals haben wir wirklich alles versucht, um den Briefkasten zu überlisten, am Ende sogar, ihn mit einem selbst gebastelten Molotow-Cocktail in die Luft zu sprengen – hatte nicht geklappt.

Auf dieser Party hatte ich Gereon das erste Mal den Beinamen *Stirb langsam* verliehen. Wie grausam war das Schicksal eigentlich, dass es mich da gleich zweimal hinschicken wollte? Und überhaupt – hatte es da nicht gegen seine eigenen Gesetze verstoßen? Sollte Mathias den doofen Gereon nicht erst im Jahr 2011 wiedertreffen, um dann auf seinem 40. Geburtstag aufzutauchen und mir den Kopf zu verdrehen? Andererseits war er ja nun meinetwegen früher als geplant aus Chile zurückgekehrt, und das wiederum hatte natürlich die ganze Ereigniskette durcheinandergebracht …

Mathias seufzte, während er ein lässiges, einhändiges Überholmanöver startete, bei dem ich sicherheitshalber die Augen schloss. »Du glaubst nicht, was so Ärzte für ein Leben führen. Wenn man Gereon – das ist der Schulfreund – glauben darf, dann muss man da nur die halbe Woche arbeiten und kann den Rest der Zeit auf dem Golfplatz herumhängen und anderen Hobbys frönen.«

Als da wären: Hanteltraining, Frauen aufreißen, Glatze polieren, Segeln, auf blöden Whisky-Auktionen herumgammeln, den besten Freund mit seiner Freundin betrügen … oh Gott, ich musste diesen Brief abfangen! Felix würde ohnehin kein Wort davon verstehen.

»Du bist so still, Kati Kartoffel! Tut der Kopf weh?« Mathias sah mich aufmerksam von der Seite an, und das bei zweihundert Stundenkilometern.

»Nein!« *Guck nach vorne.* »Aber ich denke, ich hab heute Nacht genug geredet – das reicht jetzt erst mal für eine Woche.«

Mathias lachte. »Ach bitte, rede noch ein bisschen mit mir, wir sehen uns die ganze Woche nicht, und da werde ich dich sehr vermissen. Oh, und ich hab ganz vergessen, dir das zu erzählen: Am Mittwoch habe ich ein Vorstellungsgespräch in Berlin!« Er nannte den Namen eines internationalen Konzerns. Zufällig exakt den, bei dem er im Jahr 2011 als Personalchef arbeitete. »Wenn *das* klappt, kann ich auch ein Penthouse kaufen.«

»In Berlin?«, fragte ich ein bisschen schockiert.

»Natürlich in Berlin.« Wieder sah er mich von der Seite an. »Berlin ist toll! Kennst du die Stadt ein bisschen? Und … wer weiß … könntest du dir vorstellen, dort zu leben …? Ich meine, nur für den Fall?«

»Ähm«, sagte ich. Wie meinte er das denn? Nur für den Fall, dass er die Stelle bekam? Oder nur für den Fall, dass wir zusammenblieben?

Ohne meine Antwort abzuwarten (und leider auch ohne vom Gas zu gehen), redete er weiter: »Das wäre mein absoluter Traumjob. Der Headhunter hat mich angerufen, als ich in Santiago war, und ich war sofort wie elektrisiert. Ich wusste, ich muss das einfach versuchen …«

»Dann bist du also gar nicht meinetwegen früher zurückgekommen?«

Mathias nahm seine rechte Hand wieder vom Lenkrad, um mir damit durch das Haar zu wuscheln. »Doch – natürlich, Kati Kartoffel. In erster Linie deinetwegen.«

Jetzt war es an mir, ihn aufmerksam von der Seite anzuschauen. Mir wurde klar, wie wenig ich ihn eigentlich bisher kannte. »Sag mal – magst du eigentlich Katzen?«, fragte ich.

»Ja.« Er lächelte. »Nur nicht diese mageren, schielenden Siamkatzen, die sind mir unheimlich. Meine Schwester hatte mal so eine, die hat mich immer so durchbohrend mit ihren großen Augen angeschaut, als wüsste sie genau, was ich denke.«

»Und was ist mit Hunden?« Ich schaute ihn durchbohrend mit großen Augen an.

Sein Lächeln vertiefte sich. »Die mag ich auch. Außerdem Kinder und alte Leute und, äh, Delfine … – Test bestanden?«

»Fürs Erste«, sagte ich und lehnte mich zurück in den Sitz. »Die Einweihungsparty ist am Samstag, ja?« Teufel noch, dann würde ich ja schon wieder was Neues zum Anziehen brauchen. Und meine Kreditkarte würde weinen.

Drama is life with the dull bits cut out.
Alfred Hitchcock

Zuerst klingelte ich bei Felix, um sicherzugehen, dass er noch nicht zu Hause war. Niemand öffnete, natürlich nicht. Auch in dieser Parallelwelt kam er wohl nie pünktlich aus dem Krankenhaus weg. Anschließend klingelte ich bei Frau Heidkamp. Die drückte grundsätzlich auf den Türöffner, ich musste nur »Post!« in die Gegensprechanlage schreien, und schon war ich im Hausflur. Die Briefkästen waren links neben dem Treppenaufgang angebracht, hässliche braune Metallboxen mit schmalen Schlitzen und scharfen Kanten, die der Grund dafür waren, dass Felix und ich das Abonnement der Süddeutschen gekündigt hatten, weil wir es leid waren, jeden Morgen in mühevoller Kleinarbeit all die zerquetschten und zerrissenen Seiten zusammenzupuzzeln.

Eigentlich hatte ich schon in der Mittagspause herkommen wollen, aber Gabi hatte mich zungenschnalzend abgefangen, um einen Bericht von mir in Grund und Boden zu stampfen, deswegen war ich gezwungen gewesen, mein Nachmittagsseminar unauffällig eine halbe Stunde früher zu beenden, um noch vor Felix an diesem verdammten Briefkasten zu sein. Wenigstens konnte ich so sicher sein, dass die Post schon da gewesen war.

Ich nahm die beiden Gabeln aus der Handtasche, die ich extra zu diesem Zweck aus der Büroküche hatte mitgehen lassen. Aber die verdammten Briefkästen hingen so hoch, dass ich keine Chance hatte, nach dem Umschlag zu angeln. Ich sah mich um und fand einen Putzeimer in der Ecke, der vermutlich Hausmeister Fischbach gehörte. Umgedreht und vor den Briefkasten gerückt, gab er einen prima Hocker ab. Nicht unbedingt sehr stabil, aber in diesem Paralleluniversum war ich ja ein Leichtgewicht.

Aber auch das half nur bedingt weiter. Ich glaubte zwar, den cremeweißen Zipfel des Hotelbriefpapierumschlags zu erkennen und konnte ihn auch mit der Gabel erreichen, aber es gelang mir nicht, ihn mit den Zinken zu packen und nach oben zu drücken. Stattdessen fiel die Gabel in den Briefkasten, und die zweite folgte eine halbe Minute später nach.

Verdammter Mist! Ich starrte durch den Schlitz. Doch, da war er, der Briefumschlag, ich konnte ihn deutlich sehen, sogar den Poststempel von Münster konnte ich erkennen. Wenn ich die Hand nur ein Stück weit hineinschieben würde, könnte ich ihn vielleicht packen, autsch, das war ein bisschen scharf, aber ja, es klappte, hurra! Jetzt hatte ich ihn fast und zog ihn vorsichtig nach oben, Millimeter für Millimeter …

… und hätte ihn genau in dem Augenblick in der Hand gehalten, wenn, ja wenn der Putzeimer nicht in drei Teile zerbrochen wäre (so viel zum Thema Leichtgewicht).

Was zur Folge hatte, dass ich vierzig Zentimeter tiefer in den Plastiktrümmern stand, während mein Handgelenk oben im Briefkastenschlitz feststeckte. Und zwar so richtig. Die Hand ließ sich weder vor- noch zurückbewegen. Es tat verdammt weh. Und die scharfe Kante schnitt mir vermutlich gerade die Pulsadern auf. Jedenfalls bildete ich mir ein, Blut tropfen zu fühlen.

Na toll. Das war jetzt aber wirklich … aaaaaaaargh! Nein, ich durfte nicht schreien, damit rief ich nur die anderen Mieter auf den Plan. Und die würden sich so ihre Gedanken machen, wenn sie eine fremde Frau mit der Hand in einem der Briefkästen vorfinden würden.

Andererseits – allein wäre ich nur freigekommen, wenn ich vorsorglich eine Kettensäge eingepackt hätte.

Es fiel mir schwer, ruhig zu bleiben. Wahrscheinlich würde es nicht mehr lange dauern, bis der Erste vorbeikam, gegen halb sechs herrschte quasi Rushhour in diesem Haus. Was hieß, dass ich mich entweder sofort befreien oder mir ganz schnell eine verdammt gute Geschichte ausdenken musste.

Es gab eine Lösung, es gibt immer eine Lösung. Und ich hatte doch meine Handtasche umhängen, und darin war … lauter nutzloses Zeug … und … mein Handy!

Mit der freien linken Hand fischte ich es heraus und wählte die erste Nummer, die mir einfiel, Marlene. Aber Marlene war im Seminar, und es ging nur ihre Mailbox dran. Auf die ich trotzdem sprach, wobei mir das Wort Psychiatrie in den Kopf schoss, bevor ich hysterisch kichernd auflegte. (Ich hatte von einem Briefkasten erzählt, der mich festhielt, und um einen guten Anwalt gebeten.)

Die Nächste war Linda, die allerdings nicht mehr im Büro war. Als ich sie auf dem Handy erreichte, saß sie bereits in der S-Bahn und war schon auf der anderen Rheinseite. Obwohl sie sofort (und geradezu unangemessen begeistert von meiner Zwangslage) anbot, an der nächsten Station auszusteigen und mir zu Hilfe zu eilen – »Ich habe immer einen Schraubenzieher dabei, vielleicht könnten wir die Klappe einfach abschrauben« –, würde es viel zu lange dauern, bis sie hier war, um mich zu retten.

»Du könntest versuchen, die Tür samt dem Schlitz herauszuhebeln«, schlug sie eifrig vor. »Dann könntest du dir den Brief schnappen und mit der Tür abhauen. Hast du ein Taschenmesser dabei?«

»Nein!«, sagte ich und wollte es stattdessen mit einem Kugelschreiber versuchen, auch wenn Linda skeptisch war, dass mir das damit gelingen würde. Meine Hand war mittlerweile vermutlich auf die doppelte Größe angeschwollen, zumindest fühlte sie sich so an. Aber der Kugelschreiber kam gar nicht mehr zum Einsatz, denn jetzt öffnete sich die Haustür in meinem Rücken, und ohne hinzusehen, wusste ich, dass es Felix war, der da mit seinem Fahrrad unterm Arm hereinkam. Es war dieses ganz bestimmte dumpfe Ploppen, das der Lenker machte, wenn er gegen die Tür schlug.

»Ich muss auflegen, Linda«, flüsterte ich.

»Ist jemand gekommen? Neiiiin! Drück mich nicht weg, bit…«

Ich musste zweimal tief Luft holen, bevor ich den Mut hatte, mich langsam zu Felix umzudrehen. Zu sagen, dass er mich fassungslos anstarrte, wäre noch untertrieben gewesen.

Ich wartete zwei Sekunden, dann sagte ich: »Ja, okay. Das ist Ihr Briefkasten, und richtig, ich stecke mit meiner Hand darin fest.«

»Das sehe ich«, sagte Felix und stellte sein Fahrrad ab. »Die Frage ist, *warum* stecken Sie mit Ihrer Hand in meinem Briefkasten fest?«

»Nein, das ist nicht die Frage«, sagte ich. »Die Frage ist, wie komme ich da wieder raus?«

Felix trat einen Schritt näher und untersuchte die Lage.

»Aua«, sagte ich, als er vorsichtig an meiner Hand rüttelte.

»Es hilft nichts, dass ich den Briefkastenschlüssel habe, Sie klemmen im Schlitz fest wie die verdammte Süddeutsche«, erklärte Felix mit seiner allerbesten Arztstimme.

»Ach.« Es irritierte mich, dass er so nah vor mir stand. Er roch so vertraut – und gleichzeitig fremd, nach einem würzig-männlichen Aftershave, bestimmt ein Geschenk von Lillian. Es roch lecker, aber ich hasste es. »Ihr Aftershave ist ekelhaft«, sagte ich.

Er musterte mich mit zusammengezogenen Augenbrauen. »Was zur Hölle haben Sie in meinem Briefkasten verloren?«

»Ähm, wenn Sie es genau wissen wollen: zwei Gabeln!«, sagte ich. »Und einen Brief, der da nicht hineingehört.«

»Sondern?«

»Sondern ... Hören Sie, ich weiß, das muss komisch für Sie aussehen, aber ich wollte nur verhindern, dass Sie etwas erfahren, das Ihnen ...« Ich seufzte. »Da steht nur wirres Zeug drin, und ich möchte ihn gerne wiederhaben.«

»Sie sind doch die Frau von neulich, aus dem Supermarkt. Mit den Cornflakes«, stellte Felix nun fest, der eigentlich ein beschissenes Personengedächtnis hatte. »Warum schreiben Sie mir einen Brief? Und wo ist Ihr merkwürdiger Dialekt geblieben?«

Ich beschloss, ihn einfach anzulügen. »Ich verspreche Ihnen, dass ich alles erkläre, wenn Sie mich hier rausholen, ja?«

Felix' Augenbrauen waren immer noch skeptisch zusammengezogen. Übrigens schienen sie wieder ein wenig gewachsen zu sein. Sie waren noch nicht ganz so wild wie früher, aber auf dem Weg dahin. Wahrscheinlich hatte Lillian ihm schon einen neuen Termin im Schönheitssalon gemacht.

Er seufzte. »Ich hole jetzt aus meiner Wohnung ein paar Utensilien, mit denen ich Sie befreien werde, in Ordnung?«

Ich nickte. Das war sehr in Ordnung! Bei der Aktion würde er sicher die Briefkastentür öffnen, und sobald meine Hand wieder frei war, würde ich mir den verdammten Brief greifen und abhauen, so schnell ich konnte. Sollte Felix mich einholen, würde ich den Brief in den Mund schieben und runterschlucken. Das hatte ich als Kind mehrfach mit Zetteln gemacht, die der Lehrer auf keinen Fall lesen durfte. (Und gerade erst als Erwachsene, nur dass ich da einen Brownie genommen hatte und kein Papier.)

»Rühren Sie sich nicht vom Fleck«, rief Felix über seine Schulter, als er schon auf der Treppe war. Haha, sehr witzig.

Hinter mir ging die Haustür erneut auf, und das Ehepaar aus dem dritten Stock rechts kam mit Einkaufstüten an mir vorbei. Sie grüßten freundlich. Dass ich mit der Hand im Briefkastenschlitz ihres Nachbarn steckte, fanden sie offensichtlich nicht weiter bemerkenswert. Erst als sie an der Treppe waren, drehte sich der Mann noch einmal zu mir um.

»Das ist aber mit Herrn Leuenhagen abgesprochen, ja?«, fragte er.

Du kriegst jetzt meinen letzten Krümel Würde. Guten Appetit!
Hugh Grant in »About a Boy«

»Ähm, ja. Das ist abgesprochen«, sagte ich. Hatte der sie noch alle?

Mein Handy spielte »Theo, wir fahr'n nach Lodz«, und ich stöhnte laut, als ich es wieder aus der Handtasche angeln musste. Bestimmt Linda, die vor Neugierde platzte. Aber es war nicht Linda, es war Frau Baronski. Ich hatte ihr meine Handynummer für Notfälle gegeben. Oder wenn sie einfach mal Lust hatte zu reden. Aber das hier war offensichtlich ein Notfall.

»Ach, Gott sei Dank, dass ich Sie erwische, Kindchen! Sie wollen mich hier wegbringen!«, rief sie. »Aber ich habe gesagt, ich werde diesen Sessel nicht verlassen!«

Es dauerte eine Weile, bis ich herausgefunden hatte, worum es ging, und dafür musste Frau Baronski zwischendurch den Hörer an eine der Pflegerinnen weitergeben. Offenbar hatte sie sich einen Grippevirus eingefangen, und der Arzt hatte sie gestern abgehorcht, eine beginnende Lungenentzündung nicht ausgeschlossen und eine Einweisung ins Krankenhaus empfohlen, falls sich die Symptome verschlimmerten. Aber Frau Baronski wollte da auf keinen Fall hin. Sie war überzeugt, an einer Lungenentzündung sterben zu müssen, und sterben wollte sie nun mal nicht im Krankenhaus, »… angeschlossen an all diese Apparate, Kindchen!«, sondern in ihrem geliebten Sessel, ganz gleich, wie sehr die Pfleger auch auf sie einredeten.

In der Zwischenzeit war Felix wieder zurückgekehrt. (Auf der Treppe hatte ich ihn zu den Nachbarn sagen hören: »Ja, das ist so abgesprochen.«) Dass ich schon wieder telefonierte, nahm er mit einem Kopfschütteln zur Kenntnis.

Frau Baronski weinte. Es war klar, dass es nicht mehr lange dauern würde, dann würden sie kurzen Prozess mit ihr machen. Irgendjemand würde ihr eine Beruhigungsspritze in den Arm rammen, und wenn sie erwachte, fand sie sich im Krankenhaus wieder …

»Hören Sie«, sagte ich zu der Pflegerin, die ihr das Telefon aus der Hand nahm. »Bitte lassen Sie sie doch einfach noch eine Weile in ihrem Sessel sitzen. Ich komme, so schnell ich kann, und dann können wir zusammen überlegen, was wir machen.«

Felix öffnete, wie erhofft, die Briefkastentür und begann, mein Handgelenk von beiden Seiten mit etwas einzureiben, das ich auf den zweiten Blick als Margarine identifizierte. Ganz schön schlau.

»Es ist schon Abend, da kann ich den Doktor nicht noch mal rufen«, sagte die Pflegerin. »Sie wissen ja, wie Ärzte sind. Und er hat gesagt, wenn der Husten schlimmer ist, soll ich sie ins Krankenhaus bringen. Der Zivi steht schon hier, aber …«

»Bitte … warten Sie noch ein bisschen. Ich beeile mich … Ich kann … Autsch!« Felix hatte einen Schuhlöffel aus Plastik gezückt und ihn zwischen den Schlitz und mein gefettetes Handgelenk geschoben. Mit einem satten Geräusch glitt die Hand aus ihrem Gefängnis. Erleichtert atmete ich auf, zuckte aber zusammen, als Felix nach meinem arg mitgenommenen Handgelenk griff und es abtastete.

»Das darf ich nicht«, sagte die Pflegerin. »Sie sind ja nicht mal mit Frau Baronski verwandt.«

»Ich weiß.« Das Schluchzen von Frau Baronski im Hintergrund brach mir beinahe das Herz. »Aber was wäre, wenn ich mit einem Arzt käme, einem Internisten, der sie sofort vor Ort untersuchen und eine Entscheidung fällen könnte?«

Felix ließ meine Hand los. Offenbar war nichts gebrochen.

»Das wäre natürlich etwas anderes«, sagte die Pflegerin.

»Wir sind gleich da! Bitte sagen Sie ihr das!« Ich drückte den Ausknopf und sah Felix flehend an. »Das ist ein … medizinischer Notfall. Wo hast du dein Auto geparkt? Wir müssen ins Altersheim Luisenstift, kennst du das?«

Wieder zog Felix skeptisch seine Augenbrauen zusammen. »Ich soll mit Ihnen …?«

»Bitte«, fiel ich ihm ins Wort und merkte, dass ich ebenfalls kurz davor war, in Tränen auszubrechen. »Sie ist doch so allein, sie hat nur mich, und sie will nun mal in diesem Sessel sterben und nirgendwo anders …«

Auch aus den Steinen, die in den Weg gelegt werden, kann man Schönes bauen.
Johann Wolfgang von Goethe

»Schon gut«, sagte Felix und hielt seinen Schlüsselbund in die Höhe. »Das Auto steht gleich hier um die Ecke.«

»Wirklich?« Guter, bester, alter Felix. Nicht mal einer nachweislich Irren konnte er etwas abschlagen. »Danke!«, sagte ich gerührt. Vor lauter Erleichterung hätte ich den Brief beinahe vergessen. Felix folgte meinem Blick und kam mir eine Zehntelsekunde zuvor: Er schnappte sich den cremefarbenen Briefumschlag als Erster.

»Ach … Gib ihn mir doch einfach«, sagte ich.

»Keine Chance. Er ist mit der Post gekommen und an mich adressiert«, sagte Felix. »Und jetzt lassen Sie uns ins Luisenstift fahren, bevor ich es mir wieder anders überlege.«

Alles, was ich zu meiner Verteidigung habe,
sind die Fehler, die ich gemacht habe.
Charles Bukowski

Felix war der gutgläubigste und hilfsbereiteste Mensch, den ich kannte. Aber dass er eine Stalkerin mit merkwürdigem Dialekt und der Neigung, in fremde Briefkästen einzubrechen, in sein Auto ließ, das bereitete mir nun ernsthaft Sorgen.

Wie leicht hätte ich eine ehemalige Patientin sein können, die in der Psychatrie gelandet war, oder eine Angehörige eines ehemaligen Patienten, die sich mit Rachewünschen herumschlug? Und er fuhr einfach mit mir durch die Gegend! Hatte er denn nicht *Misery* gesehen? Ich konnte jederzeit eine Waffe zücken, ihn entführen und weiß der Himmel was mit ihm anstellen!

Das Luisenstift lag eigentlich nur zehn Minuten vom Rathenauplatz entfernt, aber durch den Feierabendverkehr und die Tatsache, dass Felix sich im Gegensatz zu Mathias an Geschwindigkeitsbegrenzungen hielt, brauchten wir annähernd die doppelte Zeit. In der ich wie auf heißen Kohlen auf dem Beifahrersitz hockte.

»Also?«, fragte Felix ziemlich streng. »Was hat es mit diesem Brief auf sich? Woher kennen Sie mich überhaupt?«

»Eigentlich kenne ich Sie gar nicht, sondern Ihre Freundin«, log ich.

»Welche Freundin? Lillian?«

»Genau die«, sagte ich. »Ich kenne sie ziemlich gut, wissen Sie, und ihr Charakter ist ein wenig … na, sagen wir, unausgereift.« Nein, das traf es noch nicht richtig. *Sie ist eine oberflächliche, widerliche, egozentrische Schlampe, die Treue schon in der Grundschule nicht buchstabieren konnte*, war ich versucht dazuzusetzen. Stattdessen räusperte ich mich. »In dem Brief steht nur, dass sie nicht gut für Sie ist. Einfach nicht die Richtige.«

»So, so«, sagte Felix. »Und warum haben Sie im Supermarkt meinen Einkaufswagen geklaut?«

»Also … das war keine Absicht, das müssen Sie mir wirklich glauben!«

»Und wieso haben Sie so merkwürdig geredet?«

»Habe ich gar nicht«, sagte ich schnell.

»Haben Sie wohl! Total verrücktes Zeug. In einem ganz eigenartigen Dialekt.«

»So eigenartig auch wieder nicht«, verteidigte ich mich. »Und ich finde es nicht nett, auf Leuten mit Dialekt herumzuhacken. Ich komme eben aus einer sehr speziellen Ecke von Deutschland, eine, die an vier Bundesländer grenzt, Bayern, Hessen, Schwaben und das Saarland … und die Pfalz, deshalb klingt es so ungewohnt für, äh, Nordlichter.«

»Das waren fünf Bundesländer«, stellte Felix trocken fest. »Und eine Ecke, die an Bayern, Hessen, Schwaben, das Saarland und die Pfalz grenzt, gibt es nicht.«

Ja, Sakrament noch mal, was sollte denn diese Haarspalterei? Aber mit Drohungen würde ich nicht weiterkommen, das war mir klar, zumal meine Argumente nicht gerade schlagkräftig zu nennen waren.

Stattdessen verlegte ich mich aufs Flehen, und das fiel mir gar nicht so schwer, auch weil sich gerade vor uns ein Stau bildete und mir Frau Baronski wieder einfiel, die weinend in ihrem Sessel saß und auf uns wartete. »Darf ich jetzt bitte, bitte den Brief zurückhaben?«

»Nein!«, sagte Felix. »Erst will ich ihn lesen.« Nach einer kleinen Pause, in der er den Blinker setzte und rechts abbog, setzte er hinzu: »Übrigens, Lillian und ich sind nicht mehr zusammen.«

»Wie bitte? Seit wann das denn?«, rief ich aus und besann mich gerade noch rechtzeitig darauf, dass ich Lillian ja angeblich so gut kannte. »Ich meine natürlich, seit wann ist das denn *offiziell*?«

War sie es gewesen, die Schluss gemacht hatte? Hatte sie vielleicht auch einen Grund genannt? Oder hatte sie ihn dazu gebracht, mit ihr Schluss zu machen, damit sie kein schlechtes Gewissen haben musste? (Gutgläubig, wie er war, hätte er das nie gemerkt.) Oder war das hier wieder nur eine von ihren widerwärtigen sogenannten Beziehungspausen?

Felix warf mir einen Blick von der Seite zu, schaute aber sofort wieder auf die Fahrbahn. »Lillian und ich ... wir sind übereinstimmend zu dem Schluss gekommen, dass wir nicht zusammenpassen.«

Aha. »Und wer von beiden ist als Erster zu diesem Schluss gekommen?«

Wieder ein kurzer Seitenblick. Dann lächelte er vorsichtig. »Sagen wir einfach, sie ist nicht die Richtige für mich.«

Womit er natürlich recht hatte, und es freute mich auch ehrlich, dass er es endlich begriffen hatte. Aber mein Problem mit dem Brief war damit trotzdem nicht gelöst. Denn wenn Felix erfuhr, dass Gereon ihn derart hintergangen hatte, würde es ihm trotzdem das Herz brechen.

Ach, hätte ich doch nur diesen blöden Brief niemals geschrieben.

Andererseits wäre Felix dann nicht da gewesen, als ich den Anruf wegen Frau Baronski bekam, so gesehen hatte die Sache wenigstens ein Gutes.

»Und wenn sie wirklich eine Lungenentzündung hat?«, sagte ich ängstlich, als wir auf den Parkplatz des Altenheims einbogen. »Sie will auf keinen Fall wieder in ein Krankenhaus, weil sie fürchtet, dass sie das nicht lebend wieder verlassen wird. Lungenentzündung klingt für sie eben viel schlimmer als Oberschenkelhalsbruch – tödlich, sozusagen.«

Felix nickte. »Keine Sorge«, sagte er. »Ich mach das schon.« Und das tat er dann auch. Innerhalb von wenigen Minuten schaffte er es, die starr auf ihrem Sessel sitzende und vor sich hin schluchzende Frau Baronski zu beruhigen. Bereitwillig ließ sie sich von ihm abhören (nachdem sich die Pflegerin seinen Arztausweis hatte zeigen lassen, offenbar traute sie uns nicht so recht über den Weg) und trocknete ihre Tränen mit dem Taschentuch, das ich ihr reichte. Da Frau Baronski kein Fieber hatte und das Abhorchen ohne Befund geblieben war, meinte Felix, eine Lungenentzündung getrost ausschließen zu können. Der schlimme Husten sitze mehr auf den Bronchien. Und Frau Baronski müsse Ruhe haben und möglichst viel trinken. Ich seufzte vor Erleichterung, und Frau Baronski war wieder ganz die Alte.

»Das habe ich denen schon die ganze Zeit gesagt«, erklärte sie und zeigte auf die Pflegerin.

Die ging kopfschüttelnd zur Tür. »Sie haben gesagt, Sie bleiben im Sessel sitzen, bis Sie dahingewelkt sind wie die Kameliendame. Und wenn Sie jemand anrührt, dann, haben Sie gesagt, schreien Sie, bis Ihre Lungen bluten. Außerdem wollten Sie partout nichts trinken, weil Sie Angst hatten, aufs Klo zu gehen. Wenn der Doktor nicht gekommen wäre, hätte ich den psychologischen Dienst verständigen müssen.«

»*Ganz* so war das aber nicht.« Frau Baronski schaute ihr beschämt hinterher. Aber als die Tür zuging, strahlte sie wieder. »Danke, lieber Doktor«, sagte sie. »Sie sind wirklich ein Engel. Und Sie auch, Kati! Wenn ich Sie nicht hätte. Und wie hübsch Sie heute Abend wieder aussehen! Sieht sie nicht hübsch aus, Doktor? Sie ist so ein liebes Kind. Sie glauben gar nicht, wie rührend sie sich um meinen Muschi gekümmert hat!«

Während ich ihr ein großes Glas Wasser eingoss und darauf achtete, dass sie es auch austrank, zeigte Frau Baronski Felix die Bilder von Muschi. Dann legte sie ihren Kopf schief, sah ihn treuherzig an und fragte: »Und Sie haben auch bestimmt nicht gelogen? Ich habe keine Lungenentzündung und werde nicht wie die Kameliendame dahinsiechen?«

»Nein«, sagte Felix. »Die Kameliendame ist an Tuberkulose dahingesiecht, soviel ich weiß. Und das bekommt man heute mit Antibiotika gut in den Griff.«

»Ach, Sie sind so nett«, sagte Frau Baronski begeistert. »Und belesen sind Sie auch noch. Und ein sehr stattlicher, junger Mann, nicht wahr, Kati-Kind? Hübsch sieht er aus, unser Herr Doktor.«

»Ja«, stimmte ich zu, und als sich mein Blick mit Felix' kreuzte, schien ihm einzufallen, dass er jetzt gehen musste. Er griff nach seiner Arzttasche. Frau Baronski bestand darauf, ihn zu küssen.

»Soll ich dich wieder mit zurücknehmen ... oder irgendwo absetzen?«, fragte er mich. Offenbar war ihm *Misery* immer noch nicht in den Sinn gekommen. Und irgendwo in der letzten Stunde war ihm auch das »Sie« abhandengekommen. Er hatte beschlossen, ab jetzt »du« zu seiner Stalkerin zu sagen.

Ich musste lächeln. »Sehr nett, danke. Aber ich bleibe noch ein bisschen bei Frau Baronski und fahre später mit dem Bus.« Sie hatte unter Garantie nichts zu Abend gegessen, also würde ich versuchen, noch etwas zu essen aufzutreiben und ihr dann beim Zubettgehen helfen. »Felix, das war wirklich ... unheimlich nett! Ich weiß gar nicht, wie ich mich bedanken soll.«

Felix lächelte ein bisschen schief. »Na ja ... vielleicht, indem du mich ab jetzt einfach in Ruhe lässt?«

Ich schluckte. »Natürlich. Mach ich. Versprochen. Wenn du mir den Brief gibst!«

»Ach ja, den hatte ich ganz vergessen.« Er griff nach hinten in die Hosentasche und holte das Kuvert heraus. Ich war so blöd! Warum hatte ich es ihm nicht einfach geklaut, während er Frau Baronski untersucht hatte? Er drehte den Brief unschlüssig zwischen seinen Händen.

»Es steht wirklich nur Unsinn drin«, versicherte ich ihm. »Bitte, gib ihn mir einfach – und du siehst mich nie wieder.«

Felix schüttelte den Kopf. »Ich hab ja nicht mal die Garantie, dass er überhaupt von dir ist, Kati.«

»Also wirklich! Wenn er nicht von mir wäre, hätte ich doch wohl kaum versucht, ihn wieder aus dem Briefkasten ...« Ich verstummte, weil mir die Logik der Argumentation selber nicht einleuchtete.

»Tut mit leid«, sagte Felix. Und dann ging er. Mit meinem Brief.

Ich sah ihm verwirrt und mit hängenden Armen hinterher. Dieser ganze Aufwand – völlig umsonst. Offensichtlich seufzte ich laut, denn Frau Baronski tätschelte meine zerschrammte Hand. »Ja, schade. Ich hatte so gehofft, er würde Sie zum Kino einladen.« Sie bedachte mich mit einem listigen Lächeln. »Aber was nicht ist, kann ja noch werden. Soll ich mich morgen einfach noch einmal so krank und störrisch anstellen? Dann kommt er bestimmt wieder.«

»Ach nein, Frau Baronski. Es ist schon gut so, wie es ist«, sagte ich. »Ich habe doch schon einen Freund. Und Sie dürfen sich nie wieder so störrisch anstellen, sonst bekommen Sie nur Ärger.«

Das Leben ist ein Spiel.
Man macht keine größeren Gewinne,
ohne Verluste zu riskieren.
Christine von Schweden

»Ich hätte jeden Tag bis nach Düsseldorf fahren müssen!« Marlene hatte das Jobangebot von der Konkurrenz abgelehnt und versuchte nun lauter Gründe zu finden, um sich deswegen nicht schlecht fühlen zu müssen. »Mein Vater sagt auch, dass es keine wirkliche Option war. Er ist nach wie vor von der Idee begeistert, dass ich hier bei Gabi als Partnerin einsteige.«

»Ja, ich weiß«, sagte ich. Noch hatte der Vater nicht mitbekommen, dass es Marlene mit Javier wirklich ernst war. Wenn er denn überhaupt schon etwas von dessen Existenz wusste. »Aber angenommen, du hättest aus einer anderen Quelle genügend Geld zur Verfügung, um dich selbstständig zu machen, also *ganz* selbstständig, ohne Gabi! Würdest du das tun? Ich wäre natürlich auch mit von der Partie …«

»… und ich!«, sagte Linda. »Halbtags.«

»Das ist ein schöner Traum.« Marlene seufzte. »Aber ohne Gabi ist es ganz schön riskant … Man müsste jede Menge neue Klienten akquirieren, und auf dem Markt ist es schon verdammt eng.«

»Richtig«, sagte ich. »Aber wir haben uns mittlerweile schon einen Namen in der Branche gemacht, vor allem du, und neue Klienten sind kein Problem für dich.«

Und für mich auch nicht, ich war schließlich Future Woman. Als die ich ganz genau wusste, dass Marlene und ich der Blutgräfin in den nächsten Jahren eine Vielzahl neuer Klienten bringen würden, darunter diverse Frauenwirtschaftsverbände, die Jungen Unternehmerinnen und wie sie alle hießen. Die Gabi reich machen und uns nur ein überlegenes Schnalzen einbringen würden. Mit einer eigenen Agentur wäre das Geräusch bald nur noch eine böse Erinnerung. Und wir in Sachen Businesscoaching die Nummer eins in der Stadt. Wir würden Linda einstellen und natürlich Bengt und …

»Tja, im Lotto müsste man gewinnen«, sagte Marlene.

Oder so etwas Ähnliches wie Lotto. Ich hatte mich mittlerweile gut informiert und war mir ziemlich sicher, dass mein Wissen über den Ausgang der Fußball-WM mich richtig reich machen konnte. Italien als Weltmeister und Deutschland auf dem dritten Platz war zwar nicht gerade die exotischste Kombination, aber die Quote war super. Man konnte seinen Einsatz locker verfünfzehnfachen, wenn man es richtig anstellte. Ich war fest entschlossen, meine Eltern um ein Darlehen zu bitten (nur die passende Geschichte dazu musste ich mir noch ausdenken), und träumte in jeder freien Minute davon, was ich mit dem vielen Geld machen könnte. Einen Haken hatte der Traum von der eigenen Agentur aber noch: Sie würde hier in Köln sein, während Mathias in Berlin arbeitete … und ich war nicht sicher, ob ich der Typ war, der sich für eine Wochenendbeziehung eignete.

Als ich Mathias am Samstagabend nach fast einer Woche wiedersah, war er mir fast ein bisschen fremd geworden. Selbst meine Schmetterlinge schlugen vorerst nur verhalten mit den Flügeln.

Wir hatten zwar jeden Tag miteinander telefoniert und lustige E-Mails hin- und hergeschickt – aber das war eben doch nicht dasselbe, wie sich jeden Tag zu sehen. Oder zusammen einzuschlafen. Wenn ich ehrlich war, vermisste ich das fast am allermeisten. Es hatte so etwas Beruhigendes gehabt, neben Felix zu liegen und ihm beim Atmen zuzuhören. Manchmal hatte ich ihn vorsichtig gestreichelt, und er hatte dann im Schlaf meinen Namen gemurmelt. (Wenn er jemals eine andere gehabt hätte, wäre diese nächtliche Streichelaktion die einfachste Methode gewesen, um herauszufinden, wie sie hieß.)

Ich hatte mir keine neuen Klamotten für Gereons Einweihungsparty gekauft, denn erstens war ich – noch! – pleite, zweitens sah ich gar nicht ein, warum ich mich für Gereon unnötig aufbrezeln sollte, und drittens fand Mathias mich glücklicherweise auch in Jeans und T-Shirt hübsch. Jedenfalls sagte er es auf der Fahrt zur Party dreimal.

Bestimmt war Lillian auch da. Felix wohl eher nicht, denn er hatte ja inzwischen meinen Brief gelesen. Der Gedanke an seine verletzten Gefühle hatte mich ein paar Nächte kaum schlafen lassen. Ich an seiner Stelle hätte vor lauter Wut Gereons Porsche ein Lack-Tattoo verpasst (mit einem rostigen Nagel geritzt), aber Felix war nicht der Typ für so was. Er würde nur still vor sich hin leiden. Ach, irgendwie war die Welt in meinem schönen Paralleluniversum doch nicht ganz so heil, wie ich sie mir zurechtgebastelt hatte. (Außer in Münster – da herrschte immer noch helle Aufregung über die schönste Hochzeit seit Menschengedenken.)

»Du siehst zum Anbeißen aus, Kati.« Da, das vierte Mal. Jetzt sollte ich es wohl allmählich wirklich glauben. Oder vielleicht das Kompliment zurückgeben? Wenn hier einer zum Anbeißen aussah, dann war es Mathias. Wahrscheinlich würden ihn alle anwesenden weiblichen Gäste sabbernd anstarren. Konnte man das eigentlich auf Dauer ignorieren? Und würde ihm nicht früher oder später automatisch eine Frau über den Weg laufen, die hübscher, klüger und witziger war als ich? Oder einfach nur anders hübsch, anders klug und anders witzig? Und würde er das dann heroisch ignorieren? Jahrelang? Ein Leben lang?

»Wir bleiben auch nicht lange, versprochen«, sagte Mathias. Offenbar fiel ihm mein Schweigen unangenehm auf. »Wir schauen uns nur das Penthouse an, geben Gereon die Gelegenheit, die süßeste Freundin der Welt zu bewundern, trinken ein Glas und verschwinden wieder, okay?«

Ich zwang mich zu einem Lächeln. Hey, war doch alles bestens. Es war Samstag, es war Sommer (gut, noch nicht wirklich, die ganze Woche hatte es geregnet, außerdem war es scheißkalt), ich war die süßeste Freundin der Welt, und ich war mit dem coolsten Mann der Welt unterwegs zu einer Party. Einer grauenhaften Party zwar, auf der alle grenzdebile Idioten dieser Stadt versammelt sein würden, aber der Champagner würde wie immer in Strömen fließen. Und nach ein, zwei oder drei Gläsern würde sich meine trübe Stimmung schon geben. Ich ärgerte mich, dass ich nicht schon zu Hause ein Gläschen zum Lockerwerden getrunken hatte. Aber seit der Erfahrung mit DEM BROWNIE erschien mir Alkohol irgendwie langweilig.

»Matze, altes Haus! Wie schön! Und du musst Kati sein.« Gereon freute sich unglaublich, als er uns sah. So nett hatte er mich noch nie angelächelt. Und das, obwohl ich mir im Gegenzug nur ein Verziehen der Mundwinkel abringen konnte, das man bestenfalls als höflich bezeichnen konnte. Ich wartete auf die üblichen Gemeinheiten, aber sie blieben aus. Da ich in diesem Paralleluniversum noch nicht auf seinem Untersuchungsstuhl gelegen hatte, konnte Gereon mich damit nicht blamieren, aber ich hatte den Eindruck, dass er es auch gar nicht gewollt hätte. Offenbar hatte er mich nur in der Rolle als Felix' Partnerin leidenschaftlich gehasst, als Freundin von Mathias störte ich ihn gar nicht. Wie freundlich er sein konnte, wenn er wollte, wie zuvorkommend und liebenswürdig.

Ganz charmanter Gastgeber drückte er Mathias und mir Gläser mit Champagner in die Hand, führte uns in seinem

Penthouse herum und stellte uns immer abwechselnd seine Designermöbel und die anderen Gäste vor. »Das ist Philip Starck, und das ist Caroline.« Felix war nicht da, wie ich mir gedacht hatte. Und auch Lillian sah ich nicht. Dafür aber Florian, meinen Exschwager, dessen frisch gebleachtes Lächeln mir sofort Übelkeit verursachte. Ich konnte gar nicht schnell genug weitergehen.

Wir denken selten an das, was wir haben, aber immer an das, was uns fehlt.
Arthur Schopenhauer

Leider war die nächste Station von Gereons »Guck-mal-alter-Schulfreund-was-für-ein-toller-stinkreicher-Hecht-ich-bin«-Show die sterbenslangweilige Whiskysammlung. Ich gähnte gepflegt, aber Mathias schien Gereons schnarchigen Vortrag über die Wertsteigerung einzelner Flaschen tatsächlich interessant zu finden.

»… gestern erst bekommen … absolute Raritäten … Sammlerstücke, für die jetzt schon Höchstpreise geboten werden …« Gereon lachte, während er zwei Flaschen streichelte, als wären es die Köpfchen neugeborener Kinder. »Guter Whisky ist wie eine gute Freundschaft. Je älter, desto besser.«

Das hätte er besser nicht gesagt.

Vielleicht war es die Anspannung der vergangenen Tage, vielleicht die Erkenntnis, dass ich auch in meinem rosaroten Paralleluniversum nicht wirklich Herr über meine Gefühle war – jedenfalls bahnte sich all die Wut, die sich auf Gereon angestaut hatte (und zwar die aus Vergangenheit und Gegenwart zusammengenommen) ihren Weg nach draußen.

Ich nahm eine der Whiskyflaschen in die Hand und tat so, als studierte ich das Etikett. Und dann ließ ich einfach los. Die Flasche zerschellte auf dem polierten Steinboden in tausend kleine Stücke, und der Whisky floss bis unter die Beine der Philip-Starck-Sitzgruppe.

»Oh je«, sagte ich und beobachtete voller Genugtuung, wie sich Gereons Augen vor Entsetzen weiteten. (Was gar nicht einfach war: Sein Blick flackerte völlig verstört zwischen den Scherben, den Pfützen und mir hin und her.) »Das wollte ich aber nicht! Wie überaus schrecklich.«

Mathias bückte sich, um die Scherben aufzusammeln, aber Gereon, merklich um Lässigkeit ringend, sagte: »Lass liegen, Matze, dafür habe ich Personal!«

Mir schenkte er ein nachsichtiges Lächeln. Offenbar deutete er meine versteinerte Miene (hinter der ich ein albernes triumphierendes Lachen versteckte sowie das Bedürfnis, meine Faust gen Himmel zu recken und »Future Woman rocks!« zu brüllen) als pures Entsetzen und Reue. »So was passiert doch mal, Kati. Das ist nicht schlimm.«

»Na ja, bei einer Flasche, die sechshundert Euro kostet, irgendwie schon«, sagte Mathias, und in meinen Ohren klang es etwas ungehalten. Er guckte auch eindeutig vorwurfsvoll. »Vielleicht kann das ja Katis Haftpflichtversicherung übernehmen. Stimmt doch, Kati?«

Hallo? Wie war der denn drauf? Haftpflichtversicherung? Das fehlte ja wohl noch! Wobei Gereon das ohnehin nicht annehmen würde, es passte nicht in sein Selbstbild vom generösen Lebemann.

»Ich bin untröstlich«, behauptete ich.

»Oh! Ist das etwa der 55er Bowmore gewesen, von dem du mir heute Morgen erzählt hast?«, sagte jemand hinter uns voller Anteilnahme. Felix!

In seinem »Jede-zweite-Socke-wird-von-einem-Dinosaurier-gefressen«-T-Shirt … Wie konnte er einfach so in Gereons Wohnung spazieren, nach allem, was er nach der Lektüre meines Briefes über seinen besten Freund wusste? Oder hatte er ihn am Ende gar nicht gelesen?

Ich starrte ihn von der Seite an, aber er tat so, als würde er mich nicht sehen. Stattdessen schnupperte er in der Luft herum. »Wirklich großartiges Bukett, muss ich sagen.«

»Sehr witzig, alter Freund, sehr witzig«, sagte Gereon und ließ Felix seine übliche innige Umarmung angedeihen. Was er wohl kaum getan hätte, wenn Felix ihn wegen Lillian zur Rede gestellt hätte. Und weil Gereon so gerne kuschelte, zog er mit dem anderen Arm Mathias an sich. Ein herziges Bild!

»Felix, das ist Matze, mein bester Kumpel aus Schulzeiten. Wir haben uns letzte Woche zufällig auf dem Flughafen wiedergetroffen. Matze, das ist Felix, Felix ist sozusagen der 39 Linkwood unter meinen Freunden ...«

Oh Mann, ich musste mich gleich übergeben.

Florian, vermutlich vom Lärm angelockt, fragte eifersüchtig: »Wenn Felix der Linkwood ist, was bin denn ich dann?«

Irgendeine blöde Flasche halt.

»Na, du bist ein 1948 Glenvilet«, sagte Gereon und knuddelte Felix gleich noch ein bisschen fester. »Mein zweitliebster hinter Felix!«

»Danke, danke!« Felix befreite sich lachend aus der Gruppenkuschelumarmung und nahm die andere Whiskyflasche in die Hand, die Gereon gestern ersteigert hatte und die mehr wert war als das Bruttosozialprodukt der Fidschi-Inseln. Oder so. »Übrigens – wegen des Segelboots, das ihr da im Auge habt: Ich finde die Idee nach wie vor super – aber ihr müsst das ohne mich machen. Ich habe einfach zu wenig ... Huch!« Als wären seine Finger mit Margarine beschmiert, war die Flasche plötzlich durch seine Hände gerutscht und genau wie meine auf dem Boden zerschellt. Alle mussten ein paar Schritte zurückspringen. Der Whiskygeruch war mittlerweile betörend.

»Oh nein!«, rief Gereon fast ein bisschen weinerlich. »Nicht auch noch der Glenvilet.«

»Ich weiß nicht, wie das passieren konnte«, sagte Felix,

und jetzt sah er mir für einen Moment direkt in die Augen. »Ich bin untröstlich.«

Ich hielt die Luft an. Oh mein Gott! Er hatte das mit Absicht gemacht, genau wie ich. Dass ich das noch erleben durfte: Felix Leuenhagen tat etwas aus purer, boshafter Berechnung.

Und das machte mich aus irgendeinem Grund sehr, sehr glücklich.

Wer sich nicht in Gefahr begibt, kommt darin um.
Herbert Achternbusch

»Es tut mir schrecklich leid«, sagte Felix. »Ich weiß doch, wie stolz du auf diese beiden Funde warst.«

»Schon okay«, sagte Gereon, aber er sah nun wirklich ein bisschen mitgenommen aus.

Mathias legte ihm einen Arm um die Schulter. »Vielleicht solltest du erst mal etwas trinken«, schlug er vor.

»Ja, trink nur. Trinken hilft.« Felix strich sich eine widerspenstige Locke aus der Stirn. »Hast du mal eine Minute, Kati?«, fragte er dann beiläufig. Mein Herz begann schneller zu klopfen.

»Ähm«, sagte ich und sah zu Mathias hinüber. Aber der war ausschließlich mit Gereon beschäftigt und dabei, eine offenbar nicht als Sammlerstück geeignete, ganz ordinäre Whiskyflasche zu öffnen, um Gereon über seinen schweren Verlust hinwegzutrösten. »Wenn es um den Brief geht … Ich habe dir gleich gesagt, dass nur wirres Zeug drinsteht. Es war meine erste Drogenerfahrung … Und wenn du dich fragst, woher ich so viel über dich weiß …« *Gestatten, mein Name ist Future Woman, wir beide waren mal verheiratet. Und das war eigentlich ganz schön. Bis ich …*

Plötzlich war mir nach Heulen zumute.

»Ja, das habe ich mich wirklich gefragt.« Felix sah mich ernst an. Seine Augenbrauen waren fast wieder die alten. Beinahe hätte ich mich vorgebeugt und sie mit beiden Daumen glatt gestrichen. »Woher weißt du so viel über mich, Kati?«

Ich konnte eine ziemlich lange Weile nichts anderes tun, als ernst zurückschauen. »Glaubst du an das Schicksal, Felix? Und an … frühere Leben?«, flüsterte ich dann.

»Ich weiß nicht«, sagte Felix zögerlich. »Warum weinst du denn?«

»Tu ich gar nicht.« Oh Gott, tat ich doch. Die Tränen quollen nur so aus meinen Augen und flossen in Bächen an meinen Wangen hinab. Ich musste hier weg. Und zwar schleunigst.

Wenn auch nur wenige Menschen Cäsaren sind,
so steht doch jeder einmal an seinem Rubikon.
Graf Christian Ernst Karl von Bentzel-Sternau

Wäre das hier ein anständiges Paralleluniversum gewesen, hätte ich jetzt ein spektakuläres Paar Flügel auf meinem Rücken entfaltet und wäre über die Dachterrasse einfach davongesegelt, dem Sonnenuntergang entgegen. Aber weil das hier nur so ein elendes Plagiat des wirklichen Lebens war, wuchsen mir natürlich keine Flügel.

»Kati?« Ich bekam gerade noch Felix' besorgten Blick mit, der auf mir ruhte, dann schaffte ich es, ihn zur Seite zu schieben. Ich watete mitten durch die Whiskypfütze, aber das war mir für den Moment völlig egal. Genauso egal wie die Tatsache, dass Gereons illustre Gästeschar mir nachgaffte (und das war noch der vorsichtigere Ausdruck für das, was sie taten), als ich mich schluchzend zwischen ihnen hindurchschob.

Wie es Penthousewohnungen leider an sich haben, lag auch diese im obersten Stockwerk, und weil ich Angst hatte, jemand könnte mich aufhalten, wollte ich nicht auf den Aufzug warten, sondern nahm die Treppe. Ich musste aufpassen, nicht zu stolpern, denn ich war quasi blind vor Tränen.

Zwischen dem zweiten und dem dritten Stockwerk wäre ich deswegen beinahe in jemanden hineingerannt, wenn dieser Jemand nicht rechtzeitig zur Seite gesprungen wäre. Lillian. Das hörte ich an der Stimme, mit der sie mir irgendwas Angezicktes hinterherkeifte, von wegen, das sei Gucci oder so.

Ich hatte aber keine Zeit stehen zu bleiben, um ihr ebenfalls mal meine Meinung zu sagen.

Weiter oben hörte ich, wie sich Gereons Wohnungstür öffnete (der Partylärm schallte heraus) und wieder schloss. Und dann rief Mathias meinen Namen über das Geländer.

Ich wurde noch schneller.

»Kati! Hey! Warte!« Die Schritte klangen durch das Treppenhaus, sie kamen bedrohlich näher, klar, er weinte ja auch nicht wie ein Schlosshund, und konnte daher sicher zwei Stufen auf einmal nehmen.

Unten auf der Straße überlegte ich nicht lange. Am schnellsten nach Hause ging es von hier mit der U-Bahn, die Station lag nur einmal quer über die nächste Kreuzung. Hundert Meter, für die ich einen neuen persönlichen Rekord aufstellte.

»Kati!«, rief Mathias hinter mir, aber da raste ich auch schon die Treppen zum Bahnsteig hinunter. Wovor ich eigentlich weglief, wusste ich selber nicht, aber ich hatte keine Zeit, darüber nachzudenken.

Unten angelangt, befiel mich beim Anblick der Gleise urplötzlich Furcht, wie ein Schlag in den Magen. Der ganze Körper überzog sich mit Gänsehaut, während ich meine Schritte automatisch verlangsamte. Ein Déjà-vu … Gleich würde Mathias meinen Namen rufen, er würde mich küssen, und dann käme der Obdachlose, die U-Bahn und …

»Kati! Jetzt warte doch …«

Ich war vollends stehen geblieben. Ich fühlte mich, als ob mein ganzer Körper im Bruchteil von Sekunden zu Eis erstarrt war. Nur mit viel Mühe schaffte ich es, mich zu Mathias umzudrehen.

»Ach, Kati!« Er schüttelte den Kopf, als er atemlos vor mir stand. »Was ist denn los?«

Ich versuchte, mich zusammenzunehmen. »Können wir

uns vielleicht da hinsetzen?« Ich zeigte auf die Wand. »Weit weg von den Gleisen?« Irgendwie schaffte ich es, meine Eisbeine in Bewegung zu setzen. (Von einer U-Bahn war übrigens weit und breit nichts zu sehen, die Digitalanzeigetafel blieb dunkel. Und außer uns und einem knutschenden Teenagerpärchen am anderen Ende des Bahnsteigs war niemand hier. Kein Obdachloser weit und breit.) Ich ließ mich auf einen der Sitze sinken.

»Warum bist du einfach abgehauen? Und warum weinst du?« Mathias setzte sich neben mich. »Ist es, weil du den Whisky hast fallen lassen? Oder hab ich dir was getan? Hab ich mich nicht genug um dich gekümmert?«

Ich wischte mir die Tränenspuren von den Wangen. »Nein. Den Whisky habe ich mit Absicht runtergeworfen, und du hast mir auch nichts getan.«

»Was ist es denn dann?« Er ließ die Sache mit dem Whisky unkommentiert, stattdessen fasste er mich an beiden Schultern und drehte mich, sodass ich ihn anschauen musste. »Es ist wegen Berlin, oder?«

Ich schüttelte den Kopf, aber er redete einfach weiter. Ziemlich schnell. »Ich hab gleich gemerkt, dass du irgendwie anders bist, so still – und distanziert. Aber erstens ist das noch nicht endgültig entschieden, und zweitens ist Berlin nicht Tokio. Oder New York. Selbst wenn du keine Lust hast, dorthin zu ziehen – wobei wir bestimmt einen Superjob für dich dort finden würden –, bin ich ja nicht aus der Welt. Ich kenne zahllose Beispiele für grandios funktionierende Wochenendbeziehungen, es gibt sogar Leute, die schwören drauf. Und nebenbei sammeln wir massenhaft Vielfliegerpunkte und machen dann zusammen Urlaub auf Bali.« Während der ganzen Zeit hielt er mich an den Schultern gepackt, als hätte er Angst, dass ich wieder weglief.

»Mein Gott, hast du schöne Augen«, sagte ich leise.

»Hast du wieder aus Versehen einen Brownie gegessen?« Er lächelte schief.

Ich lächelte zurück. »Nein! Aber ich gebe zu, ich hätte jetzt gern einen.«

Er wurde sofort wieder ernst. »Warum hat du geweint, Kati? Ich habe gesehen, wie du weggerannt bist, und Gereons Freund wusste auch nicht, was los war.«

Gereons Freund …

Ich holte tief Luft. »Ich glaube … Mathias, mir ist etwas klar geworden, etwas, das ich eigentlich die ganze Zeit hätte wissen müssen.« Erneut begannen Tränen in meiner Nase zu kitzeln. »Weißt du … du bist ganz bestimmt der tollste Mann, den ich jemals kennengelernt habe! Na, der hübscheste auf jeden Fall! Noch niemals war ich so plötzlich und so heftig in jemanden verliebt wie in dich. Das war wie … eine Naturgewalt, ein Tsunami … Ich konnte gar nichts dagegen tun.« Ich horchte in mich hinein. »Und ich bin immer noch in dich verliebt, vielleicht werde ich das auch bis an mein Lebensende bleiben, weißt du. Aber ich … ich kann nicht mit dir zusammen sein. Weil ich einen anderen Mann liebe. Den ich schon lange kenne. Und so furchtbar vermisse …« Jetzt begannen die Tränen wieder zu fließen.

Mathias war blass geworden. Langsam nahm er die Hände von meinen Schultern. »Verstehe«, sagte er und rieb sich die Nase. »Na ja, eigentlich verstehe ich es nicht. Was ist das für ein anderer Mann?«

»Das ist eine lange und sehr komplizierte Geschichte.« Ich schniefte. »Nicht, dass du denkst, ich hätte dich angelogen oder so. Ich habe nur nicht gewusst …« Ich unterbrach mich. »Ich dachte ganz bestimmt, du wärst der Richtige für mich. Und vielleicht bist du das ja auch, weil es *den* Richtigen gar nicht gibt, sondern weil man im Leben mehr als einem Menschen begegnen kann, der zu einem passt und mit dem man glücklich werden könnte …« Ich schluchzte ein paar Sekunden haltlos vor mich hin, dann fiel mir ein, dass es Mathias gerade im Augenblick auch nicht besonders gut ging. »Es tut mir so leid«, sagte ich. »Ich wollte das gar nicht. Ich wollte dir nicht wehtun. Ich wollte dich wirklich so sehr.«

»Aber diesen anderen Mann willst du noch mehr?«

Ich nickte, selber betroffen von meiner Erkenntnis. »Selbst wenn ich ihn in dieser blöden Parallelwelt niemals bekommen werde: Er ist der Mann, mit dem ich alt werden will.« Ich schaute auf die Gleise. »Oder wenigstens alle Zeit, die mir im Leben noch bleibt.«

»Oh nein, ich glaube, ich will das nicht hören.« Mathias stand auf. »Komm! Wir fahren irgendwohin, wo wir in Ruhe reden können …«

Ich schüttelte den Kopf. »Ich … nehme die U-Bahn. Du kannst zurück auf die Party gehen … und dich einfach gepflegt volllaufen lassen.«

»Tatsächlich kommt mir das gerade wie eine sehr gute Idee vor«, sagte er und rieb sich über die Augen.

Ich hätte ihm gern gesagt, sehr sicher zu sein, dass er ganz bestimmt auch bald jemanden finden würde, mit dem er glücklich werden konnte, und ach ja, dass er den Job in Berlin auf jeden Fall bekam *und* ein Penthouse ohne Wände. Aber das erschien mir in diesem Augenblick nicht besonders angemessen.

Wir küssten uns zaghaft zum Abschied auf den Mund, und als er schon fast an der Treppe war, drehte er sich noch einmal um und sagte: »Aber ich rufe dich trotzdem morgen mal an und frage, ob du es dir anders überlegt hast.«

Ich nickte. »Ich werde es mir aber nicht anders überlegen.«

»Okay. Dann rufe ich an und frage, was der andere Typ hat, das ich nicht habe.« Ein paar Stufen weiter drehte er sich noch einmal um. »Aber versprich mir, dass du mit dem anderen niemals einen Brownie essen wirst, ja?«

Ich musste lächeln. »Ich schwör's. Das wird bis in alle Ewigkeit dein Exklusiv-Brownie-Erlebnis bleiben.«

»Jetzt fühle ich mich schon besser«, sagte Mathias. Und dann war er weg. Und ich ganz allein auf dem Bahnsteig, nur die knutschenden Teenager am anderen Ende waren noch da. Ich glaube aber nicht, dass sie uns überhaupt bemerkt hatten.

Die Anzeigetafel blieb immer noch schwarz. Entweder war sie kaputt (das waren sie ziemlich oft), oder es fuhr einfach heute keine U-Bahn.

Ich nahm mein Handy und rief Linda an. Ich musste einfach mit jemanden sprechen, der verstand, worum es mir ging. Dass ich nun vermutlich die Lektion gelernt hatte, die das Schicksal mir mit meiner Zeitreise hatte erteilen wollen: Dass das Gras auf der anderen Seite überhaupt nicht grüner war, sondern ganz genauso grün. Nur nicht so vertraut und aufregend. Dass ich ein Esel gewesen war. Und dass ich Felix so sehr liebte, dass ich mich sofort freiwillig vor eine U-Bahn werfen würde, um zu ihm zurückzukommen.

Während ich das alles hervorsprudelte, heulte ich wieder ganz fürchterlich. Dieses Mal hörten sogar die Teenager auf zu knutschen und sahen neugierig zu mir herüber.

Ich senkte meine Stimme ein wenig. »Jetzt müsste doch eigentlich der Obdachlose oder Jesus oder eine Fee auftauchen und mich ins Licht führen oder so was, oder?«

»So gut kenne ich mich damit auch nicht aus«, sagte Linda und weinte ebenfalls. »Kati … ich will aber nicht, dass du ins Licht gehst.«

»Ich will das ja auch nicht.« Plötzlich war ich wieder unfassbar wütend auf das Schicksal, das so bescheuerte Regeln aufstellte. So wütend, dass ich prompt aufhörte zu weinen.

»Aber irgendetwas wird jetzt wohl passieren müssen. Vielleicht werde noch einmal von der U-Bahn überfahren, und wenn ich aufwache, liege ich sterbend im Jahr 2011 auf den Gleisen ... Und dann sehe ich das Licht ... Oder auch nicht, weil ich in diesem Paralleluniversum auch kein besserer Mensch war, so in der Gesamtbilanz betrachtet.«

»Jeder Mensch geht ins Licht«, sagte Linda ungewohnt streng. »Ganz egal, was er angerichtet hat! Das mit der Hölle und so ist dummer Aberglaube! Merk dir das mal!«

»Was soll ich denn jetzt machen?« Ich starrte zu der Anzeigetafel hinüber. »Eine U-Bahn scheint nicht zu kommen.«

»Dann nimm den Bus«, schlug Linda vor. »Bevor es dunkel wird. Komm am besten sofort zu mir. Du solltest heute Nacht nicht allein sein.«

Sie war so süß. »Du bist ein Engel, Linda!« Ich erhob mich und stellte fest, dass das Gefühl noch nicht in meine Beine zurückgekehrt war. Zu viele Emotionen in zu kurzer Zeit, vermutlich. Sicherheitshalber hielt ich den weitmöglichsten Abstand zur Bahnsteigkante, während ich zur Treppe ging.

Plötzlich blinkte die rote Schrift auf der Anzeigetafel. »Die nächste Bahn kommt in 6 Minuten«, stand dort.

»Linda!«, japste ich. »Die Bahn kommt in sechs Minuten!« Und weil ich gerade so richtig hysterisch zu werden drohte, setzte ich hinzu: »Sie will mich bestimmt *holen*!«

»So was machen U-Bahnen nicht«, sagte Linda, aber ich glaubte, einen Hauch von Unsicherheit in ihrer Stimme zu bemerken. »Geh einfach weiter! In sechs Minuten bist du schon die halbe Severinstraße runter. U-Bahnen fahren nur auf Schienen.«

Ich ging weiter, immer schön nah an der Wand entlang, wobei mir einfiel, dass doch das verdammte Kölner Stadtarchiv in der Severinstraße irgendwann in sich zusammenfallen würde – wann war das eigentlich gewesen?

Egal. Weiter. Ich war fast schon an der Treppe angelangt, als ich ihn sah.

Felix. Er blieb wie angewurzelt auf den Stufen stehen, als er mich erblickte.

Und ich wäre beinahe von Neuem in Tränen ausgebrochen. Matt ließ ich das Handy sinken. »Bist du nicht mit dem Fahrrad da?«, fragte ich.

Felix schüttelte den Kopf. »Nein. Ich hatte eigentlich vor, mich heute bei Gereon so richtig zu betrinken. Und betrunken fahre ich lieber nicht Fahrrad.«

Ich weiß. Ich wagte ein kleines Lächeln.

»Ich wollte mich betrinken und Gereon so richtig die Meinung sagen«, fuhr Felix fort. »Aber dann warst du da und ...«

Ich merkte, wie sich mein Lächeln gegen meinen Willen vertiefte.

»... gerade kam dein Freund zurück und meinte, du hättest mit ihm Schluss gemacht, und da dachte ich, der hat es nötiger als ich, sich zu betrinken. Und ich dachte, vielleicht fährst du ja auch zufällig mit der U-Bahn ... Sonst hätte ich vielleicht morgen mal Frau Baronski besucht und nach deiner Nummer gefragt ...«

Ich schüttelte den Kopf. »Nach allem, was du bisher über mich weißt, solltest du wirklich ein bisschen weniger vertrauensselig sein, Felix.«

»Vielleicht bin ich ja nur neugierig«, sagte Felix, wobei er mich so intensiv anschaute, dass mir ganz warm im Magen wurde. »Also – U-Bahn?«

»Nein!« Ich drehte mich zu der Anzeigetafel um. *Die nächste Bahn kommt in 1 Minute*, stand dort. »Es ist nämlich so, ich habe Angst vor U-Bahnen. Sie sind mir unheimlich. Aber vielleicht ... vielleicht hast du ja Lust, einen Spaziergang mit mir zu machen? Wir könnten einfach nur über das Wetter reden.«

Felix lächelte nun ebenfalls. »Ein kleiner Spaziergang wäre nett.«

Nebeneinander gingen wir die Treppe hinauf.

»Ich bin froh, dass es endlich aufgehört hat zu regnen«, sagte Felix. »Das Wetter in den letzten Wochen war einfach deprimierend.«

»Der Sommer wird noch ganz toll werden«, sagte ich. »Das weiß ich zufällig genau.«

»Sonnengelb?« Ich spürte Felix' Lächeln, obwohl ich ihn nicht ansah.

»Ja. Und Pink. Und ein bisschen Hellgrün.«

Das unangenehme Gefühl in meinen Knien war verschwunden, und meine Beine gehorchten mir wieder. Hinter uns rauschte die U-Bahn in die Station, aber da waren wir schon oben auf der Straße.

When the world seems to shine like you've had too much wine – that's amore.
Dean Martin

»Kati! Kaaaaaatiiiii!« Oje, Linda hatte ich ganz vergessen. Schnell hielt ich das Handy an mein Ohr. »Linda? Ich ruf dich gleich noch mal an, ja?« Ich machte eine kleine Pause, in der ich zu Felix aufsah. Dann setzte ich leise hinzu: »Und nur, damit du es weißt: Wenn ich jetzt sterben müsste, dann würde ich auf jeden Fall glücklich sterben.

Fünf Jahre später

Felix

Ich stelle mir gern vor, dass es das Schicksal war, das Kati und mich zusammengebracht hat. Obwohl sie sich bei unserer ersten Begegnung ausgesprochen seltsam verhalten hat. Bei unserer zweiten Begegnung ebenfalls, da kam mir dann auch kurzzeitig der Verdacht, sie könne aus der Psychiatrie abgehauen sein.

Bis heute weiß ich nicht genau, woher sie all diese Dinge über mich wusste und warum sie so an mir interessiert war, aber es spielt ja auch keine Rolle. Manchmal fragt Kati mich, warum und zu welchem Zeitpunkt ich mich trotz allem, was geschehen war, in sie verliebt habe, und wenn ich ehrlich bin, weiß ich die Antwort darauf genauso wenig. Selbst mit diesem komischen Dialekt hatte sie noch etwas Anziehendes an sich. Oder als sie mit der Hand in meinem Briefkasten feststeckte und mich so böse angeguckt hat, als wäre es meine Schuld.

Möglicherweise war es wirklich ein wenig leichtsinnig, sie trotz ihres merkwürdigen Verhaltens nicht für eine Verrückte zu halten, wie sie immer sagt. Denn verrückt ist sie bis heute geblieben. Und ein bisschen rätselhaft. Nachts wache ich manchmal auf, weil sie im Schlaf wirres Zeug murmelt, aber sie beruhigt sich immer sofort, wenn ich ihre Hand nehme. Sie hat nach wie vor Angst vor U-Bahnen, und manchmal weiß sie Dinge, bevor sie passieren. Beruflich ist sie extrem erfolgreich. Zusammen mit ihrer Freundin Marlene führt sie eine

Agentur für Business-Coaching und Personalberatung. Sie haben drei Mitarbeiter, und wegen der guten Auftragslage stellen sie ab Herbst wahrscheinlich noch einen vierten ein. Auch weil Kati ein bisschen kürzertreten will, während der Schwangerschaft. Wenn das Kind erst da ist, hat Bengt versprochen, einen großen Teil ihrer Seminare zu übernehmen. Ich mag Bengt, aber ich würde ihn sehr viel lieber mögen, wenn er nicht ständig so schreckliche Krankheiten hätte, von denen ich noch niemals etwas gehört habe. Neulich erst war er überzeugt, an einem variablen Immundefektsyndrom zu leiden, ausgelöst durch das Epstein-Barr-Virus – und das nur, weil seine Füße gejuckt haben. Linda meint, das Jucken hätte keine körperlichen Ursachen, sondern sei ein Zeichen dafür, dass sich die Ameise als Krafttier in sein Leben geschlichen hätte. Kati hat ein Faible für verrückte Freunde, fürchte ich. (Marlene ist eine Ausnahme.) Ihre Familie ist auch ein bisschen verrückt, und einige auch etwas mehr als ein bisschen, aber ich mag sie alle gern. Vor allem Klein-Henri, der mein Patenkind ist. Eva ist übrigens wieder schwanger, das zweite Kind kommt im Dezember.

2006 bei der WM hat Kati ein Vermögen mit Fußballwetten gemacht, und 2010 haben wir alle (vor allem Linda) versucht, sie zu überreden, es doch noch einmal zu versuchen. Aber da war sie sich nicht so sicher – Spanien oder Niederlande, möglicherweise auch Portugal … Am Ende hat sie gar nicht gewettet, aber Linda hat ziemlich viel Geld verloren.

Wie gesagt, ich stelle mir gern vor, dass das Schicksal uns zusammengebracht hat, Kati und mich, denn das würde bedeuten, dass das Schicksal es wirklich, wirklich gut mit mir gemeint hat.

Mathias

Ich glaube nicht an Schicksal. Ich glaube daran, dass man selber für sein Glück verantwortlich ist. Man muss nur hartnäckig bleiben, um das zu bekommen, was man will. Nur, dass man es manchmal trotzdem nicht kriegt.

Ich würde es ihr niemals sagen, aber Kati ist bis heute meine große Liebe geblieben. Sie behauptet zwar immer, wir hätten keine fünf Jahre durchgehalten, aber ich bin ziemlich sicher, dass ich das genauso gut hingekriegt hätte wie Felix. Nur eben auf meine Weise.

Leider muss ich zugeben, dass sie gut zueinander passen. Und dass ich Felix irgendwie mag. Er ist ein netter Kerl. Was nicht heißt, dass ich ihm nicht sofort die Frau ausspannen würde, wenn ich da den Hauch einer Chance sähe. Bis es so weit ist, lenke ich mich ab. Mit Arbeit, mit Reisen und mit anderen Frauen. Kati ist immer ein bisschen eifersüchtig auf meine Freundinnen, auch wenn sie es nicht zugibt. Und das freut mich. Und es knistert zweifellos ganz schön zwischen uns, wenn wir uns sehen, und das tun wir recht häufig. Ich vergebe nämlich sehr viele Fortbildungsaufträge an ihre und Marlenes Agentur, und wenn sie in Berlin ist, verbringen wir viel Zeit miteinander. Manchmal, wenn sie mir mit leuchtenden Augen gegenübersitzt, denke ich, dass es vermutlich gar nicht schwer wäre, sie noch mal ins Bett zu bekommen. Nur weiß ich, dass sie danach ohne Zweifel zu Felix zurückkehren würde und mir erneut das Herz bräche. Also halte ich mich zurück. Auch weil Felix mittlerweile so etwas wie ein Freund für mich geworden ist. Hoffentlich fragen sie mich nicht, ob ich die Patenschaft übernehmen will. Andererseits: Das wäre eigentlich ein guter Vorwand, sich noch öfter zu sehen. Und in der Regel finde ich diese gestressten, kindfixierten jungen Mütter alles andere als sexy. Vielleicht tut sie mir auch den Gefallen und wird fett.

Ach, doch, ich glaube, ich werde demnächst mal andeuten, dass ich einen prima Patenonkel abgeben würde.

Everything will be ok in the end. If it's not ok, it's not the end.

Danksagung
oder
Es ist ein anerkannter Brauch, wer Gutes bekommt, der bedankt sich auch.

Wilhelm Busch

Keine Zeit für ein ordentliches Nachwort – bin so was von zu spät dran und muss mich daher dringend bei allen entschuldigen, die meinetwegen Stress oder Mehrarbeit gehabt haben oder beides: Es tut mir so leid! Und ich mache es nicht mit Absicht, ehrlich. Meine Entschuldigung und mein Dank gelten all den wunderbaren, kreativen und engagierten Mitarbeitern vom Bastei Lübbe-Verlag, die immer so viel Geduld mit mir haben und auch dann noch Blumen schicken, wenn man eigentlich keine verdient hätte. Und die nicht nur einen Plan B für mich im Ärmel hatten, sondern auch noch bei Plan C und Plan D (ich bin WIRKLICH spät dran) Seelenruhe bewahrten. Vielen Dank auch für den flauschigen Cover-Esel, er hat so viel mehr Charme als eine kopflose Frau. (Und könnten wir nächstes Mal bitte vielleicht eine Giraffe nehmen, ja? Oder ein Kamel?)

Wenn du schon kein gutes Beispiel sein kannst, dann sei wenigstens eine grausame Warnung.

Der Restdank in Kürze (auch weil ich mich schniefend bei allen persönlich bedanken werde, oh, und Muffins backen):

Claudia – wegen der oben erwähnten Engelsgeduld und weil du von Anfang an von dem Projekt überzeugt warst und mich immer wieder begeistern konntest, wenn ich Begeisterung dringend nötig hatte.

Petra – weil du immer die richtigen Worte zur richtigen

Zeit findest und für die Portion Glamour, Abenteuer und Spaß in meinem Leben sorgst. Du bist so viel mehr als ein menschlicher Negroni!

Christiane – weil du mich (und das Buch natürlich) gerettet hast. Häppchenweise. Zu jeder Tages- und Nachtzeit.

Mama, Leonie, Heidi, Biggi, Eva, Dagmar, Sonja und Frank – weil ihr immer für mich da seid.

Und last but not least all den Leserinnen und Lesern, dank deren Feedbacks ich wenigstens weiß, warum und für wen ich mir schreibend die Nächte um die Ohren schlage.

Danke, ihr seid zauberhaft!

Und jetzt wird gefeiert! Oder … geschlafen.

Kerstin Gier im Oktober 2011

Was wäre, wenn Ihre Familie, Freunde und Bekannte wüssten, was Sie wirklich über sie denken...

Kerstin Gier
FÜR JEDE LÖSUNG
EIN PROBLEM
304 Seiten
ISBN 978-3-404-15614-6

Gerri schreibt Abschiedsbriefe an alle, die sie kennt, und sie geht nicht gerade zimperlich mit der Wahrheit um. Nur dummerweise klappt es dann nicht mit den Schlaftabletten und dem Wodka – und Gerris Leben wird von einem Tag auf den anderen so richtig spannend. Denn es ist nicht einfach, mit seinen Mitmenschen klarzukommen, wenn sie wissen, was man wirklich von ihnen hält!

Eine Mutter ist gut.
Mehrere Mütter auf einmal sind die Hölle!

Kerstin Gier
DIE MÜTTER-MAFIA
Roman
320 Seiten
ISBN 978-3-404-15296-4

Deutschland sucht die Super-Mami!
Es gibt sie, die perfekten Mamis und Bilderbuch-Mütter, die sich nur über Kochrezepte, Klavierlehrer und Kinderfrauen austauschen. Doch eigentlich sind sie der Albtraum jeder Vorstadtsiedlung. Dagegen hilft nur eins. Sich zusammenrotten und eine kreative Gegenbewegung gründen: die »Mütter-Mafia«! Ab jetzt müssen sich alle braven Muttertiere warm anziehen ...

Bastei Lübbe Taschenbuch

Die streng geheime Mütter-Mafia schlägt zurück ... Ein Angriff auf Ihre Lachmuskulatur!

Kerstin Gier
DIE PATIN
Roman
320 Seiten
ISBN 978-3-404-15462-3

Wer sagt denn, dass der Pate immer alt, übergewichtig und männlich sein und mit heiserer Stimme sprechen muss? Nichts gegen Marlon Brando, aber warum sollte der Job nicht auch mal von einer Frau gemacht werden? Einer Blondine. Mit langen Beinen. Gestählt durch die Erziehung einer pubertierenden Tochter und eines vierjährigen Sohnes. Und wahnsinnig verliebt in Anton, den bestaussehenden Anwalt der Stadt. Constanze ist »die Patin« der streng geheimen Mütter-Mafia. Gegen intrigante Super-Mamis, fremdgehende Ehemänner und bösartige Sorgerechtsschmarotzer kommen die Waffen der Frauen zum Einsatz.

Bastei Lübbe Taschenbuch

Intelligente Unterhaltung mit Gute-Laune-Garantie

Kerstin Gier
GEGENSÄTZE ZIEHEN SICH AUS
Roman
288 Seiten
ISBN 978-3-404-15906-2

Was macht Frauen glücklich? Schokolade, die Kraft positiver Gedanken oder schöne Schuhe? - Mit der Boutique Pumps und Pomps kann die MÜTTER-MAFIA, die kreative Gegenbewegung zu allen Super-Muttis, sich bald alle Träume selbst erfüllen. Hier gibt es nicht nur traumhafte Stilettos, wunderschöne Stiefel und köstlichen Cappuccino, sondern auch die besten Tipps in Herzensangelegenheiten. Und die kann Constanze, genannt DIE PATIN, selber gut gebrauchen. Denn die Zukunftspläne ihrer ganz großen Liebe Anton passen leider so gar nicht zu ihren eigenen [U+0085] Wie groß muss die Liebe sein, um mit anstrengenden Eltern, eifersüchtigen Töchtern und dem Wunsch nach mehr

Bastei Lübbe Taschenbuch

Auch als Hörbuch erhältlich!

Kerstin Gier
AUF DER ANDEREN SEITE IST DAS GRAS VIEL GRÜNER
ISBN 978-3-7857-4544-1

Ein Hörbuch über die große Liebe und das kleine Glück. Und über die Schwierigkeiten, das Schicksal zu überlisten.

Werde Teil der Bastei Lübbe Welt
You Tube
www.luebbe.de/Meinewelt
Lesen, rezensieren, Bücher gewinnen
Lerne Autoren, Verlagsmitarbeiter und andere Leser kennen